U0020106

台灣現代主義詩學流變

聲納

陳義芝 著

紀念
張子良先生

目　次

是誰在水深處施放聲納？

讀陳義芝《台灣現代主義詩學流變》

王德威

（哈佛大學講座教授，中研院院士）

　　台灣的現代詩運動起於一九二〇年代初期。一九二三年，謝春木以筆名「追風」發表詩歌〈詩的模仿〉四首，一九二四年，張我軍在從北平回台灣的旅途中寫下《亂都之戀》組詩，台灣新詩的實驗由此開始。謝春木的詩是以日文寫成，張我軍的詩則深受五四文學革命的影響。駁雜的語言，分歧的傳承，適足以說明台灣文學現代性的特徵。到了一九三三年，留學日本的楊熾昌（水蔭萍）與詩友組成「風車詩社」，引進歐洲超現實主義，現代主義詩歌和詩學開始在台灣落地生根。

　　我們今天回頭誦讀這些早期詩人的作品，仍然可以感受到他們那股背離傳統的衝勁。詩人以獨特的語言意象，構築了一個自為的天地。以往「興觀群怨」的詩教至此有了強烈的對話聲音。楊熾昌的〈毀壞的城市〉充斥虛無頹廢：「灰色腦漿夢著癡呆國度的空地，濡濕於彩虹般的光脈」，黎明「緋紅的嘴唇發出可怕的叫喊」；而楊華的《黑潮集》見證了殖民地的抑鬱：「大風／你不要瑟瑟的嚇人／小弟弟要睡了」。二十世紀的文學不論在台灣還是在中國大陸，無不以寫實主義是尚。但現代主義詩文以其精緻晦澀的文字形式，敏銳流動的感情思緒，反而更能觸動一個時代的政治、文化潛意識。三〇年代楊雲萍的〈鱷魚〉就曾這樣寫道：

> 我靜止著不動
> 但地球卻還是在那裏運動

詩人陳義芝博士的《台灣現代主義詩學流變》刻畫現代詩在台灣的脈絡，開頭就談到楊熾昌和「風車詩社」的超現實主義試驗。詩人憑著自動書寫的感召，寫出夢境一般華麗詭異的詩行，而字裏行間所流露的廢然與耽溺，在在呼應著一種「歷史的不安」。與此同時，上海青年詩人路易士正與《現代》諸君子如戴望舒、徐遲等往還，發表前衛作品，鼓吹意象主義、象徵主義、超現實主義。由楊熾昌和紀弦所引領的這兩路現代主義詩潮原來沒有太多交集，但歷史自有它因緣際會的法則。「風車詩社」後，戰時和戰後有詹冰、林亨泰等組成的「銀鈴會」接棒，而路易士在大陸變色前夕來台，搖身一變成為紀弦。這些台灣和大陸詩人分進合擊，形成了五、六○年代耀眼的現代主義詩歌現象。

《台灣現代主義詩學流變》回溯這一頁台灣詩歌的發展史，娓娓道來，頗能令人回想當年詩人化不可能為可能的豪情。那是冷戰的、反共抗俄的年代，政治的壓力無所不在，文學創作左支右絀。但就有一批繆思的信徒「想入非非」；他們琢磨文字，引進新潮，在在要打破俗套，也因此形成與主流抗衡的聲音。論者嘗以現代主義標奇立異，自外於黨國標榜的正統文學，過去如此，今天亦如此。殊不知現代主義在逃避現實或批判現實、再現歷史或遮蓋歷史的簡單選項之外，已經為台灣文學文化的轉折，作出動人紀錄。新世紀裏還記得「三民主義的戰鬥文藝」者恐怕寥寥無幾，但是鄭愁予「達達的馬蹄聲」（〈錯誤〉）、瘂弦「溫柔之必要，肯定之必要，一點點酒和木樨花之必要」（〈如歌的行板〉）卻早已成為台灣主體想像的一部分了。

陳義芝的新作不以作品、作者為重點，而專注詩學論述的傳承或辯難。他有意為百家爭鳴的詩壇描摹譜系，並且探勘各個譜系以下的觀點和信念。整體而論，他的探討以論五、六○年代現代派的爭議最為可觀。一九五六年，紀弦與同好合組「現代派」，相對於感時憂國，模擬再現，一種特立獨行的風格已然形成。如其宣言所謂，「橫的移植」取代了「縱的繼承」；「新大陸」有待探險，「處女地」必須開拓；「知性」需要強調，而「詩的純粹性」成為圭臬。然而紀弦不能獨領風騷。陳義芝指出，覃子豪就曾以象徵主義的諸般問題，據理力爭。一來一往之間，雖然喧囂時起，卻也點出現代主義的活力所在。

　　紀弦、覃子豪之後，余光中、林亨泰分別自藍星、現代詩派的立場，繼續現代主義詩學辯證。余光中主張擴大現代詩的風格，採取兼容並蓄的視野，不以晦澀刁鑽為能事；他日後調和古典和新猷的成績有目共睹。林亨泰則延續了「銀鈴會」傳統，更創作符號詩，探尋立體主義和未來主義。時至六○年代，創世紀詩社進入全盛時期，瘂弦、張默、洛夫等或以手記、或以選集、專論形式，傳播他們的理念。達達主義、超現實主義再次端上檯面；洛夫的創作和詩論尤其值得重視。自楊熾昌試驗超現實主義以來，三十年間台灣的現代詩已經蔚為大觀。相對於海峽對岸鋪天蓋地的革命文學，現代主義堪稱是台灣文學最有力的「反共」回應。

　　陳義芝也花了相當篇幅討論《笠》詩刊的詩學定位。以往識者論《笠》詩社同仁的特色，多強調它的本土傾向、寫實關懷，儼然和前述的詩社成為對立現象。陳卻認為事實不然，不僅因為錦連、吳瀛濤、林亨泰等資深成員原本就廁身

現代詩活動，後起者如白萩、李魁賢等也都身受現代詩的洗禮。本土與現代的對話因此應當視為《笠》的重要貢獻。據此我們可問：哪一種現代文學創作不需顧及地方與世界、一己與異己的持續交會？更進一步，不正是因為有了現代的、跨國的情境，本土意識和文學的建構──或虛構──纔有可能？由這樣的觀點來看，當年《笠》所揭櫫的問題，仍然有當下的適切性。

一九七○年代以來台灣的政經局勢有了新的變化，文學實踐也作出重大盤整。現代主義因其前衛姿態，自然首當其衝。歷經唐文標、關傑明等的批判後，詩人和詩論者顯示出自覺意向。凝視鄉土，回望傳統，以往那游離孤絕的詩學現在多了一層倫理、歷史向度。楊牧徘徊在他的《熱蘭遮城》，思索四百年間殖民／欲望的歷史，楊澤遙想文明興替，〈彷彿在君父的城邦〉。而陳義芝取法樂府，看出

夜在千種引頸的風姿裏
只採出一聲低呼的
憐　（〈蓮〉）

總體而言，七○年代以後的現代詩歌不復以往的頭角崢嶸。在社會愈趨眾聲喧嘩的過程中，詩人曾經驚世駭俗的聲音，似乎也逐漸被視為當然。然而現代主義的影響早已深入台灣的詩歌寫作。新的創作面向讓台灣詩歌包羅更為廣闊，但詩人對個人風格的堅持，對形式的試驗鍛煉，骨子裏一如既往。

時序進入了所謂後現代的階段，詩人在題材，形式，甚至傳播載體的運用（如電腦詩，如網路傳播）上，都比六、七○年代更為駁雜玩忽。陳義芝的探討點出了詩學面臨的兩

難。後現代詩既是現代詩精神的逆反與諧擬，也是現代詩形式的延續與衍異。不少詩人如林燿德、陳黎、夏宇等的創作都帶有這樣的特色，陳義芝的詩論也不能例外。他在分析陳黎、碧果、杜十三等人詩作的後現代性之餘，仍然對修辭藝術與主體意識等問題表示更多興趣，也間接透露了自己作為現代詩人的鄉愁。同樣耐人尋味的是，陳推崇夏宇為現代詩跨入後現代詩的代表人物，津津樂道她拼貼符號和自我解構的風格。但在追溯夏宇的詩學傳承時，他更強調達達主義的影響。這也許言之成理，但在為夏宇重尋現代主義定位的同時，詩人之所以為後現代的動機似乎被化解了。畢竟陳義芝的「詩學」概念——體系、信念、實踐——本身就脫胎於「古典」的現代主義。對他而言，台灣現代主義的發展，套句張腔，應該是還沒有完，也完不了。

我曾戲稱現代主義到台灣是個「美麗的錯誤」。不論是三〇年代還是五〇年代，客觀環境並沒有利於現代主義發展的因素，然而有心的文人卻化腐朽為神奇，為島上的文字世界種下奇花異果。後之來者各取所需，從這些作品中有的看出時間的斷裂，存在的虛無；有的看出抒情意識的傲然獨立，創作主體的內向省思；也有的看出島上社會的荒誕疏離，道統的存亡危機。不論如何，從理念到實踐，現代主義的多變適足以反射文學的難以定於一尊。

我也曾經指出現代主義到台灣，可以鑄成一則與島有關的寓言。島不只是作家安身立命的環境，也更是他們創作境況的象徵。美麗之島、孤立之島。台灣面臨婆娑之洋，蘊含著無限可能，但也總已是那分離的、外沿的、漂移的所在。當中國大歷史在起承轉合的軌道兀自運行時，這座島嶼卻要經歷錯雜的時空網路，不斷改換座標。割讓與回歸，隔絕與

流散，成為台灣體現現代性的重要經驗。從文學史的角度來看，現代主義到台灣與其說是時代的偶然，倒不如說是時代的不得不然了。

　　陳義芝創作詩歌有年，在編輯、治學方面也卓然有成。回首來時之路，他將台灣現代主義詩歌八十年來的歷史重新梳理，並且以詩學流變作為研究座標。他與筆下所論詩人多半都有往還，而他所評點的詩風詩潮也不乏個人的參與。由此現身說法，眼界和結論自然有所不同。本書原脫胎自義芝的博士論文，但完稿之際，他的導師張子良先生已經大去。這幾年義芝自己的生活也曾經歷絕大的考驗，個中悲慟，外人何能體會？然而在人生無言以對的時刻，詩，或許還是有它救贖的意義。我想起義芝的詩句：

> 天地如覆碗，
> 是誰在水深處施放聲納？
> 是命運滾動的骰子嗎？
> 滴瀝瀝埋藏著暗碼……　　（〈鯨〉）

詩以言志，詩以緣情，生命深不可測之處，只有最精緻的文字可以參證一二。義芝的新作得來不易，我謹以此文聊表敬意，也企盼持續看到他的詩論和詩作。

——2005年11月

緒　論

　　本書主要的概念有三：「現代主義」、「新詩」及「詩學」。

　　就時間而言，現代主義運動主要指第一次世界大戰至第二次世界大戰結束（1914-1945）之間所發生的藝文變革運動。第一次大戰的殘暴與反理性，瓦解了人們對歷史、社會與文化基礎的信心，戰後的「現代主義」文學便適時反映了人們的幻滅，表達荒涼、黑暗、疏離、崩解等心理狀況。現代主義的代表作品，艾略特（T. S. Eliot，1888-1965）的長詩《荒原》（*The Waste Land*，1922），主題就是在一片貧瘠而精神空乏的土地上，尋找救贖與重生。《荒原》一詩中多重的意象和曖昧、繁複的用典，是典型的現代主義風格，它要求讀者積極地去參與，去解釋內文。

　　喬伊斯（James Joyce，1882-1941）在1922年出版的小說《尤利西斯》（*Ulysses*）也是現代主義文學發展史上的重要座標。《尤利西斯》一書，嚴密、冗長而極具爭議性，它以一種所謂「意識流」手法，描述三個都柏林人及其他市民一天中的生活細節、言談、思想，試圖以沒有條理的句法結構，融合片段的思緒，來捉住小說人物的心理流程。

　　作為藝術與文學理論的現代主義，早在十九世紀後葉出現，其形成並非一時，也不源於一宗，而是自十九世紀到二十世紀各種或大或小的藝文運動的累積。二十世紀初期出現的幾個前衛藝術運動，更直接帶給文學創作者新的靈感，書寫出迥異舊世紀風格與面貌的「現代」文學。其影響並未迄止於二次世界大戰，一直持續至1960年代仍稱主流。

　　現代主義文學的內涵複雜而充滿挑戰性，它反對十九世紀之前的「自然主義」、「現實主義」對風格、技巧、空間形式的制式追

求，甚至對抗浪漫主義的表現方法。在題材選擇上，現代主義作家不願受制於所謂合不合宜的規範。現代主義者以為藝術的任務就在藝術本身的完成，理應超越一切現實秩序之上。現代主義者描繪現實以外的景象，力求脫離習慣用語或傳統形式，它主要的創作目的，在引起衝撞，呈現出不銜接感、危機感，強調美學上的自我意識的完成與非具象的表現，「從外在世界中抽離物象，然後再從詩裡去再造一個和外在世界完全不同，甚至隔離的世界。」（葉維廉，1982），它是世故的、有特定姿態的、內省的、重視技巧表現的、自我懷疑的、與過往精神文化決裂的，對傳統神話、價值觀、秩序結構，產生了懷疑從而加以否定。

1930年代在上海發行的《現代》月刊（施蟄存、杜衡、戴望舒合編），鼓勵以現代主義的特質經營詩作，是現代主義風雲在中國現代文學史初起的先鋒。（李歐梵，1986）經李金髮（1900-1976）、戴望舒（1905-1950）的實驗，後由紀弦（1913-）、覃子豪（1912-1963）等在台灣發揚光大。但台灣現代主義之提倡不必等到1950年代才產生，由於日據時期母體文化的割裂，逼使詩人傾向內心主觀世界之挖掘與塑造，透過日文詩學影響，水蔭萍（1908-1994）在1930年代初期就接觸到現代主義中的「超現實主義」，而以辦詩刊的方式介紹到台灣，可以說與中國大陸開展的象徵主義詩風同步。

或謂現代主義文學發展無法印證中國與台灣社會的現代化進程，因為現代主義文學作品是要表現工業化社會人際關係的疏離、人性的異化，然而不論是1930年代的中國大陸和台灣或1950年代的台灣，都不具備商業化、物化的消費形態。那麼，如何解釋現代主義產生的背景？曰：對「西潮」的新奇感。因新詩原本就具有反傳統的特性，流離孤絕或高壓禁制更提供了追求現代的溫床。

台灣的現代詩學究竟沿襲了多少西方現代主義的真髓，有無根源於歷史文化以及現實地域性之改造或超越？這是很值得以時間縱軸輔以社會狀態加以細究的。

再說「新詩」這一名稱。

自1917年胡適（1891-1963）以白話在《新青年》雜誌發表詩作，帶動起一股新體詩的創作風潮，詩壇稱之語體詩、白話詩，或通稱新詩。新詩放棄形式上的平仄韻腳，講究內在的節奏，以聲音的錯綜、字句的長短變化營造一種新的音樂性；由於詩句缺乏外在形式的包裝，因此檢視一首詩的美與不美，相當重視「意象」，也就是用鮮活的形象把普遍觀念顯示出來的形象思維。

1930年代上海的《現代》月刊，主張現代詩人要寫現代生活中感受的現代情緒，用現代的詞藻排列成現代的詩形，使詩具有相當完美的「肌理」（texture），那才是現代詩。❶

1950年代紀弦於台北創組「現代派」，強調承繼西方現代詩學，用「現代詩」之名與「新詩」區隔，說明已進入一個新的創作階段。現代詩的名稱一直盛行到1970年代。後因現代詩風愈趨晦澀，現代追求也有陷入虛無的危機，詩不再狹義地標榜現代，「新詩」的名稱又日漸廣為使用❷。現在，新詩這一用語與杜甫所謂「新詩改罷自長吟」將「新詩」當作「新作」來解，意涵自是不同；與將律絕稱為唐代新詩，當作「新體詩」來看也有出入。可以說，新詩包蘊著：民國以來的、以白話為主的、向現代西方取法的，是相對於舊詩、古典詩的一個現、當代文類，它已經是一個專屬的文學術語。本書除特定年代文獻刻意標榜的「現代詩」一仍沿用外，餘皆採「新詩」之名。

有關「詩學」（poetics）一詞，必然想到亞里斯多德

---

❶ 轉引自李歐梵〈中國現代文學中的現代主義〉，頁30。原始出處為1932年8月上海現代書局發行的《現代》月刊第一卷第四期，一段編者談詩的話。

❷ 例如1980年瘂弦為《當代中國新文學大系‧詩卷》撰寫〈新詩運動一甲子〉的導言；林明德等主編《中國新詩選》；1990年代《中國新詩選注》、《台灣新詩論集》、《新詩二十家》、《新詩啟蒙》的書名，更是明顯例證。《聯合報》與《中國時報》舉辦的文學獎，設置的「新詩獎」獎項，亦不稱現代詩。

（Aristotle，384-322B.C.）的名著《詩學》（*Poetics*）。

亞氏《詩學》開宗明義指出，他的論旨在探討詩藝本身和各種詩的類型，每一種類型的主要本質，一首好詩應有的情節結構，形成一首詩的各部分與各種性質，以及屬於上述範疇的其他問題。(27)《詩學》原名《論詩的藝術》，「詩藝」與「詩學」何妨是可以互換的同義詞，則「詩學」未必視為狹義的「詩的理論」，可以是詩人或批評家批評的原則、態度、依據，也可以是他們在詞藻、韻律、詩法、詩體方面的表現。本書多舉詩例加以論述，顯然是採用這一詞彙的廣義。在研究方法上，接近比較文學中的「影響研究」，根據大量詩刊、詩集、詩論，包括手札、書信、「編輯後記」以及年表資料，考察某一詩人在某一時期接觸了什麼理論、翻譯了什麼材料、閱讀了什麼作品、提出了什麼主張，以分析他對某一特定詩學觀念的接受、挪用或刻意地誤解以遂其接枝變化。作為詩學例證的作品，本書在闡釋上並不全依古典美學範型，而是以能夠幫助解釋詩人的詩學歷程、詩學觀點為重。

美國著名詩論家布魯姆（Harold Bloom，1930-）有所謂「誤讀理論」：一部詩歌發展史之所以見其豐富就在後來的詩人對前一位詩人作品進行創造性的解讀，尋隙而曲解、模仿、修正，既繼承又顛覆。同樣的道理，一部詩學發展史之所以顯得豐饒，也是因為不同的詩學家不斷地爭鳴，在論戰中或在詩文詮釋時，對別人的主張加以限制、主觀詮釋，以展現自己具有替代性的思想、視界。

由於西方個別的主義流派在不同時期、不同國度頗有紛紜矛盾的主張，本書不做過程探究；比較台灣與西方詩學之內涵，以及判定詩作風格之歸屬，悉依個別主義流派最初源頭之精神與宣言。

●

台灣現代主義詩學不僅於1950、60年代掀起波濤，甚至1980、90年代，以至於邁入新世紀，結合了傳統的詩學思維與台灣的鄉土現實因素，始終未被取代、未被消滅。能夠一以貫之代表台灣詩學

者，捨「現代主義」莫屬。陳芳明（1947-）說：「從文學史的流變來看，現代主義運動不僅不是脫離現實，反而是台灣本土文學中波瀾壯闊的一環。在藝術成就上，更為台灣本土文學創造了極為可觀的高峰。」（2004）我們不能因為不同年代政治氣候的變化就認定詩學風貌也一體生變。

本書結合理論、運動、文學創作，分析台灣新詩發展以來，在詩學影響上的流變，試圖釐清：

一、何謂現代主義？對台灣詩學產生實證影響的個別主義有哪些？

二、台灣現代詩學先驅水蔭萍的詩觀內涵能否以超現實主義概括？他的詩作有無線索？

三、紀弦的「新現代主義」如何形成？他與覃子豪的新詩論戰，果真觀點歧異嗎？如何重估覃、紀兩人對台灣新詩現代化的影響？

四、「現代派」運動後，西化思潮重心轉移至《創世紀》詩刊前，台灣的現代主義正進行什麼樣的改造？並時呈現的前衛試探面貌為何？

五、現實主義與現代主義如何以揉合、協商的姿態，鑄造出1960年代台灣新詩的新進程？

六、古典傳統的回歸，在形式與精神召喚上，為1970年代台灣新詩美學奠定了什麼基礎？

七、1980年代現代主義詩學的新生狀態引發的後現代詩學，在新詩創作的形式實驗，有哪些說法、哪些試探？

八、如何解讀夏宇（1956-）《摩擦·無以名狀》的異端實驗？這本詩集在台灣現代主義詩學發展中有何意義？

唯有掌握不同年代揭舉的旗幟與創作方法的演化，鉤探主流詩學與重要詩家作品契合之處，台灣新詩美學曲折而堅毅的歷史脈絡，方得明晰。

第一章　水蔭萍與超現實主義

一　台灣新詩的源起

　　台灣新詩創作源於1920年代。1923年5月22日，追風（本名謝春木，1902-1969）以日文寫作〈詩的模仿〉四首，發表於1924年4月10日《台灣》雜誌第五年第一號，一般公認為台灣新詩的濫觴❶。但也有論者指出，論時間之早，施文杞❷應為第一人。施文杞的詩〈送林耕餘君隨江校長渡南洋〉，寫於1923年10月13日，〈假面具〉寫於1923年12月21日，文後自署寫作日期雖晚於追風，但相繼發表於《台灣民報》1923年12月1日出刊的第一卷第十二號、1924年3月11日出刊的第二卷第四號。這兩個日期都早於追風〈詩的模仿〉刊登的時間。若就詩藝之深淺而論，文學史家則多推崇追風在詩史上的意義。（向陽，2004）

　　與追風、施文杞同時期寫作新詩的名家尚有：賴和（1894-1943）、張我軍（1902-1955）、楊雲萍（1906-2000）、楊守愚（1905-1959）、楊華（1906-1936）、陳虛谷（1891-1965）、水蔭萍（本名楊熾昌，1908-1994）等。

　　自1925至1935年賴和從事新詩寫作約十年，之後由於日本總督

---

❶據向陽〈歷史論述與史料文獻的落差〉研究，此說始見於黃得時1954年發表的〈台灣新文學運動概觀〉，復見於1982年羊子喬為《光復前台灣文學全集9：亂都之戀》所寫的序〈光復前台灣新詩論〉。

❷施文杞生卒年不詳，鹿港人，1923年曾就讀上海南方大學，1923年底至1924年密集在《台灣民報》發表詩、小說及對白話文、婦女問題的看法。參見《彰化縣文學發展史》，頁153。

府禁止以中文發表新文學作品，乃又回轉到他青少年時期即鍾情的傳統詩創作上。儘管賴和也創作傳統詩，但卻不滿「舊文學家」只在青山綠水之間嘯詠、月白花香之下醉歌的心態，他屬意的詩要「能認識自我、能為自己說話、能與民眾發生關係」，他希望台灣詩壇出現像杜甫、陸游一般的詩人。❸ 賴和的新詩也在這一詩觀主導下，反省重大的時代事件，為悲苦的群眾、不平的人生竭力呼號，朝著亦詩亦史的方向表現。1925年描寫二林蔗農事件的〈覺悟下的犧牲〉：「弱者的哀求，／所得到的賞賜，／只是橫逆、摧殘、壓迫，／弱者的勞力，／所得到的報酬，／就是嘲笑、謫罵、詰責。」（76-77）控訴他對蔗農遭欺壓剝削的悲憤；1931年哀悼霧社事件的〈南國哀歌〉，始而思索抗暴的原因、偷生與生存的本質差異，竟而熱情地呼喊：「兄弟們！來！來！／來和他們一拚！」：

> 看我們現在，比狗還輸！
> 我們婦女竟是消遣品，
> 隨他們任意侮辱蹂躪，
> 那一個兒童不天真可愛，
> 凶惡的他們忍相虐待，
> 數一數我們所受痛苦，
> 誰都會感到無限悲哀！
>
> 兄弟們來！
> 來！捨此一身和他一拚，
> 我們處在這樣環境，
> 只是偷生有什麼路用，
> 眼前的幸福雖享不到，

---

❸ 參見《彰化縣文學發展史》頁231～232，編著者施懿琳、楊翠在注釋中說明，有關賴和傳統詩（或謂漢詩）的敘述，多參考林瑞明之著作。林瑞明著有《台灣文學與時代精神──賴和研究論集》（1993），及《台灣文學的歷史考察》（1996）。

也須為著子孫鬥爭。（140-141）

這兩首是賴和抗議精神的代表作，也是台灣新詩初期頗受史家珍視的現實主義風格。楊華1927年被拘囚在台南獄中所寫的《黑潮集》，禮讚群眾發自生命深層的叫喊，祈願血潮共鳴，能將鐵索熔解，是同一精神表現。1930年代，陳虛谷為霧社事件而寫的「止！止！止！／止住我們的哭聲，／敵人來了！／不要使他們聽見，／他們會愈加冷酷驕橫。」（103）以及楊守愚或表現水災肆虐一片傷心慘目的景象（〈蕩盪中的一個農村〉），或表現人力車夫在轉型社會廉價兜售勞力的悲哀（〈人力車夫的叫喊〉），或以孤苦貧窮者的立場揭發社會的無情（〈孤苦的孩子〉），也都屬同一創作風格。

除了現實主義抗議精神的詩作，台灣新詩初期的抒情表現也相當值得稱道，傑出者如張我軍、楊雲萍。張我軍1925年的〈亂都之戀〉情景生動，語法多變化，試看該詩第七節：

　　火車漸行漸遠了，
　　蒼鬱的北京也望不見了。
　　呵！北京我的愛人喲，
　　此去萬里長途，
　　這途中的寂寞和辛苦，
　　叫我將向誰訴！（31）

「我的愛人」既是空間座標北京的擬人化，亦無妨為北京一特定情人。「火車」的意象、「寂寞」的情懷，在筆觸鏡頭不斷變焦下，韻致益加深遠。楊雲萍1924年的〈橘子花開〉：「徘徊——／清香和月撲面來，心懷！／／真耶夢？橘子花又開，／明月團圓十二回，人何在？」（35）雖未脫淨詞氣，但確是試探白話抒情、展現中文清雅之氣的代表作。

陳虛谷參與台灣第二次新舊文學論戰（1926年），除抨擊舊詩

人歌功頌德，還提出新詩人應具備的要件：

> 第一、要有銳敏的直觀，第二、要有奔騰的情熱，第三、要有豐富的想像，第四、就是純真的品性。因為有了這幾件，他才會透視人性的真相，窺探自然的幽奧，明白說一句，就是會感觸普通人所感不到的。（517）

這大約可以視為當時主流的詩觀，這種強調感觸敏銳、表現豐富的詩觀，固然是創作之正途，但並無特殊性，不易開展出革命性的新貌。真正使台灣新詩邁向現代化的領航人，是水蔭萍。

二　水蔭萍的文學環境與追求

　　水蔭萍為台灣新文學第一代詩人提倡現代主義的先驅，1933年25歲與李張瑞、林永修等人創組「風車詩社」推動超現實主義詩風之前，已出版日文詩集《熱帶魚》（1931）《樹蘭》（1932），經常在日本《神戶詩人》、《詩學》、《椎の木》等詩誌發表詩作。❹

　　1985年水蔭萍結集隨筆與雜文，回顧自己越半世紀之寫作，慨嘆：「雖已出版六本詩集、創作集、評論集，但除開戰後出版的《燃燒的臉頰》，全都燬於戰火蕩然無存。」（251）今人能夠較全面讀到水蔭萍日據時期的作品，實賴學者呂興昌的蒐尋編訂。

　　水蔭萍為何提倡超現實主義，根據他受訪答問或自述，可歸納出三個理由：

　　一、文學環境影響。1930年水蔭萍留學日本，他說：

> 與我有關的當時日本詩壇就是辻潤、高橋新吉的達達

---

❹ 參見《水蔭萍作品集》附錄之〈楊熾昌生平著作年表初稿〉。水蔭萍詩原以日文發表，本集為詩人學者葉笛（1931-）中譯。以下所引水蔭萍詩作、文章之頁碼，皆據此書。

主義，那是要破壞詩的形式，否定既成秩序的運動。在
《詩與詩論》的春山行夫、安西冬衛、西脇順三郎等超現實
主義系譜上開花的、在詩上打出新範疇的形象和造型的主
知的現代主義詩風，可以說是以語言的躍動、敏銳的感
覺、人生的野性等擁有共同性的。詩壇上襲來暴風驟雨是
理所當然的。（218）

沒有一位作家能自外於時代風潮，當時在日本念書的水蔭萍自然是
身在日本詩壇傾心超現實主義的風氣裡，他自修法文，爲的是能研
讀法國前衛詩人高克多（Jean Cocteau，1889-1963）等人的作品。
（270）陳明台（1947-）分析，水蔭萍留日期間，日本詩壇受到兩大
詩潮支配，一是「詩與詩論」集團對超現實主義詩與詩論的實驗、
引介，一是「四季」詩派在日本傳統詩精神中融合的歐洲象徵詩表
現。水蔭萍等人受此背景影響，敏銳地追隨，導引來台灣。（陳明
台，43）

　　二、政治情勢影響。在一篇訪問記中❺，水蔭萍回憶道：

　　　　……猶記當年台北帝大（即台灣大學）教授矢野峰
　　人、島田謹二、工藤好美、西田正一等人對文學活動的提
　　倡不遺餘力，引進西歐文學的趨向，並介紹傑出作品的內
　　容，對新文學的鼓舞頗具功勞，可是他們卻隨時隨地流露
　　出殖民意識的優越感，對台灣作家的貶斥也格外的強烈，
　　所以當時的台灣作家心中都有著共同的認識──日本是
　　「看上不看下的」……

　　　　詩壇是新詩的天下，此時的新詩已由秧苗而走向茁壯
　　的階段，可是日警不肯放過任何帶有反帝思想的作品，每
　　當發現有所不妥，均被查禁。當時的筆者氣憤填膺，爲了

---

❺林佩芬〈永不停息的風車：訪楊熾昌先生〉。附錄於《水蔭萍作品集》，頁263-279。

民族文學的一線生機，於是在南報（台南新報）學藝欄發表過一篇文章，旨在喚醒台籍作家對政治意識的警覺，不要輕易墜入日人的圈套。表面上，日人對台灣文學的提倡非常熱心，骨子裡卻在觀察台籍作家的民族意識，相信每個人都是熱愛鄉土的，難免在不知不覺之中，把情感訴諸作品中，遂予日警以口實，連根拔除，民族命脈豈可經得起一拔再拔？在台灣文學百花盛開的當時，筆者不客氣地向每一位文學工作人士提出質疑：發揚殖民地文學與政治意識的可行性，「新文學」的定義、目標、特色、表現技巧等等。當時，筆者認為，唯有為文學而文學，才能逃過日警的魔掌。

在舉目皆非的環境下，要想有所作為實非易事，處境之艱難實非局外人所能瞭解，其中尤以寫實文學為甚，以文字來正面表達抗日情緒，雖是民族意識的發揚，可是在日帝「治安維持法」，新聞紙法，言論、出版、集會、結社等臨時取締法，不穩文書臨時取締法等等十餘法令之拘束下，又有誰能逃過日帝的掌力？筆者以為文學技巧的表現方法很多，與日人硬碰硬的正面對抗，只有更引發日人殘酷的摧殘而已，唯有以隱蔽意識的側面烘托，推敲文學的表現技巧，以其他角度的描繪方法，來透視現實社會，剖析其病態，分析人生，進而使讀者認識生活問題，應該可以稍避日人凶燄，將殖民文學以一種「隱喻」的方式寫出，相信必能開花結果，在中國文學史上據一席之地……

有鑑於寫實主義備受日帝的摧殘，筆者只有轉移陣地，引進超現實主義。（271-273）

為了逃避思想檢肅，延續台灣文學的生機，不得不以內心真實的挖掘替代外在現實的描寫。

三、文學新變的自覺。在日本政府思想禁錮下，想寫出具有現實生活意識的作品既有困難，不少文人的作品成了「扼殺心靈的樣板作品」，水蔭萍深感苦悶，慨嘆當時詩人戴著假面具、鸚鵡學話般、奉承墮落的極多（138），藝術的見解能否進步、能否有新的開展，他將希望寄託在超現實主義手法上。（130）在談論日本超現實主義詩人春山行夫所寫的《喬伊斯中心的文學運動》，水蔭萍不自禁對文學的前衛創新發出讚嘆：

> 自從喬伊斯的《尤利西斯》以其魁偉的面貌出現以來，談到新的文學，該書總是成為議論的鵠的。年輕作家而不為這本書強烈的精神所影響的差不多是沒有的。（152）

水蔭萍接受呂興昌訪談，回憶1930年代文學事件時，也間接表達了他的文學觀，他說：

> 台灣文學最要緊的是需有思想的特色和內涵，不要只是扛著抗日招牌，寫出民生疾苦的哀歌，應在文學的多面性下功夫，以純文學的角度去透視人生，分析人性、剖解社會。（10）

所謂「文學的多面性」、「純文學的角度」，所指涉的正是源自世界座標的新鮮空氣。

水蔭萍為詩社取名「風車」的原因有四：一、受法國名劇場「風車」的影響，二、嚮往荷蘭風車的風情，三、台南七股、北門一帶鹽田上常見一架架的風車，四、台灣詩壇需要像風車一樣吹送一種新的風氣。（275，383-384）

水蔭萍雖自始至終以超現實主義台灣詩學先驅為榮（232），但對他所主張的超現實主義內涵，卻著墨甚少。在鉤沉水蔭萍的超現實詩學前，讓我們先看看超現實主義者在法國原初的主張。

三　關於超現實主義

「超現實主義」一詞最早出現在法國詩人阿波里奈爾（Guillaume Apollinaire，1880-1918）筆下。1917年他在一篇介紹法國芭蕾舞劇《炫耀》的文章，提到「超——現實主義」一詞，隨後他評述自己的創作《蒂蕾西亞的乳房》爲「超現實主義的戲劇」。不論是「超——現實主義」或「超現實主義」，它的意義都是：比現實主義還要現實。超現實主義倡議人之一的蘇波（Philippe Soupault，1897-1990）曾舉阿波里奈爾的話：當人想要製造替代人行走的工具，就創造出車輪（老高放，7-8），喻指車輪和兩條腿在形貌上並不相似，但作用是相似的，車輪的創造並沒有脫離行走的現實，人類的這一思想不是刻板的模仿，而是有創造性有新精神的超現實主義的思想。

1919年10月至12月，布荷東（André Breton，1896-1966）與蘇波在《文學》雜誌連載兩人合作的第一部超現實主義作品《磁場》，正式宣告了超現實主義誕生。

1924年布荷東發表第一篇〈超現實主義宣言〉，爲主義下定義，尋找精神源流，解說超現實的創作奧祕。這是一份重要文獻，現摘錄片段[6]：

> 超現實主義奠基於一個信念：相信有一超拔的現實界（superior reality）存在著某些與現實有關聯、以往卻一直被忽略的形象，而這些形象潛伏在無所不能的夢境，或思緒無目的的戲耍中。超現實主義致力於摧毀並替代其他一切心理機制，以解決生命中的主要課題。

[6] 摘譯自美國密西根大學出版社1972年出版的英文本《超現實主義宣言集》（*Manifestoes of Surrealism*）。

超現實主義，一個名詞，意指吾人在一種心理純淨狀態下所表露的自動現象或無意識行動中，用言辭——不論是文字書寫或其他方式——來表達思緒（thought）運作實況的創作方法；此種創作以思緒為主導，不受理性（reason）掌控，也脫離美學或道德的考量。（1972：25-26）

布荷東認為許多詩人都可以稱為「超現實主義者」，從但丁（Dante Alighieri，1265-1321）、莎士比亞（William Shakespeare，1564-1616），到雨果（Victor M. Hugo，1802-1885）、波特萊爾（Charles Baudelaire，1821-1869）、韓波（Arthur Rimbaud，1854-1891）、馬拉美（Stéphane Mallarmé，1842-1898）……因為如果我們不稱他們為天才，就只能歸功於超現實主義的創作方法，否則你想不出這些詩人是用什麼方法寫作的。

超現實主義最廣為人知的藝術手法，就是自動書寫，在自動書寫時，意象會以目不暇給的速度躍出，超現實意象的特性就在隨機性（arbitrariness）。布荷東以他和蘇波合作《磁場》的方法說明隨機性：

對談者各說各話，不尋求對話的樂趣，也不把自己的想法強加於對方。和一般對話不同之處是：雙方對談並不是為了要推演出什麼理論。所用的字、所用的意象只像是意識的跳板，讓傾聽者借力使力。我和蘇波就是這樣完成第一本純粹的超現實主義著作《磁場》的。我們兩人是互不牽涉的對談者，然後，我們把寫下的獨白裝訂起來，就是一本創作。（1972：35）

有關自動書寫，他進一步說明：

在一個讓自己最能專注的角落坐定，備好紙筆。盡量讓自己處於一種被動或接收的精神狀態。忘掉你的天分、

才氣，也忘掉別人的才氣。盡量提醒自己：文學是通向一切事情最傷感的路。快速地寫，不要有任何預定的題材，要寫得快到你完全忘記自己在寫作，且無意重讀你寫下的文字。你的第一個句子會自然出現，這情況完全無法抗拒，以致在隨之而來的每一分秒，一些我們從來不曾意識到的新語句會狂喊著讓我們聽到。但是，要怎麼看待下一個句子比較困難：如果我們同意寫作本身一開始就涉及起碼的意識觀照，那麼毫無疑問的，第二個句子顯然會牽涉到我們的意識活動及其他活動。然而，這對你應該無關緊要。就某個程度而言，這其實是超現實主義最有趣也最具啓發性的地方。標點符號似乎非常必要，但它無疑會阻礙思緒的持續流動，這是事實，也是我們所關心的。只要你喜歡，你可以繼續不斷寫下去。要對你有能力無止盡地喃喃自語說下去的天性有信心。如果你犯了個無心的錯，盆神寫不下去了，你要毫不猶豫的即刻停筆，並且在停筆處畫一個清楚的記號。停筆之後再開始時，為了要接著一個看來不相干的字繼續創作，你得隨便寫一個字，也許就選用「我」這個字，那永遠的「我」，然後從這個字開始重新啓動超寫實書寫的隨機性（1972：29-30）。

　　水蔭萍在書信體散文〈義大利花飾彩陶的花瓶〉中，提過他在《風車》詩刊上「寫著關於達達主義的筆記，發表關於超現實主義的片段」（146），可惜後人能看到的材料十分有限，無從得知水蔭萍如何與1910年代的達達宣言、1920年代的超現實宣言對話。水蔭萍有關現代詩學的見解，值得選摘的有下列五段：

　　　　我們怎麼裁斷對象、組合對象，就這樣構成詩的。這是詩人的精神祕密。在那裡詩會做暴風雨的呼吸。我認爲被投擲的對象描畫的拋物線即是詩，然而我常強求其組織

體的不完全。我認爲詩的組織就是不完全的意義的世界走到完全的世界。這才是詩的本質。詩的永續性不可能是到達完全世界的。同時，也不可能有完全的世界………。我們在超現實之中透視現實，捕住比現實還要現實的東西。（〈燃燒的頭髮〉，128-130）

　　這首詩（按，高克多的〈金羊毛〉）的構成是以極複雜的各種語言和音響組成的，被人説：簡直是完全自由奔放，不可能翻譯的。（〈洋燈的思惟〉，164）

　　1902年2月，F. T.馬里内蒂在巴黎Le Figaro（費加羅報）上發表未來派宣言（Manifeste du futurisme）的衝擊，就是追求一切傳統藝術的破壞和戰慄的新現代美的創造之聲。這是在文學、繪畫、音樂、雕刻、舞蹈、建築等領域，在國際性的規模上追求戰鬥的藝術革命運動。

　　未來派（Futurisme）是從運動和生命力的立場來把握世界的本質，要打破調和、比例、統一等傳統美學的規範，要從古典藝術巨大遺產的魔咒束縛裡把現代藝術解放出來，否定既成的藝術理念和方法、解體修辭法、強調自由語的獨創性、叛逆古典的權威、主張藝術的學院主義的絕滅。（〈新精神和詩精神〉，168）

　　「蝴蝶一隻渡過韃靼（按，音達達）海峽去了」這首題爲〈春〉的一行詩被指爲表現敏鋭的智性和感覺之詩。

　　在日本從西歐詩人的近代詩之引進，其發展可觀，特別在大正期以降（1913）、波特萊爾、韓波、魏爾崙、拉吉訶、高克多、阿波里奈爾、里爾克等被介紹過來，給予近代詩的形式和表現以深刻的感化。上田敏、永井荷風、堀口大學等的譯詩集留下的功績很大。（〈新精神和詩精

神〉，171）

　　我所主張的聯想飛躍、意識的構圖、思考的音樂性、技法巧妙的運用和微細的迫力性等，對當時的我來說，追求藝術的意欲非常激烈，認為超現實是詩飛翔的異彩花苑。（水蔭萍致日本學者中村義一函，292）

　　上述具有現代精神的詩觀，摻雜有象徵主義、未來主義的詩法，不純然是超現實主義的。要了解水蔭萍的超現實主義特色，必須從他的詩作找尋線索，加以分析。

四　水蔭萍詩作的超現實表現

　　超現實主義詩人追求精神解放，不斷發展、不斷創新的能力，他們的詩並無固定命題，也無統一的風格或技巧。自動寫作和夢的研究是超現實主義者最初的探索，性欲、洞察力、精神病語言、魔術，則是延伸而產生貢獻的領域。（蕭特，280）

　　上一節已論及，水蔭萍除醉心超現實主義思潮，亦受其他主義影響，細究他的詩，將「遙遠的／水路的煙」，形容為「向水波發誓的／淡色的戀」（33），將「海水美麗的飛沫」，形容為「搖蕩著的漂泊的黃昏」以及「淡青的鄉愁」（84），都可看出象徵主義「交感」（correspondence）的詩法。

　　真正歸屬超現實主義表現的，是打破理性概念、語言慣性的描寫。例如描寫海邊的〈傷風的唇〉前五行：

　　墜入白晝昏睡的水路的習性
　　渡著樹海的風
　　青樹的濃影裡假寐的少女
　　著彩於種族的香氣裡的臙脂花著白牙枯萎

季節在海灘嬉戲（19）

從「水路」到「風」到樹陰裡的「少女」，以至於「香氣」、「白牙」、嬉戲的「季節」，無法以邏輯解讀，而必須訴諸一片白花花的想像的陽光。

描寫黎明的小詩：

> 爲蒼白的驚駭
> 緋紅的嘴唇發出可怕的叫喊
> 風裝死而靜下來的清晨
> 我肉體上滿是血的創傷在發燒（50）

說緋紅的嘴唇是天邊的朝曦，猶有形象上的聯想可言，至於「可怕的叫喊」、「風裝死」，就是非理性的夢幻意識，目的在把燃燒的黎明天色聯結上滿是血的、創傷的肉體形象。

描寫女人的小詩：

> 白色額頭和黑髮使紅內裙透明。她的眼眸
> 比海還深。摘取粗花，夜夜在她白色
> 指頭上寫著鵝、九頭龍或巨鯨的故事。（88）

全非外在客觀景象。額頭爲何白色？額頭和黑髮爲何能使紅內裙透明？紅內裙指的什麼？白色指頭爲何要寫鵝、龍、鯨的故事？那些故事是什麼故事？這些問題都難解，但影影綽綽又不是毫無意識可言，看似任意、荒謬，其實是一現實情景的變形，是夢與現實交融的「絕對現實」（absolute reality）。

　　一般都認定超現實詩的意象晦澀，其實摸清它的思維與語法，其意涵在影影綽綽之間並不難尋索。迷濛的葫蘆花與無常的雨（21），柔軟的花瓣與秋霧（26），套著藍長袍的天使與月光（31），水蔭萍擅將互不相干的成分結合起來，創造出想像的跨度，予讀者

新的感動。〈demi rever〉（按，應作demi-rêve）一詩，葉笛譯注
「半夢之意，謂不完整的夢」，確能看出半夢半醒、表裡雙關的意
象：

　　　　頹廢的白色液體
　　　　第三回的菸斗煙之後生起的思念　進入一個黑手套裡——
　　　　西北風敲打窗戶
　　　　從菸斗洩露的戀走向海邊去

「頹廢的白色液體」承接上一節：「肉體的思惟。肉體的夢想／肉
體的芭蕾舞……」之後，我們有理由解讀成體液，而如果這一讀法
成立，則「菸斗」作為男性的象徵、「黑手套」作為女性的象徵，
也就不算太突兀的解讀。

　　法國詩人艾呂雅（Paul Éluard，1895-1952）為何寫下那麼多頌
美愛情、謳歌情欲的詩篇？原來超現實主義者認為愛情是超現實行
為的原型，性欲是具體的表現。水蔭萍的詩也有不少女性官能描
繪，但除極少數如〈海港的筆記〉（102）歌讚年輕情欲的冒險浪
動，大多呈現抑鬱不快：「我描寫一個娼婦以那在陰濕濕的港都之
家拉客的女人的性的發情、周圍的背景、照明等的作用形式描寫女
人濡濕的裸體、手指的觸感。」（240）這是他所謂的「醜惡之
美」，反寫對私愛的憧憬、對情欲的同情，或塑造禁欲的、蒼白
的、悲劇的、靨夢般睡著的女性，如〈尼姑〉、〈茉莉花〉。

　　〈尼姑〉（57）這首詩，描寫一位年輕的尼姑夜晚不耐寺庵之清
寂，打開窗戶外望，窗戶是連結紅塵的通道，夜氣粘纏如情欲湧動
而又難以斷除，尼姑伸出白白的胳臂，她的眼睛受夜氣撩撥而興
奮，雖然佛像端嚴、佛燈通明，但尼姑驚駭地生出了性的幻想，
「虛妄的性的小道」不是真實的路，而是有象徵性的意識流，「乳
房」、「眼窩」都是情欲的物象。「紅玻璃的如意燈繼續燃燒著」，
紅燈不只是現實中的燈，也成了尼姑心中灼熱的火；「青銅色的鐘

漾著寒冷的心」，銅鐘也不只是寺庵的鐘，而是尼姑心中那顆備覺寒冷的心。接下去，水蔭萍描寫尼姑經過一番冷熱煎熬，在失神之際，凡心又受到神性壓制，她度過了情欲的黑夜，經過「昏厥」（死的象徵）而甦醒，濛濛發香的「線香」取代了可怖的「夜氣」，正襟危坐的尼姑取代了心潮洶湧、裸臂掙扎的尼姑。神性雖戰勝了凡心，但回復神性的尼姑是哭著的，不似凡心挑動的歡悅。最後，俗名「端端」的尼姑，將她的「處女性獻給神了」。學者陳明台一方面讚美這首詩是「異色的耽美傑作」、得自「橫的移植」，一方面又說這詩「已注入堅實的抒情和思想性格」（55-56），可見水蔭萍的「超現實」主張，是融合了東方精神與超現實技法的表現，不是一成不變的師法。他成功的傳誦的作品都不是極端的超現實主義之作。

〈茉莉花〉的抒情表現也同於〈尼姑〉：

被竹林圍住的庭園中有亭子　玉碗、素英、皇炎、錢菊、白武君這些菊花使庭園的空氣濃暖芳郁　從枇杷的葉子尺蠖垂下的金色的絲月亮皎皎地散步於十三日之夜

丈夫一逝世Frau J就把頭髮剪了　白喪服裡妻子磨了指甲嘴唇飾以口紅描了細眉

這麼姣麗的夫人對死去的丈夫不哭　她只是晚上和月亮漫步於亡夫的花園

從房間漏出的不知是普羅米修斯的彈奏或者拿波里式的歌曲跳躍在白色鍵盤上……
Frau J把杜步西放在電唱機上

亭內白衣的斷髮夫人搖晃著珍珠耳飾揮動指揮棒
菊花的花瓣裡精靈在呼吸

夫人獨自潸潸然淚下　粉撲波動　沒有人知道投入丈夫棺
槨中的黑髮

不哭的夫人遭受各種誤會　爲要和丈夫之死的悲哀搏鬥
畫了眉而紅唇艷麗
那悲苦是誰也不知道的

夫人仰起臉
長睫毛上有淡影
蒼白的唇上沒有口紅　戴在耳邊髮上的茉莉花把白色清香
拖向夜之中

（59-60）

　　這首詩寫一女子死了丈夫，因不哭而遭人誤解，沒有人知道她
眞實的悲哀。據譯者葉笛（1931-）所作譯注，Frau是德語妻子、戀
人、夫人之意。至於J，或指茉莉花（jasmine）。若問詩的超現實性
在哪裡？必須回想布荷東在宣言中所說的「自動書寫」的方法，然
後我們才能體會，超現實自動書寫，仍然離不開意象。超現實主義
的意象與象徵主義的意象之不同在於，超現實的意象是心智（mind）
的唯一的指標，它是先於心智出現的，心智被這些意象說服，一步
步服膺這些意象、屈從這些意象；心智在這些意象中顯得自由靈
活、天地寬廣，心智在這些意象中似乎曖昧、有歧義，其實更爲透
澈清晰。（1972：37）竹林圍住的庭園可以看作是Frau J的外表，
亭子是她的心，玉碗、素英、皇炎、錢菊、白武君這些菊花都是
Frau J心中哀悼的意象，一簇簇塞滿她的心。尺蠖的金絲和皎皎的
月光，是襯映庭園外在的景象，Frau J眞實的內心世界見諸詩的第
五節，「亭內白衣的斷髮夫人搖晃著珍珠耳飾揮動指揮棒」，這是
心潮洶湧的景象，「菊花的花瓣裡精靈在呼吸」更強化了內心波動
之情。「亭子」、「菊花」、「尺蠖」、「月光」、「紅唇」、「畫

眉」、「精靈」這些意象想必是詩人冥思狀態以目不暇給速度出現的，它們同時並陳於一種哀傷的情境中，並不是邏輯思維一個牽引出另一個。超現實意象的價值常在於不同的、陌生的實象互相碰撞出的火花，實象與實象之間有很大的差距，但因碰撞而有令人意想不到的驚喜。這些意象不是實景的聯想，是內心的虛構，〈茉莉花〉前五節都是超現實活動下的想像描繪，是詩人的同情；真實的Frau J究竟如何？請看詩的最後一節，她一身素淨，繾綣延於夜色中的是白色茉莉花的相思。

葉笛談日據時代台灣詩壇的超現實主義運動，也曾以水蔭萍的〈青白色鐘樓〉為例：

> 晨
> 一九三三年的陽光
>
> 我邊啃著麵包
> 邊向南方的街道走去……
>
> 白的胸部
> 吸取新時代的她在著婦女服的現實上，敲撞拂曉的鐘……
>
> 毛氈上的腳、腳在「死」裡舞蹈著，琳子的白衣服對面什
>   麼也看不見
>
> 風中閃耀著椰樹的葉尖
> 風中飛來紙屑
>
> 發亮的柏油路上動著一點陰影，他的耳膜裡洄漩著鐘聲青
>   色的音波……
>
> 無篷的卡車的爆音
> 真忙吶

　　這南方的森林裡譏諷的天使不斷地舞蹈著，笑著我生銹的
　　無知……

　　誰站在朦朧的鐘樓……
　　賣春婦因寒冷死去……

　　清脆得發紫的音波……

　　鋼骨演奏的光和疲勞的響聲
　　冷峭的晨早的響聲
　　心靈的響聲……

　　第三節「吸取新時代的她在著婦女服的現實上」這一句費解，整首詩光影、色彩、音響一一出現，似夢非夢、似真非真，想要理解十分枉然，但其中確有生和死、動與靜、疑惑、不安、迷惘與超現實的形象交織。（葉笛，357）

　　〈青白色鐘樓〉體現超現實主義者「偶然遇合」（coincidence，同時發生或同時存在）的中心思考，這首詩每一節都是一個特殊時刻的突發事件或奇想。羅傑‧夏塔克（Roger Shattuck）評估超現實主義，即強調「偶然遇合」，他說，超現實主義者被絕對的好奇心與膽氣所驅策，拋開一切，只認定特殊時刻是唯一的、真正的「現實」，足以表述一切事件中的隨機性和背後隱藏的次序，而這就是「超現實」。（20）

　　超現實主義從達達主義演進而成，但不像達達主義那麼嘻嘻哈哈的強調破壞性，超現實主義者對荒謬、不公是心存悲憫加以批判的，水蔭萍雖然寫過達達主義的筆記，但其前衛表現不走達達主義的路，在勾勒「福爾摩沙島影」的一組詩，第一首〈停車場〉就可見出與達達主義者主題精神完全不同：

　　這裡是人的集散地

在鐵路橋下哭泣的女人隱藏著胎兒………

被污辱的女人喲！

鐵路橋的鐵板不會掉下來嗎………（78）

這種對弱勢者的悲憫精神，可以聯繫到1950年代寫作〈深淵〉的瘂弦（1932-），形成現代主義詩人描寫苦難、人性異化的風格特徵。

<h2 style="text-align:center">五　小　結</h2>

　　超現實主義始於1920年代的法國，在安德列·布荷東長時期領導以及各藝術層面菁英強力發展下，首先成功地移植到比利時，隨後傳布至捷克、南斯拉夫、荷蘭、美國、日本及南美洲，可以說變成了一個世界性的現象。（蕭特，279）水蔭萍的超現實理論就是運用日文從日本習得的。

　　我們看水蔭萍的詩未必吻合超現實詩觀，原因是超現實主義並沒有一種共通認定的書寫格式，布荷東與艾呂雅合寫的〈詩注〉（"Notes On Poetry"，1929）表明：「在弄不清用的是哪種音調的語言、文字、比喻、念頭變化的狀況下寫作，是件多麼令人自豪的事；不去預想一件作品時間長短的結構，也不預設它結尾的情況；不問『爲何』，也不問『如何』。」（274）超現實主義詩人拒絕爲溝通而犧牲內心幻象之眞實，因此他們的詩不免流於晦澀，但在晦澀的背後仍有一股吸引人一探究竟的新體驗，不像達達主義詩作那麼混沌而非理性。

　　眞正用自動書寫、隨機結合、夢境紀實、偏執心態寫下而未加修飾的作品，早已因其內容單調、題材曖昧而消失無蹤了。存在主義大師沙特（Jean-Paul Sartre，1905-1980）在〈何謂文學？〉一文曾指出超現實主義詩人的兩難困境：既要任憑自發性，做一個謙卑的筆錄者，又要熱切維護創作者的個性、社會責任。（Shattuck，

28）儘管這一矛盾是超現實主義者必須接受批判的矛盾，儘管不斷地有人加以批判，但不容否認它是二十世紀前半葉最富詩意的運動，其詩學精粹早已滲透至下半葉其他現代詩學主張中，影響一整個世紀。

台灣現代詩創作得力於超現實主義啓發極深，水蔭萍短時間的倡議雖未獲巨大影響，但作爲先驅的歷史意義十分珍貴。跨越1940年代至1950年代中期以後，超現實主義技法經《現代詩》、《創世紀》等詩刊宣揚而獲得熱烈的學習，成爲台灣詩人現代化改造的重要鑰匙之一。至於超現實主義的前身達達主義，則要等到1995年，由夏宇（1956-）玩心大發地放了一把《摩擦‧無以名狀》的煙火，才算添加了一筆，沒有留下空白。❼

---

❼參見本書第九章。

第二章　紀弦與新現代主義

一　紀弦的新詩淵源

　　紀弦（1913-），人稱「台灣現代詩的點火人」❶，1929年十六歲就讀震旦大學揚州附中時開始寫詩。初墜情網，以詩寄情，處女作：「此時夜正深，何處是我魂？魂已遙飛去，常隨我愛人。」（2001a，35）句型整齊，情懷古典，顯然如五四過渡期初習新詩者最初之嘗試，是欲掙脫束縛而尚未脫去束縛的實驗品。

　　隨後，紀弦赴武漢，就讀武昌美專一學期。除中國古典小說外，這時期還接觸到不少世界名著中譯本及歷史、天文學著作。1930年回揚州完婚後，轉學蘇州美專繪畫系西洋畫組，才算拉開了現代主義啟蒙的帷幕：

> 　　在理論上，我是愈來愈堅持：一個畫家，必須藉「客觀對象」而作「主觀我」之表現。否則，他就成了個攝影師。而攝影，絕非繪畫。繪畫是藝術，攝影是科學，這兩者，不可以相提並論的。換句話說，我已走上後期印象派乃至野獸派的路線了。並且，對於未來、立體、構成、超現實等新興畫派，我也頗感興趣。（2001a，43）

　　二十世紀前期西方不少現代主義流派的激揚，是由文學作家與畫家合力完成的。立體主義的畢卡索（Pablo Picasso，1881-1973）、

---

❶《紀弦回憶錄‧第二部》第一章：「有人說，紀弦是台灣現代詩的『點火人』。」（19）語出瘂弦。

達達主義的阿爾普（Jean Arp，1887-1966）與杜象（Marcel Duchamp，1887-1986）、超現實主義的達利（Salvador Dali，1904-1989），都是創造思潮的畫壇名家。紀弦的現代詩精神也與學畫有直接關係。1949年前他用的筆名「路易士」，就是在蘇州美專就學時取的。

紀弦出版的第一本詩集《易士詩集》（1933），十之八九仍爲格律詩，新月派的影響處處可見。晚年回顧，他自認當年最佳的一首是〈八行小唱〉：

> 從前我眞傻
> 沒得玩耍，
> 在暗夜裡，
> 期待著火把。
>
> 如今我明白，
> 不再期待，
> 說一聲幹，
> 劃幾根火柴。（2001a：59-60）

仍然是格律詩。但題意飽滿，富於聯想，駕馭文字俐落，迴異於其他少作，最後兩行「說一聲幹，劃幾根火柴」這樣簡短有力的句型以及積極進取的精神，已初露紀弦的創作姿態。

《易士詩集》出版後，他開始接觸到把法國象徵主義帶到中國來的李金髮，及以「散文的音樂」寫作自由詩的戴望舒的作品。他說李金髮的詩寫得很新、很怪，口語文言混用，文法也說得通，別有一種聲調之美。又說，比起李金髮，戴望舒對他的影響更具決定性。那時紀弦訂閱了上海現代書局發行的文學刊物《現代》，結交徐遲（1914-1996）等「現代派詩人群」，從1934年起，他不再寫整齊押韻的格律詩了，他認爲格律詩只重形式，不如自由詩講究內

容；自由詩的音樂性訴諸「心耳」，格律詩的音樂性訴諸「肉耳」，自由詩在聲韻安排上比格律詩更自然活潑。他的作品陸續發表於《現代》，正式成為中國新詩「現代派」的一員。（2001a：62-63）

《紀弦回憶錄》回顧大陸時期❷他所受的西方詩學影響，包括法國象徵主義、超現實主義和美國意象主義。他舉自己的詩〈致秋空〉：「梧桐樹沉醉於你的歌聲，／不停地搖著她的金色的肩膀；」說就詩形而言，這便是現代派的自由詩。「現代派」輕賦而重比、興，講究含蓄與暗示。表現手法或取象徵主義或取意象主義。（2001a：73）帶有超現實派色彩的是〈火災的城〉：「從你的靈魂的窗子望進去，／在那最深邃最黑暗的地方，／我看見了無消防隊的火災的城／和赤裸著的瘋人們的潮。」與〈吠月的犬〉：「載著吠月的犬的列車滑過去消失了。／鐵道嘆一口氣。／於是騎在多刺的巨型仙人掌上的全裸的少女們的有個性的歌聲四起了」。（2001a：111-124）〈火災的城〉描寫眼睛深處大火燃燒，火中有赤裸的瘋狂的人潮，那不是寫火災的現實景象，是寫欲望之火燃燒的人心。〈吠月之犬〉所吠者汽笛也，鐵道嘆氣，是蒸氣煤煙的擬人化寫法，全裸的少女可聯想成月光，多刺的巨型仙人掌表現荒野之景。「跌下去的列車不再從弧形地平線爬上來了。／但擊打了鍍鎳的月亮的悽屬的犬吠卻又被彈回來，／吞噬了少女們的歌。」最後三行流露人心深處的倉惶、荒涼。兩首詩都富有現代驚悚性。前者寫於1936年，後者寫於1942年。詞語未見得精美，但超現實詩想的強悍、內視的深刻，確是風格鮮明的現代詩。至於〈致秋空〉中以「金色的肩膀」表現秋天的梧桐樹，是一清新意象，有象徵主義詩人追求的神祕想像邏輯（非概念邏輯），也有意象主義詩人講究的不用平庸、冗贅、模糊詞語的旨趣。

---

❷紀弦將一生分為三大時期：1913-1948為大陸時期，1949-1976為台灣時期，1977年以後為美西時期。參見《紀弦回憶錄》自序。

紀弦現代化得很早，由此可見。

二　紀弦「新現代主義」的養成

紀弦發起的「現代派」，於1956年1月15日宣告成立，儘管第一號〈現代派消息公報〉❸有「領導新詩的再革命，推行新詩的現代化」的宣言，提出了現代派六信條的主張，但並無「新現代主義」這一名詞揭示。直到第二年九月紀弦答覆覃子豪〈新詩向何處去〉，為與覃子豪頗為欣賞的象徵主義、意象主義有所區別，更為強調自己不同於覃子豪不新不舊的折衷主義，也不是只會跟在歐美的主義後面因襲學步，因而在現代主義之前冠上「後期」或「新」的字眼。於是紀弦的現代主義詩學以1957年界分，之前為追隨戴望舒、施蟄存（1905-2003）以上海的《現代》雜誌為陣地的前期現代派，之後為1957年現代主義論戰開始以紀弦自己在台北創辦的《現代詩》為陣地的後期現代派。

　　1954年紀弦出版《紀弦詩論》，1956年出版《新詩論集》，主要的論點仍屬前期現代派所宣揚。例如花很多篇幅分辨「韻文與散文」、「詩與歌」、「內容與形式」，比較像是做新詩教育工作，而不在建樹一套理論。這一時期他強調以口語為表現工具，因為口語是現代的、活的語言。（1956a：8）不要只用耳朵聽的音樂性，要追求心靈感覺的新詩的音樂性。肉耳可以聽到的，紀弦稱之為外在的音樂、形式的音樂；心耳領會的，紀弦名之為內在的音樂、內容的音樂。後者他又名為「散文的音樂」，以與「韻文的音樂」相對照。這些見解承襲法國象徵主義，戴望舒曾經論及，但不如紀弦反覆申說而且說得透澈：

---

❸刊見《現代詩》第十三期首頁。

從「詩形」的音樂性到「詩質」的音樂性，從「文字」的音樂性到「情緒」的音樂性，從滿足「肉耳」的音樂性到滿足「心耳」的音樂性，從「外在的」音樂性到「內在的」音樂性，從「低級的」音樂性到「高級的」音樂性，這就是詩的進化。（1956a：34）

談到詩的本質，紀弦說：「詩的本質是一個情緒，一個在於音樂狀態的，有想像的情緒。」（1956a，4）接著，他用千變萬化的顏色來形容不同的情緒，又說情緒隨各人教養、環境、宗教信仰、生活方式而有不同影響。單單是情緒不能成為文學，還要能將它客觀化，於是有了表現。為了解說「情緒的客觀化」，紀弦先解說詩的情緒具有散文的情緒所缺少的狂熱（madness），在靈感的瞬間啟閉時，想像異常靈敏活躍，那就是詩的狂熱；如果不能化主觀為客觀、化「我」為對象，空有熱情無從表達。於是，紀弦舉象徵主義詩人馬拉美的話：「靜觀物象，於其喚起之夢幻中，心象自然地飛揚時，歌乃成。」並舉梵樂希（Paul Valéry，1871-1945）的詩：「判然的火住在我的內部，我冷靜地看著」，說明靜觀冥想的創作法。（1956a：37）簡言之，紀弦強調熱情，但熱情不得直接噴湧，必須以微妙的象徵、冷靜的暗示來表達。

1951年11月紀弦與鍾鼎文（1914-）、葛賢寧（1908-1961）共同發起、合編《新詩週刊》，1953年2月紀弦獨自創辦《現代詩》，這兩份刊物的發刊辭都由紀弦執筆，作為「誓師宣言」，可以視為紀弦前期現代派詩學之總結。〈新詩週刊‧發刊辭〉的要點有四：

一、詩貴獨創，講究個性表現。

二、文學雖為人生而表現，但只有在為文學而文學的前提下才能完成。故重視技巧。

三、不販賣西洋舊貨，也不用白話寫舊詩詞的詩。

四、不標新立異，對中國詩的傳統審慎地揚棄和繼承。

　　這一創作美學，承自中國的融舊鑄新的觀念，也類似西方的巴拿斯派（The Parnassians）為藝術而藝術（與「為文學而文學」同義）的主張。

　　一年多以後的〈現代詩・宣言〉，小修了為文學而文學的說法，改而強調「時代精神的表現與昂揚」，除藝術性之講究，另需兼顧詩的社會意義。兩個宣言裡都有「站在反共抗俄的大旗下」的聲明，應與當年台灣的政治情勢有關。至於不要用白話「翻譯」中國古代的詩情、不要販賣西洋古董（例如商籟體）來冒充新的，以及積極學習新的表現手法，都再一次獲得強調，確認。

　　紀弦的詩學發展並非自始至終如一，而是不斷地推翻、修正、產生變化的。他吸收西方主義的薰陶，但具有雜食性格，不只沾一味。他堅決主張移植，「所謂新詩，乃是來自西洋的移植之花，這是不可否認的」，但不是一成不變式的移植；他觀察移植到中國和日本的新詩，「愈更精湛、純粹、堅實、完美，呈其枝繁葉茂之姿」，且各各織入了本國的民族性格、文化傳統，既幾乎趕上了世界的水準，又取得存在的理由，已無懼「舊文學」之反動。（1954：9-10）

　　援引主義，是為了說明詩的一個原理，嚴格說，紀弦並不信奉主義，如果信奉，也只是信奉那個主義的一部分。例如談想像而借用超現實主義：他舉達利那幅形態扭曲的柔軟的時鐘〈記憶之堅持〉說明時間在畫家筆下被征服了，人類意識最深處確有征服時間的企圖，不過不知如何把它表現出來罷了。超現實主義的現實不像寫實派的現實，寫實派表現肉眼能見的表面，超現實表現心眼所見事物之深層，超現實詩人是運用敏銳的想像力以構成他所欲表現事物之藝術形象。（1954：54）

　　談「現代」，他未標榜哪一個主義，「一切文學尤其是詩，必須是在產生該作品的時代成其為現代的」，紀弦說中國的古典名著《離騷》、西方的古典名著《神曲》，在屈原、但丁的時代，都是空

前獨創、完全摩登的，因爲在他的時代是「現代的」，因而具有永久性；浪漫主義對拜倫（Lord George Gordon Byron，1788-1824）、雪萊（Percy Bysshe Shelley，1792-1822）、雨果是現代的，但已不適用在波特萊爾身上，波特萊爾必須掌握象徵派的朦朧與主觀，才能以全新的姿態進行新的表現。（1956a：16）

　　談阿波里奈爾，紀弦也不將焦點放在他使用印刷特異形式表現的詩，不死板地以形式主義的表現將他放進立體主義去探討，反而說阿波里奈爾的詩是想像（fantasy）的產品，「天生是一個象徵的抒情詩人」。（1956a：79）

　　1956年1月紀弦創組現代派之前，他最親近的主義，是象徵主義，《新詩論集》中的第三輯，一整輯都在介紹法國象徵派的特色與波特萊爾、馬拉美、梵樂希、克洛德爾（Paul Claudel，1868-1955）、保羅・福爾（Paul Fort，1872-1960）及阿波里奈爾等象徵主義詩人。紀弦說：

> 　　原來象徵派對於詩的創造之最主要的意圖，即在於依意象（image）而象徵化思想、感情、情調等。
>
> 　　如他們之所主張的，乃是要在對象形態之解體處再現原來之事物。總之，「象徵」的意義，可解釋爲──基於想像的隱喻之連續，或比喻之擴大。
>
> 　　其次，我們應該認識的一點是：象徵派於音響、色彩、形態、情調等現象中發見了共通的、呼應的、調和的特殊類似關係之存在。（1956a：57）

> 　　作爲近世世界詩壇之母胎的法國象徵主義，雖已有了幾分變化，但在現在，它是絕沒有滅亡的。列於現代巨星之林的人們，作爲象徵之新的姿態而存在者。那些影響，在新興現代派之蓬勃的浪潮間，是隱約可見的。並且，從某種角度看，如果說現代之新銳詩派，例如立體派和超現

實派，一切都是經由Symbolism的洗禮而發育和成長起來的，也沒有什麼不可以吧。（1956a：59）

在理論觀察上紀弦贊同安德列·別雷（Andrei Bely，1880-1934）的說法：象徵派和「完成」的概念相反，即使沒有留下完全的作品也無妨，它以「難懂的神祕和稍帶宗教色彩的詩的觀念」，爲不安的一整個時代的人提供了許多滋養與滿足的機會。（1956a：59）

象徵主義無疑滋養過紀弦，但1957年8月覃子豪與他展開論戰後，紀弦不僅攻擊覃子豪仍然信奉過時的、陳腐的浪漫主義，連象徵主義、意象主義，也被他批評成「不新不舊」、「不夠新」、「折衷主義」、「在我們是已經不大重視的了」。紀弦改以複合西方多種主義，經「吸收和消化」的中國現代主義作爲自己代表的主義。這就是他的「新現代主義」。

紀弦的新現代主義，不可能一朝生成。在「覃、紀新詩論戰」甚至現代派創組之前，他的重要詩觀已經成形，特別值得引述的有三項：

（一）論「我」。

　　詩，連同一切文學，一切藝術，首先必須是「個人的」。唯其是個人的，所以是民族的；唯其是民族的，所以是世界的。唯其是個人的，所以是時代的；唯其是時代的，所以是永久的。因爲在每一個詩人，每一個文學家，每一個藝術家的「我」裡，有他所從屬的民族之民族性格，有他所從屬的時代之時代精神。而這民族性格，時代精神，又必須是藉一個詩人，一個文學家，一個藝術家之「我」的表現而具體化於其作品中，方能成爲活的，有生命的和發展的。否則，它們止於是一個抽象的，概念的無生物罷了。所以否定了「我」，否定了「個人」，便沒有詩，

沒有文學，沒有藝術。　　　（1954：3）

　　「我」與「對象」的關係是我意識對象而對象被我所意識，我表現我所感興的而我所感興的被我所表現。因此我為主而對象為賓。「喧賓奪主」是不對的。
　　這個「我」，可以說是一切藝術之「出發點」，亦即一切藝術之「到達點」。（1956a：20）

文學表現之圭臬無非普世稱道的人文主義，何謂人文主義？曰處理我與自我、我與他人、我與自然、我與超自然之倫理。1950年代初，在一個強調「我們」的環境氛圍裡，能夠提出「我」這麼有個性的觀點，是相當具有文學真知灼見的。

（二）論「知性」。

　　談到詩的本質，紀弦起初認定為「情緒」──一個在音樂狀態的、有想像力的情緒，「如太陽之七色。色彩有單色、有複色，情緒亦然。」（1954：13）他經常稱揚「抒情」讓人心弦顫動。但後來修正成強調知性，他說，新詩之所以為「新」詩，有一大特色，那便是：理性與知性的產品。

　　　　憑感情衝動的是「舊」詩，由理知駕馭的是「新」詩。作為理性與知性的產品的「新」詩，決非情緒之全盤的抹殺，而係情緒之微妙的象徵，它是間接的暗示，而非直接的說明；它是立體化的，形態化的，客觀的描繪與塑造，而非平面化的，抽象化的，主觀的嘆息與叫囂。它是冷靜的，凝固的，而非熱狂的，燃燒的。因此，所謂「熱情」，乃是最最靠不住的東西。作為一個詩人，狂熱一點也許是好的。但是「熱情」的本身不是詩。只有把你的「熱情」放到你的理知的冰箱裡去好好地冰它一冰，過了十天

八天，個把月，或是一年半載之後，再拿出來看看，這時，你的靈感也許忽然來了，水到渠成，「新詩」出現。（1956a：37）

紀弦將「情緒」與「知性」放在創作過程的前後兩端。這麼說，不能說錯，但使用「情緒」這個名詞畢竟不穩妥，直到1956年他主張克制情緒，1957年進而用「詩想」一詞取代「詩情」，說明：「凡以詩情為詩的本質的，都是廣義上的抒情主義，屬於浪漫主義的血統；凡以詩想為詩的要素的，都是廣義上的理智主義，以徹底反浪漫主義為其革命的出發點。」（1970：16-23）他的「知性」說才算完備，不至於令人起疑。自始至終紀弦沒有分析知性融入詩的方法為何，只在探討梵樂希完全離開文學界二十五年究竟是怎麼一回事時，透露了一點啓發性的訊息：

無論如何，我們必須相信一點：梵樂希在這二十五年之間，對於他自己的心的態度，試行了嚴格的再反省。

透過數學、音樂、言語學等的研究，他探求他自己的方法和體系。他自覺他的才能，他探究應以如何的心的機構方能到達表現。

他的「雷奧那獨・達・文西方法論序說」及「與泰斯特氏一夕談」，是論述藝術之內容的方法論的；他以「知性」為藝術創造之原動力，把握一切的可能性，成為完全的一體系，同化一致於其他所有一切的睿智，於是乎，發現了藝術之普遍性與永恆的法則。（1956a：70）

顯然，他既看重知性開啓的更寬廣的人生體系，也看重知性（包括邏輯思維及語法）在完成一首詩的普遍性與永恆性上，深具作用。

（三）論內在的「美術性」。

紀弦一向主張擺脫格律，否定「低級的音樂主義」，要求以「散文的音樂」替代「韻文的音樂」，以「內容的音樂」替代「形式的音樂」，反對單純的抒情詩平面化的表現，而採取繪畫的、雕塑的、建築的立體手法。（1954：8）

講到詩的美術性，紀弦也主張擺脫運用字體大小、鉛字種類造成的視覺效果。他認為內在的美術性是基於想像而完成的心象：

> 至於「內在的」美術性，卻是心上的繪畫，心上的雕塑，心上的建築，即詩人基於想像作用，意匠活動而構成的一種「現實的變貌」之「心象」，通過了技巧之圓滿的運用，具體化於其詩篇，而在讀者心中喚起一種彷彿如實的印象，使間接地體驗詩人之經驗，從而獲得一種心靈的教育與享受。此則以美國意象派詩人群為出色的代表。（1954：35）

意象派詩人的「意象」及超現實主義詩人的深層想像，都是為了經營內在的美術性，使詩的質地更堅實、更多層次。

檢討五四以來的新詩，紀弦羨慕革去一切舊詩之命的五四運動，也稱許作為格律主義反動的上海「現代派」。然而不旋踵之間，他又說1930年代的「現代派」認識不深刻，技巧較幼稚；「為了詩本身的革命」，革命家紀弦終於組成了台灣的「現代派」。（1956a：8-24）

三　覃、紀新詩論戰評述

1956年1月5日紀弦發出「現代派的通報第一號」一百二十份，至十六日統計，共有十三人回信不參加（包括紀弦所謂的「表同情

者」），二十四人未回信，加盟者八十三人，包括方思（1925-）、白萩（1937-）、辛鬱（1933-）、林泠（1938-）、林亨泰（1924-）、梅新（1937-1997）、黃荷生（1938-）、葉泥（1924-）、蓉子（1928-）、黃仲琮（羊令野，1923-1994）、鄭愁予（1933-）、羅門（1928-）、錦連（1928-）、羅馬（商禽，1930-）等。於是「現代派的集團宣告正式成立」。這一消息公報，刊登於《現代詩》第十三期（1956年2月1日出版），封面打印了〈現代派的信條〉，第四頁有紀弦的〈現代派信條釋義〉，第五頁登出社論〈戰鬥的第四年‧新詩的再革命〉。

〈現代派信條釋義〉大意如下：第一條「我們是有所揚棄並發揚光大地包容了自波特萊爾以降一切新興詩派之精神與要素的現代派之一群」。紀弦認為象徵派導源於波特萊爾，其後一切新興詩派無不直接、間接受到象徵派影響，所以法國的波特萊爾是世界新詩的出發點。所謂揚棄、是揚棄病的、世紀末的傾向，而發揚光大其進步的部分。第二條「我們認為新詩乃是橫的移植，而非縱的繼承」。紀弦主張文學藝術無國界，新詩是「移植之花」，不是國粹，不應閉關自守、自我陶醉。第三條「詩的新大陸之探險，詩的處女地之開拓」。所需探險開拓者，包括內容、形式、工具、手法；講究「新」，但不標新立異。第四條「知性之強調」。反浪漫主義，排斥情緒。紀弦說：「一首新詩必須是一座堅實完美的建築物。」詩要冷靜、客觀、深入、運用高度的理智，從事精微的表現。第五條「追求詩的純粹性」。主張排斥一切非詩的雜質，提煉復提煉，「好比把一條大牛熬成一小瓶的牛肉汁」。第六條「愛國。反共。擁護自由與民主」。他自己覺得這一條「用不著解釋了」。

一、二、三條，目的在求新，勇於接受異質的形式與內涵。四、五兩條，是紀弦從「詩情」過渡到「詩想」之後，「新現代主義」的核心主張。第六條是一個幌子，有了這一個幌子因而可以保護個人主義精神之強調，不致遭到民族國家論述之打壓。

紀弦的現代派集團，至四月三十日，增至一百零二人。新增的

詩人包括馬朗（當年主編香港《文藝新潮》）、楓堤（李魁賢，1937-）、薛柏谷（1935-1995）等。❹ 聲勢如日中天時，詩壇另一位領袖人物覃子豪繼創辦《藍星週刊》之後，於1957年8月20日推出《藍星詩選》季刊❺，以〈新詩向何處去？〉質疑紀弦的現代派主張。紀弦隨即於十一天之後出版的《現代詩》第十九期發表〈從現代主義到新現代主義〉回應，繼之於十二月一日出版的第二十期，再發表〈對於所謂六原則之批判〉，作為回應的下篇。

覃、紀兩位的詩觀真有南轅北轍的不同嗎？紀弦十分動肝火地認為覃子豪誤解了他的本意，在回應文裡說覃子豪的六原則，「不僅大部分似是而非，而且瞎罵一陣，有失論者風度」，又說覃子豪「目的並不在討論什麼問題，無非是用了一種雜文惡劣的語調，來刻意攻擊我們現代派，為罵街而罵街」。

覃子豪發表於1958年4月16日《筆匯》第二十一期的〈關於「新現代主義」〉，回擊紀弦的答覆，開篇也指責紀弦的回應文章是咆哮與漫罵，不改其狂妄、惡劣的語調。但其實，兩人的論述實多呼應處，只不過用詞有異或表意不清，例如❻：

1. 自由詩的問題。覃子豪說，有少數人誤解了自由詩的真義，以為自由即放縱，不知自由詩亦有其無形的、不定的法則。紀弦說這和他的看法差不多，和他在多篇論文裡強調的「初無二致」。真正不同之點在：紀弦幾乎當它是創作觀一般在追求；而覃子豪說，這不是創作觀，是一富於變化的表現方式而已。

2. 西方主義的模仿問題。覃子豪說不應完全標榜「橫的移

❹1956年10月20日出版的《現代詩》第十五期，〈編輯後記〉說又有十三位「志同道合的新朋友加入」，連前共有一百十五人。但最後這一批已不是創作要角，對現代派的發展無足輕重。

❺此刊只出了兩期。

❻以下論述要點，出自覃、紀前述四篇論戰文章。

植」，必須考慮是否和我們的社會生活契合。紀弦回覆說，他所謂的移植不是被動的模仿，不是因襲了的而是革新了的。覃子豪說，向西洋詩攝取營養，乃為表現技巧之借鏡，「非抄襲整個的創作觀，亦非追隨其蹤跡」。紀弦說覃子豪這些話「本來也就是我們的態度」，跟他的立場並不矛盾。但他仍攻擊覃子豪欣賞的象徵主義、意象主義，早就被他們吸收消化掉，是他們已經不大重視的了，他們現在「正在實驗的，乃是現代主義的表現手法」。紀弦提示現代派信條時原不排斥象徵主義，還說他信奉的波特萊爾就是象徵派的始祖，是世界詩的起點，但在這裡為了與「象徵主義傳燈人」❼覃子豪區隔，因而加以否定。屬於他的現代主義表現手法，究竟跟他所謂的「不新不舊的象徵主義和意象主義」有何不同，則未觸及。

3. 抒情與知性的問題。覃子豪說知性可提高詩質，但必須藉抒情來烘托，「最理想的詩，是知性和抒情的混合產物」。紀弦不否認他自己也寫了不少的抒情詩，但他說「要是對抒情主義稍作讓步的話，那就很難做到徹底的現代化了」。一個講的是普遍的手法：「抒情」，一個講成是關乎詩的本質的：「抒情主義」。兩人的觀點並非沒有交集。

4. 藝術與人生的問題。覃子豪說，「凡屬永恆性的藝術，必蘊蓄著人生的意義」，「人生的意義作為藝術之潛在表現，更能增強藝術的價值」。紀弦說，「我們早就說過：一切藝術是為人生的；但只有在為藝術而藝術的大前提之下，才可能是真實的意味上的為人生的藝術」。

5. 難懂的問題。覃子豪說，詩沒有產生廣大影響，毛病出在難懂，有一些詩人誤以為讀者無法理解才具有莫測的深度。他

❼參見第三章。

同意「難懂是近代詩的特色」，不反對基於詩中具有深奧特質造成的難懂，但不贊同在外觀上、形式上與讀者築起藩籬。紀弦說，不能為了怕讀者不懂就瞻前顧後，「徒然犧牲了藝術」，所謂難懂只是程度上的問題，沒有一個詩人會希望讀者看不懂自己的詩，誰會因自己的詩被看不懂而自豪呢？紀弦認為這一點是覃子豪「無的放矢」。

6. 技巧表現問題。覃子豪對醞釀尚未成熟率爾操觚的寫作，認為是可悲的小產。紀弦說，我一向主張多想少寫，詩應有「完整」的內容及「完美」的表現。

7. 思想問題。覃子豪說，「有少數作者不重視詩的主題，他們以現代主義者自居……」。紀弦很生氣地回答：「誰說我們不重視詩的主題？誰說我們的『果實』中不『藏』有『營養價值』？硬說我們的詩沒有『思想』，像這樣的無理取鬧，那就不必談了」。

8. 準確問題。覃子豪說，「有少數作者對新的追求衝力過猛，超過了本身的能力與中肯的限度」，「我絕對主張詩要有新的表現，但必須以準確為原則」。紀弦說，其實他也很懂「欲速則不達」和「過猶不及」的古訓，他自有美學標準，「就算我們有偏差吧，難道我們就不可以自己把它矯正過來？」又說，他們正在實驗一種全新的表現手法，那是超越了「準確」的「不確定」。表面上看，覃子豪主張「準確」，紀弦主張「不確定」，有所不同。然而兩人的指涉是不相同的，覃子豪要求表現精當在於意象、字詞等等不可移易；而紀弦的「不確定」則在表現方法的冒險開拓，其或然性最後仍要接受準確或不準確這把尺的檢驗。

余光中（1928-）回顧藍星詩社發展史，約略提過，1950年代中期，覃子豪與紀弦各擁陣地，接觸的作者很多，這些人經常在兩人間走動，造成兩人越扣越緊的冷戰心情。（1979：396）

論戰其實是瑜亮情結下的產物，究其內涵，倒像唱雙簧似的，將新詩現代化未釐清的課題，做了一次辯論式的剖析。經由這一論戰，我們清楚看出，紀弦的新現代主義創作詩學，不外「知性」與「純粹性」兩點。然而覃子豪批評他的「現代主義」不過是「機會主義」的徹底表現（1968：314），亦嫌嚴苛。論衝鋒陷陣、開疆拓土的功勞，紀弦的霸氣無人能及；論思維之嚴整、表述之清晰，覃子豪的遠慮也十分令人折服。

四　紀弦創作與理論的「雙重性」

1958年覃子豪〈關於「新現代主義」〉一文，指出現代派「游離於各新興詩派之間」，最大的錯誤就在缺乏理論體系。又說，紀弦的理論不僅是矛盾的，作品也缺乏統一的風格，作品與理論有雙重性。（1968：314）

紀弦的創作與理論是否同調，時常有人質疑。有關這一點，羅青（1948-）曾作解釋：

> 紀弦在理論上雖然十分激烈；在創作上，他還是有分寸的，並不亂寫。他提倡「現代詩」，但卻主張先寫好抒情自由詩，再來嘗試現代主義。如果我們按照他自己所訂定的現代詩標準，檢查他七大卷詩集，便可發現，其中屬於現代詩的不過二、三十首而已，佔的比例甚小。（1994：151）

紀弦自己從不認為他的理論和創作有何牴觸，反而時常舉自己的詩作為他的「新現代主義」的例證。《現代詩》第十九期，他的第一篇論戰文〈從現代主義到新現代主義〉，提到同時發表的〈跟你們一樣〉，「這一首旋律與和聲之錯綜組合了的交響詩，……敢說就是對於一切傳統一切俗見拋出去的一隻挑戰的手套，並且也是

任何一個西洋的現代派所從來沒有試探過的一種方法論的全新的實驗。」（4-5）

〈跟你們一樣〉，署「青空律」的筆名，共八十七行，文前有一行按語：「形式之方法論的決定：關於詩的和聲學之可能性－初步的試探。」這首詩有許多複疊的音韻效果，形式排列不規則，古語、罵人的俚語、外文字母及現代科學人名交融交會：

跟你們一樣
　　　　我也是一個數學不及格的
所以我抽外國板煙　　　　　　不及格的
按期繳納戶稅　　　　　　　　不及格的
做詩　　　　　　　　　　　　不及格的
以及陷於半飢餓的狀態　　　　不及格的
　　　　　　偉大的半飢餓
既不矛盾　　　　偉大的半飢餓
亦不統一　　　　偉大的半飢餓
　　　　　　　　　不及格的
你們也許看見過電影上的、漫畫上的
飢餓；但是永遠不了解什麼叫做
半飢餓。　什麼叫做半飢餓？
　　　　　　　　　這就是半飢餓
──你們不懂。　　這就是半飢餓
　　　　　　　　　這就是
　　　　　　　　　　　半飢餓
我也是一個數學不及格的
　　　　　　跟你們一樣
至於不可見的飛躍　　　　　跟你們一樣
　　　　　　　　　　　　　跟你們一樣

飛躍　　　　　　　　　　　　跟你們一樣
　　　　　　　　　　　　　　跟你們一樣
飛躍　　　　　　　　　　　　跟你們一樣
　　　　　　　　　　　　　　跟你們一樣
如果你們並不固執歐幾里德幾何學的
一本正經，和用諸如肺癌這一類的怪病
嚇人的話，那倒是可以試試的：來一個
當眾表演，讓你們開開眼界。
　　　　　　　　　　　　　　讓你們開開眼界
你們渾蛋！　　　　　　　　　讓你們開開眼界
　　　　　　　　　　　　　　讓你們開開眼界

誰説兩線平行永不相交
那他一定是個問題學生
　　　　　　　　　　　　　　讓你們開開眼界
A＝X＋Y＋Z而又不等於A
等於或不等於反正我要走了
因為凡叫做直線的無不彎曲而彎曲的
又非一種形而上的或是虛無主義的美
那麼在一純粹的四度空間彼此挨挵了的
無疑是我的心靈的三翼鳥和愛因斯坦
還相當幼小的鬼魂嚼著泡泡糖的
　　　　　　　　　　　　　　嚼著泡泡糖的
　　　　　　　　　　　　　　嚼著泡泡糖的（27-30）

「挨挵」是擁擠的意思。「挵」，讀音ㄗㄢˇ，古代以小木棒穿繩夾
指的酷刑。「我的心靈的三翼鳥」原是承載詩與美的飛翔，而今和
幼稚的數學幽靈（以愛因斯坦為象徵，如同之前以歐幾里德為象徵）
擠在一塊兒，「嚼著泡泡糖」是對幼稚的嘲諷。在數學不及格的詩

人眼中，數學代表固定的、確切的、沒有想像力的、不美的；詩人（我）則是半飢餓的，這一半飢餓的成因，一來因生活壓力（抽板煙、繳稅），二來因做詩，所以這半飢餓具有現實與心靈的雙關。而凡是不拘執於幾何學規定，不怕勞心傷身（諸如肺癌）的，都是有創造性的（可讓別人開眼界）、叛逆的（誰說……，那他一定是……）。

本詩後半繼續發展「我是可以飛的」想像力：我可以看見別人看不見的赤裸的亞當和夏娃。最後將不斷上升的「飛躍」的字列與始終置於行底的「2＝3」對映，表現「數學不及格的」具有的追求與創造。紀弦寫這詩時正在成功高中任教，「跟你們一樣／我也是一個數學不及格的」，像是對學生說話的口吻。同一時期他另有充滿教育理想的〈教師之夢〉，批判教育方法虛假僵化的〈阿富羅底之死〉。這兩首寫於1957年的詩，紀弦的評語是「都很不壞；而尤以〈教師之夢〉為最重要」；作於1956年的詩，他認為〈詩法〉、〈我愛樹〉、〈存在主義〉三首最好；作於1955年的，則以〈火葬〉、〈船〉等八首最好。（2001b：64-102）。1955至1957年紀弦創立「現代派」前後，聲勢鼎盛之時，他的「新現代主義」詩觀既已形成❽，「新現代主義」者的創作風貌有無劃然地革命性的改變？單論〈跟你們一樣〉的確是自由詩、意識流、知性、象徵手法的合成，在「不確定」中開發了新的表現方法。其他的作品呢？

紀弦晚年自選的《紀弦詩拔萃》，仍然選入的作品，1955年僅〈火葬〉一首，1956年有〈我愛樹〉、〈存在主義〉兩首，1957年為〈春之舞〉一首。〈火葬〉是他親眼看了楊喚（1930-1954）的火葬後自經驗提煉而成：

---

❽1955年「現代派」尚未創組，但《現代詩》已創刊三年，紀弦在這年春、夏、秋、冬四期的社論宣稱已站穩腳步，呼籲「使用新的工具，表現新的內容，創造新的形式」，打破格律、詩與歌分家、追求純粹的現代化精神也已提出。

如一張寫滿了的信箋，
躺在一隻牛皮紙的信封裡，
人們把他釘入一具薄皮棺材；

復如一封信的投入郵筒，
人們把他塞進火葬場的爐門。

……總之，像一封信，
貼了郵票，
蓋了郵戳，
寄到很遠很遠的國度去了。　（2002：73-74）

把「棺材」比成「信封」，「死者」如「信箋」，火葬為的是把他寄到很遠很遠的國度去。這首詩最動人的「詩想」在：死亡猶能將此生的訊息帶到一個新的時空中。第一節的意象不同凡響，不寫表面形象，也不直接寫哀傷，冷靜地對生、死作深刻的冥思，得出獨創的意象。

另一首〈我愛樹〉，將自己比擬成樹而終究體認到自己不是樹，想要扎根而不能扎根，從而發出「多麼的悲哀喲！」的感嘆，「於是彎曲伸展用我的／兩臂和十指還有頭髮／極力模仿那些枝條那些／姿勢那些葉子那些形狀／而且用腳使勁地往泥土裡踩」。（2002：75-76）紀弦自評，說它是一首很美的抒情詩。

至於〈存在主義〉，紀弦說這一首「可說是我的代表作中之代表作，使用全新的手法，處理全新的題材，寫來十分自然，一點斧鑿的痕跡都沒有」。（2001b：76）

圖案似的
標本似的
　　一蜥蜴

夜夜，預約了一般地
出現，預約了一般地

當我為了明天的麵包以及
　　　　昨日的債務而又在辛勞地
　　　　　　　　辛勞地工作著時

平貼在我的窗的毛玻璃的
那邊，用牠的半透明的
胴體，神奇的但醜陋的
尾巴，給人以不快之感的
頭部，和有著幼稚園小朋友人物畫風格的
四肢平貼著
　　　　圖案似的
　　　　標本似的

　　　　　　一蜥蜴

這夠我欣賞的了。
在我的燈的優美的
照明之下：這存在

　　　　　這小小的守宮（上帝造的）
　　　　　這小小的壁虎（上帝造的）
這遠古大爬蟲的縮影、縮寫和同宗
屏息在我的窗的毛玻璃的
那邊，而時作覓食之拿手的
表演；於是許多的蚊蚋、蛾蝶和小青蟲
在牠的膨脹而呈微綠的肚子裡
消化著
又消化著。

噢，對啦！我是牠的戲的
觀眾，而且是牠的藝術的
喝采者，有詩為證；而牠
也從不假裝不曉得
究竟在這個芸芸眾生的大雜院裡
誰是最後熄燈就寢的一個。

故我存在──我是上帝造的
蜥蜴存在──牠是上帝造的
一切存在──都是上帝造的
而這就是我們的「存在主義」──
不！「我們的」存在主義　　　　　（2002：77-80）

　　描寫準時出現在窗子毛玻璃上的壁虎（蜥蜴類），像圖案、標本一樣，靜靜地守候覓食，壁虎的胴體、尾巴、頭部、四肢各如何，用的雖是寫意的筆法，卻能給人忠實、冷靜、客觀之感。這時詩中的我為了填飽肚皮而在燈下忙碌著，彷彿與我同宗的壁虎，也在忙碌地覓食。我看著牠，牠也一定曉得我是最後熄燈就寢的人。我與壁虎互為主客體，都為了填飽肚皮，冷眼旁觀、和平共處，這就是我們的存在主義。最後兩行，紀弦先用引號突出「存在主義」，繼而改將「我們的」標識出來，既見天地間的存在狀態，又特別強調是人與壁虎共同認知、奉行的。

　　這幾首詩的確都是耐人品味的好詩，但一點都不怪異。理論可以為了要革命而矯枉過正、而肆意破壞、而無損於理論的存在；作品則不然，作品還是有一些根本的法則，可以溶入新的手法，但不見得能除去其他詩學主張早已採行的技法。極端革命性的創作手法，往往只具有文獻價值而沒有美學價值。紀弦與覃子豪詩觀的歧異是打筆戰打出來的，究其實並無太大出入，已如前述。紀弦的詩

風與他的論敵覃子豪究竟有哪些對立，也並不容易說明，原因是他們都是欣賞象徵技法的，對超現實主義「創造不可思議的妙語」，「發掘潛意識，求內在的真」（覃子豪1968：600-605），以及對後世的影響，也都是承認的。❾

五　現代派論戰的啓發

紀弦〈現代派的信條〉開宗明義就說，他對一切新興詩派主張，有所繼承也有所揚棄，他不是一個極端的另立新派的現代主義者，而是做統合整理、截長補短的工作。他既同情達達主義以及阿波里奈爾「試作美術之行動的立體詩」，也不否認「現代派」在表現上的源流，一是超現實主義，另一是象徵主義。（2001b：112）他的理論不免有點混亂，詩風也未必完全契合他的理論❿，原因即在這一多元複合性。他以新詩再革命的精神組派，在論戰中展現了教父型性格、周旋到底的決心（談起論戰對手，他說「休說一個對三個，三十個三百個我也不在乎的」），這是他發揮最巨大影響的根源。俗話說真理愈辯愈明，不一定指得出了一個統一的結論，而是論辯者不斷補充、深化自己的論點，既予參戰者刺激，也對觀戰者多所啓發。借用紀弦的話：

> 論戰的結果是：整個詩壇都現代化了；余光中成為一個現代主義者；覃子豪也寫起現代詩來了。當然，從此以

❾覃子豪的〈吻〉、〈死蛾〉、〈金色面具〉、〈構成〉、〈瓶之存在〉等詩，無一不具備繁複的現代手法。詳見《畫廊》，1965年收入《覃子豪全集Ⅰ》

❿〈致天狼星〉是1953年紀弦組「現代派」前幾年的作品，開篇與結尾都是類似「天狼星啊，你多美啊！正是為了你的緣故，啊啊，……」（2002：69）的句子。雖然紀弦說不能拿他昨天的作品來印證今天的理論，但他並不批評這樣的表現，晚年撰回憶錄，對「現代派」的主張十分自豪，並無任何修正，而自選詩作精粹，卻又有不少「抒情主義」的作品。論者所謂的「雙重性」在此。

後，再也沒有誰去寫那種至極可笑的二四六八逢雙押韻四四方方整整齊齊的「豆腐乾子體」了。至於我，我也反省了我自己，除堅決主張中國新詩的必須「現代化」，已不再那麼過分地重「主知」而輕「抒情」了。（2001b：114-115）

1950年代後期林亨泰對立體主義、未來主義的試探；《創世紀》詩社改弦更張從「新民族詩型」轉而強烈鼓吹超現實主義；余光中嚴批幼稚的「現代病」，主張廣義的現代主義；以及1960年代作為超現實詩風反動的《笠》與新即物主義，都是「現代派」運動的後續發展。將於第四章中分節加以析論。

第三章　覃子豪與象徵主義

一　覃子豪的當代評價

　　1950年代台灣詩壇領袖人物之一的覃子豪（1912-1963），逝世已逾四十年，創作成績也早有定評，重要詩選如1970年代的《現代詩導讀》（故鄉出版），1980年代的《當代中國新文學大系》（天視出版）、《現代中國詩選》（洪範出版），1990年代的《新詩三百首》（九歌出版）、《不盡長江滾滾來──中國新詩選注》（幼獅出版）、《天下詩選》（天下出版），以至於2001年出版的《二十世紀台灣詩選》（麥田出版）及《台灣現代文學教程：新詩讀本》（二魚出版），都收錄有覃子豪的代表作。然而，論到時代風潮之激盪影響，樂道紀弦《現代詩》或「現代派」者多，深入覃子豪詩學世界者少。就國家圖書館能夠檢索到的評論資料❶看，有關覃子豪的篇章，多屬詩作之賞析，或爲早年受其指導的學生寫的追思感懷，真正關於覃子豪詩論的極少。一般人都將他歸於抒情主流的堅持者，如蕭蕭之持論（1993：75-77），或加怪責如林淑貞所云：「以抒情詩作爲現代詩的本質，實昧於一己之偏好……顯然地，覃氏以一己之偏好，斷言抒情詩爲詩之正宗。」（37）

　　覃子豪是不是像林淑貞論文說的「不標榜任何主義」（55），很值得重加檢視。我們不能因爲覃子豪在「中華文藝函授學校」擔任詩歌班主任，爲教學生而提倡抒情詩創作，就以「抒情詩」這一寬

---

❶國家圖書館「當代文學史料影像全文系統」及「中華民國期刊論文索引影像系統」。截至2003年底。

泛的概念形容他的詩學。陳芳明在尚未完稿的《台灣新文學史》第十三章〈橫的移植與現代主義之濫觴〉，雖並論紀弦與覃子豪，但總括於「紀弦與現代派的崛起」這一標題底下，以紀弦爲代表。對兩人的評價也不同：說紀弦「在五〇年代，理論與創作的同時並進，果然豐富了現代主義運動的內涵」；說覃子豪則是「強調古典傳統與民族立場的重要性」，「對現代主義的認識，也許有很大的錯誤」。（2001：144-145）陳芳明引用的覃子豪的那段話，出自1957年發表的名篇〈新詩向何處去？〉，該文針對紀弦〈現代派信條釋義〉有所質疑，覃子豪不贊同紀弦完全標榜西洋詩派，他爲奮力反對中文新詩成爲西洋詩的尾巴，因而做了以下激烈的表示：

> 現代主義的精神，是反對傳統，擁護工業文明。在歐美工業文明發達至極的社會，現代主義尚且不能繼續發展；若企圖使現代主義在半工業半農業的中國社會獲得新生，只是一種幻想。（1968：305）

陳芳明說，覃子豪對現代主義的認識有誤，西方現代作家是在抗拒或批判工業文明，現代主義不必維護工業文明，現代主義並未停止發展，且在持續擴張中。（2001：145）在陳芳明的文學史衡斷下，容易使人誤以爲紀弦是現代創新的動力，覃子豪倒成了抗拒現代的代表。

覃子豪借英國現代主義詩人史班德（Stephen Spender，1909-1993）的酒杯❷，澆自己的塊壘，有關「現代主義精神」的說法固不足以言精準，但究其實，他指摘現代主義的無聊面，反對捨本求末的支派（1968：314），頗不欲中文新詩成了沒有社會現實照映的純空想的產物，因而才這麼說。仔細看他這篇文章，大量舉述了外

---

❷史班德曾撰文〈現代主義運動已沉寂〉（"The Mondernist Movement is Dead"），余光中在《英美現代詩選》譯介史班德詩，也提到這篇文章。即使是赤忱的現代主義者，對現代主義某些作風也嚴詞批評。

國現代詩人（特別是象徵主義詩人）如馬拉美、阿波里奈爾❸、魏爾崙（Paul Verlaine，1844-1896）、韓波、梵樂希、葉慈（W.B. Yeats，1865-1939）的主張。他寫了七十萬字的詩論，不斷反省新詩的發展、修偏新詩浪莽前衝的方向，他以成熟的思慮大力將象徵主義詩派的創新手法灌溉在台灣，雖然因特殊狀況未完全承認自己是象徵主義詩人（1968：331），但究實說覃子豪確是象徵主義在台灣的傳人，是帶動風潮又能穩住局面的旗手。他與紀弦的論戰觀點，給予後來者很大的反省空間，詩壇低估了覃子豪對台灣新詩現代化的影響。

二　覃子豪對象徵主義的態度

　　覃子豪對象徵主義的理論和創作鑽研甚深，也極爲讚賞象徵派的表現方法。他參與論戰，辯護象徵主義詩學成就不遺餘力，但何以不逕行標榜自己即是象徵主義詩人？

　　據覃子豪詩論，我們可以找出下述幾點原因：

（一）當覃子豪撰寫〈論詩的創作與欣賞〉答辯蘇雪林（1897-1999）說：「我不是一個唯象徵主義者，也沒有說過『只有象徵詩才是詩』。」目的是在表示：「台灣詩壇的主流，既不是李金髮、戴望舒的殘餘勢力；更不是法蘭西象徵派新的殖民。台灣的新詩接受外來的影響甚爲複雜，無法歸入某一主義、某一流派，是一個接受了無數新影響而兼容並蓄的綜合性的創造。」（1968：331-332）在台灣的新詩正在尋找出路的年代，覃子豪一再行文分析象徵主義詩作的優點，介紹法國的象徵詩派，但他同

---

❸覃子豪在《法蘭西詩選》第一集〈緒論〉說，阿波里奈爾雖爲立體主義詩人，卻是具有象徵主義詩人的實質。見《覃子豪全集Ⅲ》，頁12。

時也認知到象徵主義在各國的發展形式不同，必然與各自的民族情性、文學傳統與社會因素融合，主義與主義之間互相啓發，原初的面貌是會產生變化的。

（二）象徵主義起始於十九世紀末的法國，覃子豪惟恐盲目摹擬，結果創作者誤以「曖昧」爲「含蓄」，誤以「生澀」爲「新鮮」，誤以「暗晦」爲「深刻」，寫成了僞詩。（1968：319）覃子豪贊同象徵派詩法，但反對失敗的象徵派作品。他評述1920年代中國象徵詩派的先行者李金髮的詩：具有豐盈的內在詩質，但語言欠鍛鍊，外表顯得襤褸（1968：327），他認爲中國早年的象徵主義詩風發展之所以沒入泥沼爲人共棄，是因缺乏現實性和時代精神，「李金髮的象徵完全自法國販來，法國的葡萄酒到中國來就變成了醋，這自然是給人一種不好的味道。」（1968：440）〈難懂的詩〉一文更進一步申論：

> 難懂的詩，具有深度，作者將其眞意隱藏在詩中，故其表現手法是間接而非直接，以象徵、比喻、暗示、聯想來構成詩底造型。或係立體式的重疊，或係蜿蜒而入的深邃。
>
> 但難懂的詩不一定就是好詩，那就是作品本身貌似深沉，而實際上是言之無物，詩的本身首先未能形成一個具象。內容既破碎、殘缺，且其表現零亂，欠嚴密的組織；加以語言晦澀，比喻失眞……故成爲畸形的產物。（1968：448）

（三）覃子豪強調不能在別人的流派中完成自己，他一方面認爲台灣新詩接受外來影響甚爲複雜，已經超越了法國象徵派所追求的朦朧而神祕的境界，也超過了李金髮的象徵派（1968：319），一方面又表示各種「主義」對台灣

新詩的影響均未能普遍而深入，必須再尋求更新的發展，求發展不一定要到中外古今的各種風格中兜圈子，但必須擷取古今詩藝菁華，做綜合性的創造，梵樂希就是一個好的學習範例，巴拿斯派（The Parnassians）和法國的古典詩都是構成他藝術的要素，梵樂希把不同要素（包括象徵主義要素）合而爲一，成就了「法國近代象徵派最偉大的詩人」。（1968：300）當李金髮不成熟的詩作屢遭蘇雪林質疑爲「咒語」之際，覃子豪爲台灣詩壇撐掌象徵主義旗幟，有所謂的「影響的焦慮」，自是難免。

（四）在反共時代戰鬥的氛圍裡，覃子豪不能決絕地只談個人內心的眞實，不能不顧慮外在現實的反應，〈眞實是詩的戰鬥力量〉一文將詩人比作戰士，爲人生而戰，將詩比成旗幟、號角、戰鼓，要唱出人民的心聲，激發人民的力量。（1968：469）他也寫這一類的詩，例如迎接投奔自由的反共義士的詩〈旗的奇蹟〉，熱烈歌頌著「灑滿血花的旗／將在一個不朽的日子裡／使爲自由而戰的鬥士／橫戈躍起／將旗插滿中國的大地／創造更偉大的奇蹟」（1968：464）。這樣公眾的話題如何能用頹廢的蔑視物質世界的、過分淨化的象徵詩筆完成！

儘管如此，覃子豪以象徵主義、象徵派或象徵主義詩人爲題的論文仍有八篇之多：〈論象徵派與中國新詩〉、〈簡論馬拉美、徐志摩、李金髮及其他〉、〈象徵派與現代主義〉、〈與象徵主義有關〉、〈象徵派及其作品簡介〉、〈象徵主義及其作品之研究〉、〈關於凡爾哈崙〉、〈關於保羅‧梵樂希〉，他對象徵主義的主論述更是綿亙於各時期詩論，遍見於《詩創作論》、《詩的解剖》、《論現代詩》及未結集的文章❹，可見他是如何情不自禁地出入於象徵

---

❹一九六八年，這些論述由覃子豪全集出版委員會編進《覃子豪全集Ⅱ》

主義的世界。

三　覃子豪對象徵主義的理解

　　覃子豪教導學生學詩，主張從中國舊詩、世界詩的遺產，與中國過去的新詩三方面學起。在舊詩方面，他重視象徵，雖然象徵不等於象徵主義，象徵是古典詩早已有之的美學技法，但象徵的表現使詩含蓄、濃縮、強烈，提升詩的複雜性、統一性及情感的強度，這和象徵主義所發揚的詩法是相通的。本節引述的字句，皆出自《覃子豪全集II》。

　　談到象徵派的成就，覃子豪的論見如下：

　　（一）象徵派在法國有特別的發展，由波特萊爾到梵樂希，法國的象徵主義已經到達了一個高峰。（11）象徵派導源於波氏。其後一切新興詩派無不直接蒙受象徵派的影響。（313）我特別重視象徵派的技巧，因為二十世紀一切新興詩派的產生，多是直接或間接的受了象徵主義的影響與啟示。我們從象徵派的作品中，可以獲得一些表現上的技巧而加以新的變化。幾乎任何新興詩派沒有離開過象徵派所運用的暗示的手法。（642）

　　（二）象徵派的詩含蓄、深沉、精細，而有厭世悲觀的色調。（11）

　　（三）象徵派的詩是琢磨過的鑽石，晶瑩透明。（59）

　　關於象徵派技法的描述，大要如下：

　　（一）寫作時，要把詩的內容留下，不是詩的內容刪去，要學法國象徵派大詩人馬拉美所說的：「作詩只可說到

七分，其餘三分應該由讀者自己去補充，分享創作之榮，才能了解詩的眞味。」（15）詩不僅是具有「想像」和「音樂」的要素，必須有其弦外之音，言外之意。（216）

（二）（象徵主義）其最顯著的特徵爲：1.打破形式的束縛，創立了不定形的自由詩。2.音樂是詩的一切。以音樂表現情緒，引人走向朦朧幽玄的境界。3.感覺交錯，即是音和色的交錯。4.謎樣的暗示。（57）

（三）感覺交錯，是象徵派特殊的表現技巧之一，就是詩不僅和音樂合流，同時要收到繪畫的效果。所謂「音畫」的技巧，是由音的聽覺到色的視覺，將各種藝術熔爲一爐。……象徵派還有一種慣用的表現方法，即是「暗示」。詩的含蓄表現，即是運用暗示的方法。……暗示，可以表現詩的神祕性的朦朧美。（58-59）

（四）（隱喻）實爲象徵派所常用的技巧。隱喻的方法，是在類比，波特萊爾寫貓，用的即是類比方法，以貓類比女人，以女人類比貓。（60）詩缺少了意象的呈現，便成爲情意的說明，而不是藝術的表現。……浪漫派的詩在藝術上的價值之遜於象徵派者，就是浪漫派的詩，說明多於表現，敘述多於抒情；憑空的說白多於意象的表達。（228）

（五）（象徵派）主張恢復自我的主觀，從科學的世界回到神祕的世界。不僅表現物質界，更要表現靈界；不僅要表現目所能見的世界與有限的世界，更要表現目不能見的世界與無限的世界。即是要表現「不可認識」的意境，和「無意識」的感覺。（245）

（六）（象徵主義）是以敏銳的神經官能作爲基礎，而表現一種情調象徵。情調象徵之形成，由於一種神祕的傾

向與音樂效果的追求。情調本難捉摸，爲了傳達此種情調，必須以音樂來刺激使神經震動，故音樂性是象徵派不可少的條件。唯音樂才能造成迷離恍惚的情調與幽玄朦朧的境界。（366-367）象徵派的威·柔芬（M. Viele Griffin）說：「詩人應服從自己的音節，他僅有的指導是音節，但不是學來的音節，不是被旁人所發明的千百條規則所束縛的音節，乃是他自己心中找到的個人的音節。」（455）

談到西方象徵派名家的段落如下：

（一）馬拉美、韓波❺和魏爾崙都是象徵派有名的詩人，有許多的好詩，值得學習。（11）魏爾崙以虛無飄渺的旋律來象徵詩的情調，他認爲唯有音樂才能引人走向朦朧、幽玄、神祕的境界。馬拉美則認爲詩須暗示，如直呼其名，詩的享受便減去四分之三。（254）韓波認爲：詩人應該先使自己的思想、情感經歷「每一種愛，每一種苦難」，然後把各種紊亂的感覺重新組合起來。（289）

（二）象徵派初期的詩，除魏爾崙的形式較爲活潑，而波特萊爾所寫的，仍爲格律極嚴的十四行詩體，甚至到馬拉美、梵樂希諸大詩人，還在襲用十四行詩體，直到古爾蒙（Rémy de Gourmont，1858-1915），象徵派的形式，才有更生動、更富變化的表現。……古爾蒙是法國象徵派最有智慧的詩人，他的象徵不露造作的痕跡，有如隨口而出，然其情感淨化，寓意深刻。（57-58）

---

❺覃子豪譯作藍波，今則通譯爲「韓波」。台北桂冠圖書公司出版有莫渝譯的《韓波詩文集》。

（三）法國象徵派受愛倫坡（Edgar Allan Poe，1809-1849）的影響很大，波特萊爾是愛倫坡的崇拜者，曾把愛倫坡的詩譯成法文，象徵派的神祕性無疑是受了愛倫坡的啓示。（245）

（四）比利時象徵派詩人凡爾哈崙（Emile Verhaeren，1855-1916），他的詩集《觸鬚的都市》（Les villes tenta-claires）不僅表現了都市複雜騷亂的狀態，且表現了複雜的社會神經的纖維。（261）凡爾哈崙的象徵，和波特萊爾的官能享樂的象徵，以及魏爾崙的情緒的象徵不同。凡爾哈崙所表現的是人生和現實的象徵。（594）

（五）波特萊爾的《惡之花》詩集，就是「世紀末」病態的代表作。他能深切的表現出人生的苦悶與煩惱，就是由於波特萊爾的欲望和壓抑這種力量衝突所產生出來的心的傷害，特別深刻之故。《惡之花》在詩壇上表現出的深度，可以說是空前的複雜而深沉。而魏爾崙的詩，是表現靈與肉的苦悶，顯示了深刻性的另一面。（263）

（六）馬拉美的作品如此，梵樂希的作品如此，他們的詩縱令讀者細細咀嚼，亦難全部消化，便是由於馬拉美和梵樂希的作品之具有密度。（269）兩位詩人的作品均屬難懂之例。然梵樂希較馬拉美究易理解得多。梵樂希的難懂，不在於艱奧的表現方式，而在於艱深的哲理。（294）

（七）難懂的詩，不可缺少的該是一種神祕的魅力，如意象之紛然雜陳，而井然有序，像羅列的星辰。其中虛線，則交相綜錯，如縱橫的道路。外貌似複雜不可辨認，而其中確有作者的匠心存在。如此的詩，實不多

見。韓波的〈母音〉（"Voyelles"）十四行，則具有神奇的力量。

（八）戈底埃（Theophile Gautier，1811～1872）**❻**和馬拉美極重視暗示，主張曖昧，因而形成了象徵派一種特殊的文體。（322）馬拉美詩中蘊蓄著一種最精微的被神祕所滋養的智慧。梵樂希直接承繼了馬拉美的衣缽，成為二十世紀最偉大的詩人，他把馬拉美的象徵主義的藝術發展到最高峰，創造了一個更新的境界。（323）

（九）梵樂希所有的作品，都在走向純詩的道路，他的創作方法，便是嚴密。（595）梵樂希的「嚴密」不止於語密，尤重視意密。（596）

　　覃子豪譯過不少他鍾愛的象徵主義詩人的作品**❼**。論文特別強調的作品則有：魏爾崙的〈致一婦人〉（222）、〈秋歌〉（225）、〈遺忘的短歌〉（542），波特萊爾的〈貓〉（229），凡爾哈崙的〈晨禱〉（231）、〈磨〉（548），梵樂希的〈海濱墓園〉（235），韓波的〈醉舟〉（235）、〈母音〉（58），里爾克的〈豹〉（553），葉慈的〈茵理絲湖島〉（543），古爾蒙的〈落葉〉（57）。絕大多數為整首譯出，期望讀者徹底了解象徵主義詩法的用心，殆無可疑。

四　覃子豪創作美學評述

　　1957年覃子豪發表〈新詩向何處去？〉提出新詩方向正確的六原則：

---

❻戈底埃，又譯葛紀葉。

❼見《覃子豪全集Ⅲ》，波特萊爾七首，馬拉美一首，魏爾崙十二首，韓波二首，沙曼、古爾蒙各一首，梵樂希五首，凡爾哈崙六首，梅特林克三首。

（一）詩的再認識。他不認同以技巧為目的而玩弄技巧，主張永恆性的藝術，必蘊蓄人生的意義。人生的意義作為藝術之潛在表現，更能增強藝術的價值。

（二）創作態度應重新考慮。詩人不能自我陶醉、拒絕讀者，應與讀者做心靈的共鳴。不為一般讀者理解的作品，未必具有深度。

（三）重視實質及表現的完美。要求詩質純淨、豐盈，有真實性，文質相符，對情感、音節、文法、詞藻各方面都能充分注意。

（四）尋求詩的思想根源。他重視詩的主題，強調詩要有哲學根據，要有從現實生活中提煉出的人生觀和世界觀。

（五）從準確中求新的表現。他主張新詩要創新，但必須以準確為原則。詩因準確才能有精微、嚴密、深沉、含蓄、鮮活之變化。

（六）風格是自我創造的完成。中文新詩受西洋影響太大，不能忽視自己民族的氣質、性格、精神，否則就是沒有自我創造，無法在國內發生廣大影響。（1968：307-311）

覃子豪舉示這六點具體意見，係針對當時詩壇現代化浮波產生的時弊而發。每一項原則他都舉一位象徵主義詩人的論點佐證，第一項舉韓波，第二項舉梵樂希、葉慈，第三、四項舉梵樂希，第五項舉馬拉美、梵樂希，第六項舉艾略特，這些詩人都是「現代」的領航者，可見覃子豪絕不反對新詩創新的追求。對1920年代中國象徵詩派以暗示朦朧的美、奇特的感官經驗、醜惡的生命原色、痛苦折磨之愛以及死亡禮讚所闢出的蹊徑，覃子豪給予高度肯定，他說，李金髮的詩集《為幸福而歌》、《微雨》，雖未獲得詩壇廣大注意，但其創新成就超過創造社和新月派諸詩人。李氏之詩文白夾雜，儘管讀者反應不佳，其技巧卻為中國新詩帶來了希望。（1968：625）覃子豪稱許他為「中國新詩趨於現代化的動力」，是

「中國新詩接受現代主義的樞紐」。（1968：488）

　　談到怎樣培養詩的產生，覃子豪說：「詩人必須將他在外界獲得的印象，由現實的清晰，進入夢境般的朦朧；然後，再由夢境般的朦朧，喚回其現實的清晰。」在醞釀詩的過程，他重視「富有含蓄和暗示的表現」，不要直接的說明。（1968：14-18）象徵主義最為人稱道的審美表現是：尋找象徵符號，將詩人感受以客觀對應物呈現，促使讀者在心中產生共鳴。

　　我們看波特萊爾〈黃昏的和歌〉，由震顫的花的視覺交融爐煙的嗅覺，再交融圓舞曲、琴音的聽覺及昏眩的感覺，最後以「你的記憶照耀我，像神座一樣燦爛」❽作結。詩人描寫那些美但又消逝了的意象，為的就是使讀者喚起對昔日難忘情景的眷戀。波特萊爾在心中實踐不同感覺之間的相互感應，最著名的一首詩是〈應和〉❾。全詩共四節，後兩節為：

> 　　有的芳香新鮮若兒童的肌膚，
> 　　柔和如雙簧管，青翠如綠草場，
> 　　——別的則沉腐、濃郁、涵蓋了萬物，
>
> 　　像無極無限的東西四散飛揚，
> 　　如同龍涎香、麝香、安息香、乳香
> 　　那樣歌唱心靈與感官的熱狂。（207）

自然界的香息、色彩與聲音交感應和，芳香新嫩如兒童的肌膚，如雙簧管悠揚的樂音，如翠綠的草地。二十世紀英國批評家查德威克（Charles Chadwick）分析這首詩的意象分屬不同感覺，不斷疊合，目的是為了避免單調，「頗像作曲者利用樂隊的不同樂器」。（23）

　　覃子豪二十二歲的詩作〈像——〉，一連串用上「像山澗裡臨

---

❽陳敬容翻譯。

❾〈應和〉（"Correspondences"），郭宏安譯。許達然則譯為〈通感〉。

清流的松影」、「像月霧裡航著的帆影」、「像緊趕行程的旅客」、「像古代憂鬱的詩人」四個類疊。（1965：25）這是象徵主義的起手式，我們不能僅僅視之爲用一物替代另一物，它事實上是用具體的意象來表達抽象的情思，但究竟是什麼情思，詩人並不明白顯現。覃子豪青壯年時期（1946～1955）使用的意象，其背後也都有抽象觀念和情感的隱藏，例如：「我將赤裸著，像白色的天鵝／躍入藍色的波濤」（1965：113），這是「自由」的映象；「大海中的落日／悲壯得像英雄的感嘆」（1965：114），這是「追求」的映象；「貝殼是我的耳朵／我有無數耳朵／在聽海的祕密」（1965：139），這是「創造」的映象；「我臨海的別墅／是貓一般的神祕／夢一般的美麗／十年海上飄泊／我不曾回去／那蹲在崖上的黑貓／在風和雨裡／將由委頓而憔悴」（1965：182），這臨海的別墅已不是一座實體的屋子，而是夢想勾畫的非現實的純淨世界；「我記得，昨夜／捕獲著你那兩隻驕傲的小鹿／我吻著它敏感的觸角／它的全神經都在顫抖」（1965：224），則是覃子豪難得的感官之作，而且按照詩意的發展，也看出它結合了夢這一複雜習題，雖尙未能深入靈肉爲「感官自我」塑像，但仍令人有聯想到梵樂希的驚喜。

　　《畫廊》是覃子豪生前出版的最後一部詩集❿，也是他的象徵派美學最具代表性的一部詩集。覃子豪的詩美學持續發展，如《畫廊》自序所說：「常因發現而有所否定，或因否定而去發現」，「我不欲在此說明《畫廊》裡有什麼發現，我只是在探求不被人們熟悉的一面」。哪一面是人們不熟悉的？〈金色面具〉背後的虛無神祕是；〈構成〉從現實生活中昇華的一個如夢的世界是；〈瓶之存在〉和〈域外〉的抽象表現是；〈音樂鳥〉交錯、換位、變形的通感手法也是。（1965：259）

　　覃子豪這一階段的創作由蛻變至完成的喜悅，充分顯示在〈有

---

❿後收錄於《覃子豪全集Ⅰ》，頁258-325。

嬰兒在我腹中〉一詩：「是虛無中之虛無，混沌中之混沌／是存在之不存在，是覺中之無覺／有嬰兒在我腹中躍動／穿過無色的迷霧／呼吸我朦朧中的清明／清明中的朦朧」，「謎一樣的面目／——一個未知的完美／完美將自我體中成熟？」（1965：430-431）發揮了個體精神，重新發現自我、認識自我。

學者趙小琪曾從「張力化的語言和語境」觀點，探討覃子豪的現代手法，主要通過三個方面表現：（一）語法非規則性中的規則性，（二）語言非邏輯化的邏輯化，（三）語境矛盾性中的和諧性。

就切斷的語法這點看〈過黑髮橋〉詩第二節：

> 黑髮的山地人歸去
> 白頭的鷺鷥，滿天飛翔
> 一片純白的羽毛落下
>
> 我的一莖白髮
> 溶入古銅色的鏡中
> 而黃昏是橋上的理髮匠
> 以火燄燒我的青絲
>
> 我的一莖白髮
> 溶入古銅色的鏡中
> 而我獨行
> 於山與海之間的無人之境（1965：434）

「黑髮的山地人」和「白頭的鷺鷥」和「我的一莖白髮」，在意涵上是本不相聯繫的，語法似斷而需靠聯想跨越其橫斷。

就語意的承接看〈構成〉第六節：

> 夢和現實，永遠不能相持？

只留下經線與緯線相遇的一點

那一點是常年不化的冰雪的峰頂

生命和夢想都在那兒凍結（1965：284）

經緯相交的一點如何變成雪峰？「生命」和「夢想」這兩個概念詞又如何能夠凍結？詩人突破一般認知的事理，創造了闡釋複雜心靈的眞實。

　　所謂情境的矛盾張力，趙小琪以〈吹簫者〉爲例所做的分析十分精采，借錄於此：

> 　　詩人先寫吹簫者自我的矛盾性，「他的臉上累集著太平洋上落日的餘暉，而眼睛卻儲藏著黑森林的陰暗」，這是吹簫者內心安寧、平和的一面與騷動、欲望的一面的對比。爲了壓制本我欲望，吹簫者求助於簫的吹奏，然而簫的樂曲：「是飢餓的呻吟，亦是悠然的吟哦」，它同樣存在著矛盾的兩面。不過，儘管吹簫者及他吹奏的樂曲都有兩面性，但吹簫者終究不同於「所有的意志都在醉中」的飲者，他是神情「凝定而冷肅」的清醒者，「他以不茫然的茫然一瞥」，看「所有的飲者」「喧嘩著，如眾辛過河」，於是，吹簫者要對抗的不僅有他潛在的本能欲望，而且有飲者欲望的「喧嘩」。而詩的整體語境中，則不僅有同一事物內部不同因素的對比，而且也有事物不同特質的對比，正是在這種錯綜複雜的事物的聯結關係和矛盾衝突中，使詩的層次感變得愈爲豐富多彩，它在表層上，局部上給人的感覺是錯亂，不平衡的，但在深層上，整體語境上卻給人以嚴整、平衡感。（185）

　　除了上述形式變化，覃子豪詩值得注意的發展是抽象神祕，如〈域外〉：「域外的風景展示於／城市之外，陸地之外，海洋之外

／虹之外，雲之外，青空之外／人們的視覺之外／超Vision的Vision／域外人的Vision」，這是什麼風景，沒有人知道。然而，「域外的人是一款步者／他來自域內／卻常款步於地平線上／雖然那裡無一株樹，一匹草／而他總愛欣賞域外的風景」（1965：297），他在看什麼風景，也仍然沒有人知道，覃子豪說：「無中的無，乃有之極致。」（1965：260）〈域外〉空靈不落言詮，已接近不具目的性的「純詩」。

最能展現覃子豪筆下音樂性的詩，是〈秋之管弦樂〉，詞句長短所造成的錯落音節，富於自然與人文情景變化的韻律。覃子豪有專文強調「音樂性」，並舉魏爾崙〈秋歌〉說：「譯文遠不如原文音調之美，原詩就是一片迷人的和諧之音。」（1968：226）魏爾崙是一個詩的音樂主義者，他的音樂為的是表現情調。覃子豪的作品也有這樣的長處，兼融象徵主義詩作音樂性的特色。

五　小　結

法國《拉羅斯百科全書》說，很少有比「象徵主義」和「象徵派」這兩個更能引起爭議的概念，著名的象徵主義詩人往往也只是勉強接下這一標籤，就像魏爾崙就曾叫嚷過：「象徵主義？沒聽說過！大約是個德國字吧。」⓫覃子豪也沒承認自己是象徵主義詩人，卻以一種覺醒的象徵主義姿態啓發當代與後代。

蘇聯的《簡明文學百科》（1971年版）⓬說，沒有一位象徵主義作家始終一貫地實行（象徵主義的）理論，每一位作家都只能強調這一美學體系的某一面。與象徵主義有關的大詩人並沒有拘泥於理論框架中，就像覃子豪在審美表現上，異於法國象徵主義所發揚的

⓫1978年版法國拉羅斯百科全書，有關象徵主義的辭條，附錄於黃晉凱等人編的《象徵主義‧意象派》，頁702-717。

⓬《象徵主義‧意象派》一書附錄，頁729-742。

頹廢、傷感，他的詩論也對「移植」到台灣的法國象徵主義注入了一些中文新詩的創作法則，如：吸收中國古典詩之精粹（1968：211，337，319），加強對現實生活的體驗，不盲目的摹擬西洋現代詩。

莫雷亞斯（Jean Moréas，1856-1910）1886年9月18日在法國費加羅報發表的〈象徵主義宣言〉為這一文學派別描畫過一張綜合臉譜：

> 純淨的未被汙染的詞，詞義充實與詞義浮華交替出現，有意識的同義迭用，神奇的省略，令人生出懸念的錯格，一切大膽的與多種形式的轉喻。（45）

象徵主義不直接指向觀念本身，所有實有的現象不為自我顯示，一切的顯示是為了表達與那些至高觀念間的奧祕關係。今天，像這樣的象徵主義詩學仍在各國與當地的文學傳統，與許多後起的文學主義進行對話。五十年來不虛張聲勢而影響台灣新詩時間最長久的，絕對是象徵主義。當年覃子豪被紀弦譏諷為保守的「折衷派」，誰能料到不到二十年（1970年代起）覃子豪的詩論實質上已成為詩壇反省追隨的標竿！

第四章 「現代派」運動後的現代詩學

　　1957年覃子豪與紀弦的新詩論戰❶，除覃、紀兩位主將，另各有一位不可忽視的要角：余光中及林亨泰。余光中為藍星詩社發起人之一，林亨泰為「現代派」重要加盟者，兩位皆兼擅創作與理論，堪稱一代名家。林亨泰創作「符號詩」，初探立體主義（Cubism）及未來主義（Futurism）之前衛精神；余光中則主張「擴大現代詩的領域，採取廣義的現代主義」❷，以個人之風格，而影響台灣詩學發展。稍後（1959）《創世紀》詩刊自第十一期起革新開本，調整內容，轉向「世界性」、「獨創性」、「純粹性」，進而譯介西方現代主義詩人，提出「以現代精神出發，以現代的技巧表現現代生活的複雜情緒之格調」❸。論詩刊之集團聲勢，1960年代，《創世紀詩刊》確實是管領風騷的。

　　本章將分成三個焦點，評析余光中、林亨泰，以及《創世紀詩社》的詩學要點。

一　余光中與「廣義的現代主義」

　　1950年代中期台灣「現代派」詩人踔厲風發的現代主義詩學，直接移植自西方一次大戰後在幻滅、虛無的心靈荒原上所採行的

---

❶詳見第二章第三節。

❷見余光中1962年所寫〈從古典詩到現代詩〉一文，《掌上雨》頁189。

❸見《創世紀詩刊》第十三期社論〈五年之後〉，頁2。前一年4月出版的《創世紀詩刊》第十期，張默仍以〈新民族詩型之特質〉一文，闡揚該刊前此提倡的「新民族詩型」。但在同一期的〈編輯人語〉（頁38）又加以說明「新民族詩型」僅是《創世紀》推行詩運的初步工作，跟著而來的理想是現代中國新詩運動的展開。

「反動」表現，以「頹廢詩派」（The Decadence）、表現主義（Expressionism）、達達主義（Dadaism）、超現實主義（Surrealism）而言，共同的特徵，都是反傳統、反現實經驗、反客觀明朗，結果造成絕大多數詩作情感扭曲、精神詭異、句法碎裂、語義晦澀。

1959年蘇雪林與言曦（1916-1979）等人對新詩的攻擊❹，與此有關。當時衛戰最力的，首推余光中。收集在《掌上雨》的〈文化沙漠中多刺的仙人掌──對於言曦先生「新詩閒話」的商榷〉（1959年12月）、〈新詩與傳統〉（1959年12月）、〈摸象與畫虎〉（1960年1月）、〈摸象與捫蝨〉（1960年3月），就是四篇論戰文章。

余光中的論戰要點，可舉述如下：

1. 重視創造，不懼誤解。只有保守社會才會對藝術的「創造」持懷疑的態度，加以奚落。（101）一個詩人如果安於平庸，則可平安無事，若欲凌駕古人，則在成功之前必然受盡質疑侮辱。（134）詩的價值有其絕對性，並非欣賞者愈多，價值就愈高，「高山流水」默契之難得，「藏諸名山」對後世知音之期待，都說明了這才是藝術家的情操。「高等知識分子的不懂新詩，並不是可驚的現象，其原因或為習於傳統，或為預懷偏見」。（132）

2. 闡釋現代精神。余光中批評言曦的閱讀範圍止於西方十九世紀中葉，此後即目迷五色，莫可適從，無法領會不同流派領導人物在創作精神上有何不同。他說：「現代詩的所以異於古代詩，乃是在於思想內容與美學標準的改變。有新內容、新精神，始有新形式、新技巧。」（126）

3. 表現人性與理性。余光中在台灣新詩現代化初期就注意到精神分析學，注意到佛洛依德（Sigmund Freud，1856-1939）與容格（Carl Gustav Jung，1875-1961）這兩位心理學大

---

❹參見蕭蕭〈五十年代新詩論戰述評〉。

師，是十分可貴的。現代主義詩學原理與心理學的向內開發，有密切關聯。余光中說，經過心理學在夢與潛意識的分析，現代詩人發現了人性中許多不美、不善的成分，而這是詩所欲表現的「真」的一面。（127）現代詩人所持以反理性的不是個人的感情，而是佛洛依德和容格分析的潛藏欲望或是集體無意識，「一種先於文明，超乎道德，且充滿於人性之中，瀰漫於理性之外的原始感，一種反對理想主義之天真與浪漫主義之自憐的醒悟」。（116）

4. 多元的揉合與吸收。當言曦批評新詩作者承襲象徵派詩人李金髮遺風，使詩走入幽奧險峭的狹谷時，余光中回答道：方思（1925-）譯介了里爾克（Rainer Maria Rilke，1875-1926），夏菁（1925-）譯介了佛洛斯特（Robert Lee Frost，1874-1963），瘂弦（1932-）與洛夫（1928-）發揚超現實主義，鄭愁予、林泠、敻虹（1940-）、葉珊（楊牧早期使用之筆名，1940-）嘗試在新詩中保存中國古典神韻，以及他本人對英美詩的譯介❺，都說明新詩運動是一多元開闊的吸收，不是某一特定主義的餘波而已。（103）台灣的新詩現代化過程就如同中國古典詩的傳統，既接受儒、道、禪的思想意識，又吸收了佛經翻譯的結構與想像力，是各種文化背景揉合而成的。（121）

余光中由是開展了他大量吸收西洋詩影響，但始終是中國人寫的新詩的創作歷程。在四篇論戰文之後，1961年10月他發表〈幼稚的「現代病」〉，回轉槍口，痛批現代詩人以為一切必須現代化、非現代即不樂，不了解傳統而恥於討論傳統、錯認傳統的問題：

---

❺余光中繼1957年中譯出版《梵谷傳》、《老人和大海》之後，1960年出版譯詩《英詩譯註》，1961年與林以亮等合譯之《美國詩選》在香港出版（現由台灣英文雜誌公司出版）。1968年他中譯分成兩冊出版的《英美現代詩選》（大林書店），至今仍是英美現代詩最珍貴的譯本之一。

傳統是精深而博大的。它是一個雪球，要你不斷地努力向前推進，始能愈滾愈大；保守派的錯誤，在於認爲它是一塊冰，而手手相傳的結果，它便愈化愈小了。向許多不同的傳統學習，化腐朽爲神奇，點頑鐵成純金，不盲目吸收，不盲目排斥，乃所以接觸傳統正道。接觸面愈廣，愈能免於偏激與淺陋。（《掌上雨》，149）

1962年他獲得中國文藝協會新詩獎，自述寫詩經過，題爲〈從古典詩到現代詩〉，再度呼籲對傳統進行重估：

關於傳統，在對外論戰期間，我從未主張徹底加以反叛。我是有所選擇有所擯棄的，這是我和黃用先生不同之處。在對內的討論之中，我主張擴大現代詩的領域，採取廣義的現代主義。我堅決反對晦澀與虛無，反對以存在與達達相爲表裡的惡魔派。我認爲，用現代手法處理現代題材的作品固然是詩，用現代手法處理傳統題材的作品也是現代詩，且更廣闊而有前途。我認爲現代詩可以調和口語，文言，和歐化各種語法，且認爲必要時可以恢復腳韻，事實上我在近作〈大度山〉和〈香杉棺〉中已經如此做了。我認爲，一位詩人經過現代化的洗禮之後，應該鍊成一種點金術，把任何傳統的東西都點成現代，他不必繞著彎子去逃避傳統，也不必武裝起來去反叛傳統。（《掌上雨》，189）

余光中是少見的修習西洋文學而精通中國古典文學的詩人，對西洋文學、藝術的涉獵，亦稱全面，所謂「廣義的現代主義」可以從他的這一學養加以解讀。

余光中回顧藍星詩社創社十七年，作〈第十七個誕辰〉，說藍

星詩人的結合是針對紀弦的一個「反動」：

> 紀弦要移植西洋的現代詩到中國的土壤上來，我們非
> 常反對。我們雖不以直承中國詩的傳統爲己任，可是也不
> 願貿然作所謂「橫的移植」。紀弦要打倒抒情，而以主知爲
> 創作的原則，我們的作風則傾向抒情。紀弦要放逐韻文，
> 而用散文爲詩的工具。對於這一點，我們的反應不太一
> 致，只是覺得，在界說含混的「散文」一詞的縱容下，不
> 知要誤了多少文字欠通的青年作者而已。（395）

《藍星》詩人張健（1939-）在〈藍星·創世紀·笠·三角討論會〉
上發言（《笠》詩刊第115期），說《藍星》是溫和的現代主義，這
一主義由余光中建立，上承浪漫主義，進而注入現代精神，也受到
美國詩人影響，但顯然與現代詩社、創世紀詩社激進的現代主義是
有所不同的。陳芳明則說余光中是「以批判性的接受態度改造現代
主義」，說他不迷信現代主義信條，不耽溺於抽象的演繹，作品通
過經驗主義以證明生命的苦痛，塑造自我時，堅持有一理想的彼
岸。（2002：207）

　　不論用溫和的、廣義的現代主義者，或是改造的現代主義者，
來稱呼余光中，都很適當。相對的，就是他厭棄的「狹義的現代主
義」，所謂不能處理人性常態的「惡魔派」的現代詩。❻ 1967年他以
〈現代詩第一〉爲名的文章，副題「致現代詩同輩的老兵們」，愷切
指出：

> 所謂「主知主義」（Intellectualism），在艾略特和奧登
> 的開採下，已經到了窒息本能和情感的程度；年輕的一代
> 寧可放棄玄學和神話，學問和傳統，放棄那一切心理分析
> 的名詞以及其他，縱聲而歌，裸體而行，走向一種可以自

---

❻余光中稱之爲The Nightmare School of Modern Poetry，見《掌上雨》，頁184。

由呼吸的新的境地。這一個大轉變,實在值得我們加倍注意。一種偶像,供在神龕上太久了,總不是一件好事。

至於久無創作,或者僅僅在重複自己甚至將自己兌了水摻了沙去應市,那就最好寡言甚至無言,多聽真正創作者的意見。而所謂「取消論」等等,其毫無意義,等於自己發明過彈弓而要否定別人的機槍。(9)

這裡的「偶像」,也有批判紀弦老在「主義」和理論上打轉的意思,所謂「取消論」毫無意義,雖未點名,說的正是紀弦提倡了現代詩又說要取消現代詩。❼在同一篇文章,余光中敦促同輩自我警惕「詩是一種創作,誰真在創作,誰就真正擁有詩」,「唯創作者始有發言權」。他融會傳統美學的作品當以1964年出版的《蓮的聯想》為代表;論意象的精巧、心識的深沉、想像力的奇崛,則推1969年出版的兩冊詩集:《敲打樂》、《在冷戰的年代》最令人讚賞。這段時期余光中的作品特色,例如傳統的回歸、歷史的觀察、現實經驗的介入、「感時憂國」的主體意識的建立,都是廣義的現代主義的具現。

他寫了很多文章,談他心目中的好詩與壞詩,談他對現代主義的理解,希望大家寫出來的詩是生命飽滿、元氣淋漓的,而不是哽咽作態的。〈第十七個誕辰〉中精采見解甚多,這裡只舉三點:

1.結不結社,組不組派,對一個大詩人毫不重要。作品是要靠個人完成,真正的大藝術家是超越派別而長存的。

2.超現實主義確曾拓展詩的視域,豐富詩的手法,但這種魔術

---

❼1966年5月31日紀弦以〈中國新詩之正名〉為題,公開致函趙天儀:「主張把這被歪曲得一塌糊塗,被蹧蹋得不成體統了的名稱──現代詩三字──乾脆取消拉倒。」洛夫〈詩壇春秋三十年〉檢討詩壇幾件公案時也提及這事:「(紀弦)是一個任性而喜歡熱鬧的人,組派能搞得戲劇化,轟轟烈烈一番,也就滿足了,至於如何引導『現代派』走向一正確的、較理性的坦途,並考慮到對後世的影響,則非他所計,因此在備受攻擊的情急之下,他只好宣布解散現代派,取消現代詩。」

只有少數能放能收能入能出的高手能獲益，一般則因思想貧乏，「放逐理性，切斷聯想，扼殺文法」的結果是使詩境變成夢境，詩語變成囈語，終致毫無意境可言。

3. 現代詩人不能完全不反傳統，完全不反傳統就無法爲中國詩的傳統增添瑰奇新麗的東西，但也不能百分之百的反傳統，那意味著連本國文字也可拋棄，等同自殺。優秀的新詩人必須認識傳統，用新眼光去詮釋古典，再用古典精神來做現代的部分註腳。余光中還提出如何鎔接傳統的做法，譬如去重新評估一位古典大詩人，以加強古典修養。日後他眞正做了許多這方面的工作。❽

以《掌上雨》這本文集見證余光中的現代主義詩觀，除前述兼習中國古典，將傳統發揚光大外，尚有下述：

1. 品味不能停滯不前，勿做「牛票讀者」。牛票讀者即幼稚讀者，「反映之於文學欣賞的，可歸納爲三態，即傷感主義，理想主義，和自我主義」。詩人亦可藉此反省自己的作品是否經過理性判斷，情感的流露是否節制，有沒有將道德的同情與藝術的同情混爲一談？余光中說，有道德問題的人在文學上不損其藝術性；社會規範完美的人，在文學作品裡很可能是一個乏味的人。二十世紀的文學有責任處理二十世紀的現實，不能讓讀者停留在「海濱廢堡或荒山鬼屋」的傷感與夢幻中。（4-7）他也批評自由詩一詞，愚蠢可笑，「既惑讀者，更誤作者。藝術之中並無自由，至少更確實地說，並無未經鍛鍊的自由。」（51）他不抓什麼主義教條，在創作上他是身經百戰、深有體會，因而反對低級的「浪漫」，情感的「稚嫩」；強調藝術的自由要有成熟的美感經驗爲前

---

❽例如評析韋應物、韓愈、李賀等人的文學地位。詳閱余光中著《逍遙遊》、《青青邊愁》等書。

提，是積極的，不是無所用心的。

2.主義信奉不必專一，無妨加以檢討、選擇、綜合。〈論意象〉一文，他撮述現代主義前期運動之一的意象派（Imagism）的手法，有使用口語，創新節奏，自由取材，推陳意象，把握具體細節，追求高度集中、堅實清晰的詩的本質等觀念，說這些原則迄今仍不失為現代詩手法的原則。（12）在〈論明朗〉一文，他檢討各種主義，針砭日趨晦澀難解的惡風，主張作品要有「洞察下的深邃，純樸了的豐富」。（16）

3.要文白調和，不要文白不分的混亂。新詩雖以口語的節奏為骨幹，但可乞援「文言的含蓄、簡勁與渾成」（44），說到「文白夾雜」，他舉美國南方詩人的作品，在文字肌理上特具豐富變化的感覺；又舉1948年諾貝爾文學獎得主艾略特的代表作《荒原》，用語最不「純淨」（指夾纏了法文、德文、義大利文、梵文等外國文字），但「失之於純淨者，得之於強烈（intensity）」。（55）顯然余光中是重視詩的張力與密度的，為了達到密度、張力，不純淨不定規是病。

綜上所述，余光中的「廣義的現代主義」是經過修正的，以之作為新詩創作的普遍法則看，十分具有意義。自1960年代他接續覃子豪、紀弦的發言地位，與洛夫、楊牧等人，成為二十世紀後半葉宗師型人物，他的主張也就成了往後四十年深具影響力的詩學。

二　林亨泰的前衛試探

在半世紀的詩文學志業裡，林亨泰先生以扎實的創作和評論建立了詩人和批評家的地位。他真摯地站在現實基礎上，並堅持知性視野，呈現了獨特的形象，堪稱台灣戰後詩現實主義者的典範。

這是1992年林亨泰榮獲「榮後台灣詩獎」❾，由李魁賢等評審委員撰寫的獎辭。❿

> 林亨泰具有詩人和文學評論家的雙重身分，他的詩作與評論充滿對人類和土地的關懷。作品中濃厚的鄉土色彩，且具有現代藝術性的特色，允為台灣現代文學的典範。而他「始於批判」、「走過現代」、「定位本土」的創作歷程，正是台灣現代詩史的縮影。

這是2004年林亨泰榮獲國家文藝獎，由國家文化藝術基金會在網站上公布的得獎理由。前者在「現實基礎上」稱許他的「知性視野」，後者在「鄉土色彩」中，強調他的「現代藝術性」。

林亨泰著作、呂興昌編訂的《林亨泰全集》，共十冊，卷十〈林亨泰生平著作年表〉顯示，1941年林亨泰逛舊書店時，發現日本現代派的《詩與詩論》❶舊雜誌，隨後閱讀到的歐美現代作家如休謨（T. E. Hulme）、史坦因（Gertrude Stein）、龐德（Ezra Pound，1885-1972）、艾略特、李恰茲（I. A. Richards）、李德（Herbert Read）、喬伊斯、康明思（E. E. Cummings，1894-1962）、阿波里奈爾、紀德（André Gide, 1869-1951）、高克多、布荷東、艾呂雅、傑克布（Max Jacob，1876-1944）、里爾克、卡夫卡等，為他日後的詩學奠定初基。（1998j：171）可以說，早在讀中學時，他透過日文翻譯，已知悉象徵、達達、立體、超現實、未來、表現以及意象派等現代主義。（1998h：132）

1947年林亨泰受邀加入具有關懷社會與鄉土色彩的「銀鈴會」

---

❾「榮後台灣詩獎」為詩人莊柏林（1932- ）紀念其父莊榮後先生，於1991年創設，每年贈予一位詩人。

❿見呂興昌編《林亨泰研究資料彙編（下）》，頁377。

❶該雜誌引介超現實主義，於1930年代曾影響留學日本的台灣詩人水蔭萍（楊熾昌）。參見第一章第二節〈水蔭萍的文學環境與追求〉。

⓬，重續日據時期開始之文學創作。1954年他發現紀弦主編的《現代詩》詩刊，翌年開始爲《現代詩》寫稿，1956年更加入紀弦籌組之「現代派」，成爲九位籌備委員之一。知性與現代，逐漸成爲他這時期的風格。呂興昌〈林亨泰四〇年代新詩研究〉⓭一文摘錄的兩則林亨泰筆記，有助於研究林氏1950年代詩想與詩風，引錄於下：

> 我認爲未來派、立體派、表現派、達達派、象徵派、如實派的某些部分，無一不屬於新感覺派的。
>
> 攝取當時海外文學的精神——即未來主義、立體主義、達達主義等的技法與理論，期以多彩多姿的現實之再生爲目的。（383-384）

自1955至1959年，林亨泰在《現代詩》詩刊發表〈關於現代派〉（第十七期）、〈符號論〉（第十八期）、〈中國詩的傳統〉（第二十期）、〈談主知與抒情〉（第二十一期）、〈鹹味的詩〉（第二十二期）等冷靜睿智的評論，創作方法的大膽實驗，堪稱最前衛，成爲紀弦所展開的「新現代主義」有力的闡發者。更引人注目的是自《現代詩》第十一期起，他所發表的「符號詩」，重要者如：⓮

第十一期：〈輪子〉。
第十二期：〈房屋〉。
第十四期：〈第20圖〉、〈ROMANCE〉。
第十五期：〈車禍〉。
第十七期：〈進香團〉。
第十八期：〈體操〉、〈患砂眼病的都市〉。

⓬該會成立於1942年，由朱實等人創組，參見附錄I。
⓭收錄於《林亨泰研究資料彙編（下）》，頁378-446。
⓮爲求查索方便，以下引證詩例標示之頁碼，不據《現代詩》詩刊，改依《林亨泰全集二‧文學創作卷2》。

林亨泰認為，詩裡的「象徵」所能給予詩的也就是代數裡的「符號」所能給予代數的，一個符號所代表的意思，具有多種可能，可因不同解釋顯出它的豐富。（1998g：14）

　　所有談論林亨泰「符號詩」的人幾乎都牽連到立體主義。❶❺《林亨泰研究資料彙編》所收紀弦〈談林亨泰的詩〉，先說林亨泰〈長的咽喉〉：「從軟管裡／將被擠出的／就是春」，和〈回憶〉：「記憶／在夜裡，／是沒有腳的／液體……」，這麼形態化、新鮮的感覺，在阿波里奈爾、高克多之前，是很少看到的。談到訴諸視覺、在稿紙上作美術行動的符號詩，紀弦舉林亨泰〈第20圖〉、〈ROMANCE〉、〈房屋〉、和〈輪子〉四個例子，說這些詩有立體主義的原理，是「看」的，不是「聽」的；是構成的，而非邏輯的；是直覺的，而非理念的。（25）

　　細味林亨泰的符號詩，頗有遊戲的樂趣。〈第20圖〉表現機械、電氣時代，人類的文化在上下引號「」框限內，上下引號是某種空間的象徵：

　　　　在「　　」之內
　　　　電燈
　　　　是夜之書上的，
　　　　　　　　　　　。
　　　　　　　　　，
　　　　　　　　　　　。　　（1998b：106）

那兩個逗號、兩個句號，具體表現排成一列的尚未點燃及已經點燃的燈。〈ROMANCE〉用側轉的「ㄐ」字，作為行進中的卡車的形

---

❶❺以下援引紀弦、白萩、喬林、旅人、趙天儀、鄭烱明、余光中、古添洪等人評析，標示之頁碼，皆指《林亨泰研究資料彙編》上下兩冊之頁碼；上冊頁1-224，下冊頁225-467。

貌，實指男性器官，男性追求女子像卡車在山裡急馳追求一顆星，最後五行：

以光的速度
越過

山

越過

山 （1998b：107-108）

「卡車」是追求之心的具象化，它又以一個象形符號呈現。「山」字放大成五、六倍，表現車行極速時大山迎面而來的視覺；亦可另解爲男性勃起如山。〈房屋〉一詩，由「笑了」、「哭了」以及八個「齒」字、八個「窗」字構成：

　　　　　哭　　　　　笑
窗窗窗窗　了　齒齒齒齒　了
窗窗窗窗　　　齒齒齒齒　　（1998b：103）

紀弦將八個「齒」和八個「窗」的排列，看作是二層樓的房屋，十分高妙。但他說「齒」字的排列是關上了百葉窗，「窗」字的排列是打開了百葉窗，我以爲恰恰相反，「齒」是露齒而笑的情景，喻指開窗；「窗」有哭的感覺，則應爲水痕在關著的玻璃上如同流淚的景象。紀弦說這種詩必須藉此特殊排列，才能顯出「房屋」的形式，如果連排成行，那就不成其立體派的符號詩了。（25-26）

再看〈輪子〉：

轉。
　轉。
　　轉。
　　　轉。

性急的。
性急的。
　　性
　　　急的。

它。
它。
它。
它。

咻！
咻！
咻！咻！
咻！咻！
咻！
咻！　（1998b：101-102）

表現輪子向前滾動，第一節是直接表達「旋轉」的意思，第三節用
「它」的字形狀輪轉之視覺感，最後的「咻」表蒸汽火車頭聲音，
「咻」又有喘氣的急速感。

　　林亨泰的〈車禍〉：

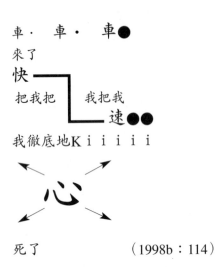

車・車・車●

來了

快

把我把　我把我

速●●

我徹底地 K i i i i i

心

死了　　　　　（1998b：114）

白萩的評語是：「車子迎面衝來的那點有速度、有遠近、有行動緊張的感覺，絕不是由聲音的手段所能達到。」（86）喬林（1943-）說「速度」反映在節奏上，「速度」屬形式機構的一個組件。（168）趙天儀（1935-）說林亨泰〈房屋〉、〈車禍〉等一系列作品「有立體主義的嘗試」。（203）鄭烱明（1948-）全引〈農舍〉：

門　　　　被　　　　　　　被　　門
　　　　打　　　正　　　打
　　　神　　　廳　　　　開
　　　　開　　　明　　　　著
　　　　著　　　　　　　　的
　　　　的

稱讚其立體造形，前衛實驗性濃厚，引起詩壇很大的震撼。（215）
　　旅人（1944-）評〈體操〉、〈患砂眼病的都市〉，更說：「中國詩中文字的立體主義，被阿波里奈爾學去了，林亨泰再把它『橫的移植』過來，企圖在廣義上，繼承中國詩的傳統，並且將此移植物改造，使其在中國的土壤生長得更高大。」（101）
　　余光中則抄錄林亨泰至今最廣為人知的〈風景NO.2〉：

防風林　的
外邊　還有
防風林　的
外邊　還有
防風林　的
外邊　還有

然而海　以及波的羅列
然而海　以及波的羅列

說「大凡在立體派的畫中浸淫過一段時期的讀者都不難欣賞詩中那
種富於幾何趣味的複影疊形」。（33-34）1987年林亨泰回答古添洪
（1945-）問卷，自云〈風景No.2〉這首詩的特色，「在於給視點之
中注入了速度」，「這首詩可以說是隨著車子的速度而展現的，若
沒有今日快速的交通工具，這首詩絕對無從產生」。（1998h：134）
古添洪因而說：「這風景是『動力』的風景，裡面含著『速度』，
這隱含著的某種科技文明持積極態度的現代感，也使到這首詩搭上
了『未來主義』的列車。」（2003：80）

　　未來主義歌頌新的汽車科技、速度、馬力與動作美，表揚現代
科技與機械化速度。未來主義的畫家放棄對物體擬真的描繪，而在
畫布上畫出連續重疊的動作，以呈現物體的動態或多面。❶ 林亨泰
的〈風景NO.2〉、〈ROMANCE〉、〈輪子〉等詩，的確具有初探未
來主義的精神特質。說林亨泰的符號詩為立體主義之作，也只能說
是初探。

　　立體主義的代表畫家為畢卡索，他試圖以分割、並列而交鎖的
色塊，或者用黏紙、拼貼等非繪畫素材或方法，把一件物體的立體
結構、它與空間的關係，完整呈現在畫布上。西方的立體主義詩人

---

❶參見附錄II，〈未來主義〉條目。

以美國的康明思最稱典型，他初次發表於1935年的〈蚱蜢〉
（grasshopper）是最具代表特色的立體主義詩作：

<pre>
                    r-p-o-p-h-e-s-s-a-g-r
              who
a) s w (e loo) k
upnowgath
         PREGORHRASS
                      eringint（o-
aThe）:l
   eA
      !p:
S   a
            （r
rIvInG   .gRrEaPsPhOs）
                         to
rea (be) rran (com) gi (e) ngly
,grasshopper;
</pre>

「依樣畫葫蘆」的中譯，大約可以「轉換」成下列樣貌：

【蚱蜢】

<pre>
                ㄥ―ㄙ―ㄚ―ㄇ―ㄟ―ㄓ
            它
當）我（們　望）去
抬眼此刻集
        ㄚˋㄓㄇˇㄥ
                聚（成
這隻）:足
</pre>

　　　　　　　兆

　　　　　　　　！跳：

躍

　　　　　　　　　　　　　　　　　　　　至

　　　　　　　（丩

落 土 也　　　　　　　　·ㄓㄟㄇㄚˇㄥ）

　　　　　　　　　　　　　　　　　變 成

從（絲）新（言）組（夂）合
蚱蜢；

此作正確的文字次序及中譯如下：

r-p-o-p-h-e-s-s-g-r

who as we look up now gathering into

The GRASSHOPPER, leaps

arriving to rearrangingly become

a grasshopper

ㄓㄚˋㄇㄥˇ

此刻當我們抬眼望去，它集聚成

蚱蜢，跳躍，落地

重新組合，變成

蚱蜢

　　〈蚱蜢〉這字，最初不以正確的字母排序，而標示成r-p-o-p-h-e-s-s-g-r，表明我們眼中注視的是不知何物的物體，跳躍（"leaps"）後，於空中尚無法辨識（gRrEaPsPhOs），然後經重新組合（"re-arrangingly"）終於以正確的蚱蜢這字的字母排序呈現「蚱蜢」之形象。這首詩的形式試圖傳達蚱蜢騰空不定的姿態，透過一串字母的分解（break-up）和重組（restructure），抽象地表達一個物體的構

成。

西方立體主義的詩企求一獨立的心智建築,其單字以字母組成,字母可以打散重新排列製造特殊的視覺效果,其語言可以是零碎的、斷續的,可以只是詞句、標點符號、意象、聲調等片段的交互作用,任其自然呈現,而沒有嚴格的主從之分;中文一字一形一音,難以比照辦理。❶林亨泰的符號詩,嚴格說比較像是具體詩、圖像詩,而不能說是立體主義作品。但他在這方面的摹擬試探,為台灣詩學引進立體主義與未來主義的「假想」,豐富了台灣現代主義詩學的多元性,意義十分重大。

三 《創世紀》與超現實主義

1960年代台灣詩壇聲勢最盛的詩社,當屬創世紀詩社。創世紀詩人領銜的大事記不少:瘂弦(1932-)發表手記體詩論〈詩人手札〉,張默(1931-)、瘂弦、洛夫等主編(或撰導言)的《六十年代詩選》、《七十年代詩選》及《中國現代詩論選》,先後於1961、1967及1969年出版;辛鬱(1933-)於1966年策劃「第一屆現代藝術季」;洛夫於1965及1969年出版重要詩集《石室之死亡》及詩論集《詩人之鏡》。瘂弦與商禽的名著《深淵》、《夢或者黎明》亦已完成。這期間,「紀弦的現代派已經解散於無形」,藍星詩社同人雖仍有個人表現,「但集體的活動則幾乎停頓」。❶笠詩社成立,詩壇重視社會現實及回歸傳統的呼聲雖已萌生,但十餘年來現代主義詩潮為詩創作搭建的內心舞台,以大膽的情愛、死亡、逃亡的怪誕景象,及催眠的旋律、矛盾的句構,呈現幽隱夢幻的潛意識世界,仍喧騰熱烈。

---

❶參見附錄II,〈立體主義〉條目。
❶引用余光中〈第十七個誕辰〉描述。

這一時期，爲《創世紀》詩刊理論定調的旗手，除洛夫、瘂弦、張默三位創始人外，葉維廉（1937-）與李英豪（當時任香港現代文學美術協會會長）是不能忽視的兩員大將。1961年6月葉維廉全譯T. S. 艾略特《荒原》（《創世紀》第十六期），接著在下一期發表詩論〈詩的再認〉，指出詩具有心象的內容、詩是一種「流動的」心象的藝術，具有繪畫中的心象的狀態。心象因人而異，表達的「基形」亦不同。葉維廉提出的一個基形是「矛盾語法的情境」，相似於戲劇中的「衝突」，也就是超現實主義的「表面無理但內含物之真相」，所謂「既謬仍眞」的情境。

李英豪除論聖約翰‧波斯（Saint-John Perse，1887-1975）的詩（第十七期），論〈里爾克與尼釆〉及譯聖約翰‧波斯的詩〈年代紀〉（第十八期），譯德國現代詩選（第十九期），譯亨利‧米修（Henri Michaux，1898-1984）的詩（第二十期），同時發表了兩篇重要論文〈剖論中國現代詩的幾個問題〉（第十九期）及〈論現代詩之張力〉（第二十一期）。前一篇討論的現象包括：詩人能否將物我融通而運用直覺知性做「確切的給出」？詩人是否具有自己的哲學根基，以免陷入一種雕蟲篆刻的惶躁，失去了個性特質？詩人有沒有誠實地去體驗生命、表現生命？詩人是否具備語言創造力、能超越邏輯語法的阻限及黏滯？後一篇說明：

> 好詩，就是從「內涵」和「外延」這兩種極端的抗力中存在、成爲一切感性意義的綜合和渾結。這綜合的感性意義，來自個人對自己內在深刻和忠實的認知；這認知又源自體驗：對文化的體驗，對現時代「人文主義」的體驗。（12）

> 音義的複沓、語法相剋的變化，詩中一部分和另一部分或和整體的矛盾對比，感性意義交切相融、互爲表裡等等，都是可以增強詩中張力的方法。（13）

> 詩的張力，一方面使詩人確切給出一種觀念，一種感
> 受，一方面使讀者也可能感通、經驗或重造詩中世界。詩
> 人不斷加強詩的張力，一方面使詩富有更多彈性、更趨於
> 嚴密；一方面使詩不會陷於鬆散、感傷、虛浮、生硬、混
> 亂、模糊（意念上）、不確切（表現上）或誇陳等等毛病。
> （14）

上述評論既重視詩的文化內涵，又重視詩的表現方法，既重視
創作本身的精確，又重視讀者的接受感受。

不論是葉維廉或李英豪，都沒有極端「超現實」的主張。所謂
《創世紀》自第十一期起有「世界性」、「超現實性」、「獨創性」
和「純粹性」的方向，是主編張默在1972年綜論《創世紀》發展路
線時的歸納[19]，但他緊接著亦澄清外界的錯誤說法：

> 有些人以為「創世紀」詩社是一群超現實主義者的詩
> 社，持這種說法的人，大概是由於「創世紀」所刊載的作
> 品常常都比較「超現實」之故，但我們認為凡是優秀的現
> 代詩，大都是超現實的，穿越時空的，說我們在精神上有
> 超現實的傾向倒無不可，但是我們必須摘掉所謂「超現實
> 主義」的帽子。（1979：428）

1950年代以來在台灣鍛接的超現實主義並非由《創世紀》單獨
所提倡。高克多的譯詩，是發表在《現代詩》第十三期（1956年2
月），張漢良（1945-）確認的超現實主義詩人商禽的超現實代表作
〈躍場〉、〈火雞〉，分刊於《現代詩》第十八期（1957年5月）及第
二十期（1957年12月）；覃子豪〈象徵派與現代主義〉簡介達達主

---

[19] 此文收入蕭蕭、張漢良編《現代詩導論‧理論‧史料篇》。

義與超現實主義，發表於《自由青年》（1960年）；柏谷超現實派介紹文，發表於《現代詩》（1961年）；胡品清〈超現實主義者及其繼承人〉發表於《現代詩》（1962年）；葉笛譯布荷東〈超現實主義宣言〉發表於《笠》詩刊第二卷第一期（1965年6月），超現實主義者高克多的版畫及蘇波的自畫像刊登於《藍星季刊》第一號（1961年6月）及第三號（1962年5月）。

超現實主義與《創世紀》的關聯，除了洛夫譯華勒士‧福里（Wallace Fowlie，1909-1998）的〈超現實主義之淵源〉（第二十一期，1964年12月）之外；葉泥在第十九期譯的〈法國詩人P.素波詩抄〉（素波即蘇波之另一譯名）五首，也很有指標意義。這五首分別為五位詩人畫像：阿拉貢（Louis Aragon）、布荷東、艾呂雅、F.皮卡比亞（Francis Picapia，1878-1953）和T.查拉（Tristan Tzara，1896-1963）都是發起達達主義及超現實主義的領袖人物。但《創世紀》詩刊從未將超現實主義形諸社論、稿約或「編輯人手記」中[20]，倒是在幾位主要詩人：商禽、洛夫、瘂弦、管管（1928-）、碧果（1932-）的身上，看出有這種傾向的創作實踐。

可以說，早在紀弦創組「現代派」推廣他的「新現代主義」時，《創世紀》詩人探索「自我」、不避諱晦澀難懂的超現實風格已露端倪。1960年代當《創世紀》繼續為台灣現代主義詩風吹衝鋒號時，有意無意地就與超現實主義美學合流了。這一點，瘂弦的說法甚具代表性：

> 《創世紀》早期詩人們的批評理念，並沒有因為軍中的
> 環境而受到限制。他們提出的文學主張，不但在當時予人
> 以新銳的印象，即使今天來看仍不嫌陳舊。很多人都知
> 道，《創世紀》曾經是歐美超現實主義文學的試驗場，好

---

[20]劉正忠（1968-）在〈主知‧超現實‧現代派運動：台灣，1956-1969〉一文，同此發現。

幾位詩人都曾受到這一派文學思想的感染和語言技法的影響，但坦白說他們當時具備的學術修養相當貧乏。按常理，一個草莽（兵）的文學社團，有什麼條件去研究、提倡超現實主義呢？在社員當中，甚至沒有一個人懂法文（商禽研習法文是後來的事）。我想這不是懂不懂法文的問題，中國歷代很多研究佛學禪宗的人，也不見得個個精通梵文。在文學影響上，常常是半知半解影響最強烈，中國思想對歌德和龐德的影響，就是最典型的例子。歌德、龐德對中國的認識來自「距離的美感」，如果是全知全解，那他們只適合當研究東方的學者，不可能成爲吸納中國美感的詩人了。（1994：357）

1960年瘂弦發表的〈詩人手札〉，收入《中國新詩研究》一書，改名〈現代詩短札〉，其中有護衛超現實主義的言論：

> 一種較之任何前輩詩人所發現或表現過的更原始的眞實，存在於達達主義與超現實主義（Surrealism）者底詩中，一種無意識心理世界（the world of unconscious mind）的獨創表現，使他們底藝術成爲令人驚悚（有時也令人愉悅）的靈魂探險的速記。

> 無疑地，在思想上他們是師承了勞脫雷芒（Comte de Lautreamont）和黑格爾（Georg W.F. Hegel）的形而上哲學，並且從心理分析大師佛洛依德（S. Freud）那裡蕙去了不少東西。

> 首先他們認定人類內心生活具有「兩個面貌」，舊時詩人所吟詠的常是兩個面貌中完全明確可見的一面，而忽略了另一面的較大部分的潛藏，亦即流動、飄忽、游離、非具象與無法確定的一面，且後者較前者有著更眞實的存在。

此種潛意識世界極為混亂，未經整理，也無法整理。
現代詩人為求「傳真」這個沒有「過渡到理性」的世界，
每每不再透過分析性思想所具備的剪裁和序列，便立即採
用快速的自動言語，將此種經驗一成不變地從它自身的繁
複雜蕪中展現開來。（1981：56-57）

瘂弦對這一嶄新的藝術觀演繹的創作方法也多所著墨，比較達達與
超現實，雖屬同一血緣，達達是混亂的，超現實已經翻新修正，他
舉了歐美詩壇這一派巨擘，說他們的詩在1960年代仍具魅力，而後
繼者的詩作中，也仍令人聞到超現實主義的餘香。

　　瘂弦也有批判超現實主義的說法，原因是超現實主義被假冒
了：「贗品製造者們常皮相地把眼睛死釘在所見的幾個形象上，於
是大加描寫起來，『發明』一大堆奇特怪誕的低級象徵和裝飾，意
識地將不連續的破碎形象偶然湊合，擺出一首詩的姿態。」
（1981：46）瘂弦認為他對布荷東所倡導的超現實主義一開始便有
所保留並加以修正，超現實主義值得借鑑之處不在精神而在技巧，
但超現實技巧只能當作眾多技巧之一來運用，不能當作唯一的技
巧，否則就會鑽進語言惡化的死胡同。所以他說他主張的是「制約
的超現實」，而洛夫更是把超現實技巧中國化了。（1981：14-15）

　　余光中曾拿艾略特對現代人口語腔調的追求，稱許瘂弦。
（1976：63）瘂弦在〈現代詩的省思〉這篇長文，對語言的創造果
然有頗多分析，他主張活用傳統的語言，表現語言的音樂性，追求
準確與簡潔，任何一個句子都必須具備對全詩的「有機性」，否則
就要割捨，結論是「詩的語言運用，可以打破常識的邏輯，卻不能
打破聯想的邏輯」。（1981：17）1970年「詩宗社」主編的叢書
《花之聲》，收錄一篇劉菲所作的瘂弦訪問記，也講到語言的魔術是
詩人最大的武器，所謂語言的魔術即超現實的表現。瘂弦說：

　　我記得曾經讀過兩行這麼樣的詩：

到了四月

　所有的狗都跑到榆樹上開花

在理則上講，這是胡說八道，但從美感上看，它確實有一
種味道。這種味道就是變不可能的為可能，他把一個不可
能的意象像夢一樣很超現實的表現出來。你覺得有一種唐
突的美。如果你從理則上來講，你也可以胡編一個道理：
榆樹下面死了一條狗，狗的屍體肥了榆樹下面的土壤，土
壤裡面的肥料和水份又輸送到榆樹的枝椏，使枝椏長得很
茂盛，榆樹開花的時候，豈不是狗在榆樹上開花了！
（168）

　　除葉維廉、張默、瘂弦等人，《創世紀》詩人理論與創作皆雄
渾壯闊者，非洛夫莫屬。西方各種現代主義（包括超現實主義）思
潮，對他這位富於自覺、長於吸納的高手，絕對有催化、點火的積
極功效，他能入能出，一旦發覺其弊，立時檢討修正。1961年5月
余光中在《現代文學》第八期發表〈天狼星〉，洛夫在下一期寫了
一篇批評的長文〈「天狼星」論〉，緊接著，余光中於12月的《藍星
詩頁》回敬以〈再見，虛無！〉。這是有名的余、洛交鋒。洛夫事
後回顧：「那時我正在研讀並試驗超現實主義表現手法，觀念上比
較前衛是實，倒未高深到虛無的境界。」他不再做回應，是因「這
類問題太玄，太複雜」，顯然他已深思過、檢討過。（〈詩壇春秋三
十年〉，14）

　　同一篇文章也檢討了詩壇提倡前衛精神，大量譯介各國名家作
品的狀況，由於作品本身晦澀，「再加以譯筆混濁，挾泥沙以俱
下，故以中文面貌呈現時，新則新矣，但當作一種方法來學習，實
非善策」（19），談到晦澀，他說，尋求新的語言是詩人首要之務，
「晦澀實為語言實驗成功的陣痛，使語言達到精純簡鍊的境地所必
須付出的代價」，「每一個國家差不多都有幾位超現實派詩人、畫

家、小說家，成功者不乏其人。我們甚至可以從中國古典詩中發現超現實手法的運用」。（20）《石室之死亡》自序〈詩人之鏡〉（1964年作）揭示：「超現實主義之影響正方興未艾，而且我們認爲它的精神統攝了古典、浪漫、象徵等現代諸流派」，「從純藝術觀點來看，超現實乃一集大成之流派，只要你自詡爲一個現代詩人或畫家，就無法擺脫超現實的影響」，「超現實主義的詩與那些不可理喻的幻想或神話，其妙趣異香，其神祕與本質上的眞實感，如出一轍」。（236-237）這麼看，洛夫應是一位廣義的超現實主義者。他爲《六十年代詩選》所撰〈緒言〉，不斷提問：

> 作者在意象上作有意的切斷，但如何使讀者在聯想上加以銜接。在作者的感覺經驗傳達出來之後如何使讀者在欣賞上還原。作者爲了表現上的需要而作有意的晦澀時，如何使讀者不加質難而認爲是一種藝術效果的要求加以欣然接受。作者從潛意識出發而藉「自動文字」（automatic words）以表現「情意我」（ego）的內在世界，在實踐中是否可能。作者往往爲了要表達某種特殊的心理幻覺，經常發現現用的文字並非最可靠的表現工具時，他們如何在語法上，結構上，甚至字彙上加以重新處理和運用，並獲得讀者的同情與承認。圖畫詩所講求的空間效果是否能通過美學上的考驗，是否會因爲兩種迥然不同的工具同時在一空間出現而影響詩的純粹性。此外最大也最爲詩人與讀者所關心的是現代詩裡面是否應該賦予一個主題或某些意義。

凡此更見他對現代主義本質辛勤的探索與體認。（1961：3-4）詩壇或云洛夫有霸氣，但細究其詩學，絕非無理而霸。他眼界開闊，思維有歷史縱深，理路嚴謹，確具詩人批評家的氣象。

從1961年〈「天狼星」論〉提到超現實主義，1964年翻譯華勒

士‧福里〈超現實主義的淵源〉，到1969年發表〈超現實主義與中國現代詩〉❹，洛夫無疑是1950-60年代台灣超現實運動代表人物。他所歸納的三項超現實主義特質為：

> 一、它反抗傳統中社會、道德、文學等舊有規範，透過潛意識的真誠，以表現現代人思想與經驗的新藝術思想。
>
> 二、它是一種人類存在的形而上的態度，以文學藝術為手段，使我們的精神達到超越的境地，所以它可說是一種新的哲學思想。
>
> 三、在表現方法上主張自動主義（Automatism）。
>
> （1994b：259）

蕭蕭（1947-）曾以「自動書寫的魔力空間」、「任意連結的異想世界」、「故意誤接的新穎禪意」、「夢境巡禮與意識潛航」、「矛盾共構與歧義雙關」、「黑色幽默的立體舞台」等特性，分析「創世紀的超現實主義化合性美學」，洛夫1965年出版的《石室之死亡》、1974年出版的《魔歌》、1981年出版的《時間之傷》中的詩都成為最佳例證。（2004：133-138）

實證1930年代水蔭萍初探的超現實主義，以洛夫為首的《創世紀》詩人將體系建立得更穩當，使之成為中文新詩的創作法則，豐富了新詩的生命力；在創建新詩的新傳統上，其西化的意義，莊嚴而令人感佩。

---

❹參見張漢良〈中國現代詩的「超現實主義風潮」〉附錄之年表。

第五章 《笠》詩社詩人的現代性
——以李魁賢為例

一 重看《笠》詩人

　　台灣詩史論述經常以詩社集團為單位加以評斷，呈現的是一群詩人的大體風貌，泯除了同一詩社不同詩人相異的詩學主張、風格追求。談到《笠》，一定是現實主義的本土論述（向陽，1996：370），或說是寫實取向的本土詩（廖咸浩，1996：438），從而凸顯的是與紀弦領導的「現代派」和提倡過超現實主義的《創世紀》詩人的二元對立。

　　隸屬於同一詩社的詩人，出身背景、眼界、才性、學習往往有極大差異，如何能夠概括一體？且不論《笠》詩社元老吳瀛濤（1916-1971）、林亨泰（1924-）、錦連（1928-）等曾為《現代詩》同仁或參與現代派運動，戰後成長的一代如白萩（1937-）、李魁賢（1937-）也都在現代主義詩風浸染下出發[1]。

　　李魁賢的論詩文章，不落此窠臼，他反覆申說《笠》不僅重視鄉土性、社會性，也重視藝術性（1994：148），《笠》詩人「在現實主義精神的結合下，因各人所好而採用偏向自然主義、寫實主義、新浪漫主義、象徵主義、超現實主義、表現主義、新即物主義、結構主義等各種表現手法，形成各人有不同的風貌」（1994：311）。

　　1965年《笠》詩刊第七期刊出布荷東〈超現實主義宣言〉，第八期刊出馬里內蒂（F. T. Marinetti，1876-1944）〈未來派宣言書〉，

---

[1]參閱李魁賢《詩的見證》，頁307-308。

第九期刊出奧爾丁頓（Richard Aldington，1892-1962）〈意象派的六大信條〉，並長時間地譯介美國、日本、德國、墨西哥、法國、西班牙的現代詩。如果說《笠》同仁曾受外國詩影響，實在是再自然不過的事，李魁賢即不反對別人說《笠》同仁受德國詩影響，某些同仁的作品有「即物性」的味道，採取即物主義的手法，直搗物象的核心。（1994：129）

　　1992年印行的《笠》詩選，定名「混聲合唱」，正說明了《笠》同仁具有多聲複調的藝術表現，並非單一品牌、單一成色。李敏勇（1947-）的序文❷〈台灣在詩中覺醒〉指出：

　　　　《笠》集團的詩，是以現代主義和現實主義爲縱橫基軸發展出來的詩。

　　　　《笠》集團的現代主義傾向……是複合意味的現代主義。……是現代性與現代精神的探求。

　　　　《笠》集團的許多詩人，既不滿於純粹依賴現代主義的方法，也不滿於純粹依賴現實主義的精神。（12-13）

　　所謂「《笠》集團」其實指的是優秀的有代表性的詩人。能展現上述特色的詩，例如陳千武（1922-）的〈銀婚日〉，詩的開頭：

　　　　二十五年前今夜
　　　　她的羞澀吞沒了我
　　　　次晨
　　　　她又
　　　　洗淨了我貪婪的痕跡

詩的結尾：

　　　　今天銀婚日

---

❷另兩篇序文由鄭烱明、趙天儀執筆。

由於她巧妙的演技

　　我抱持一個發光體

　　晚上　她的羞澀

　　　　仍然很喜歡叫痛（75）

從題材到情感到「羞澀」、「貪婪的痕跡」、「發光體」等具有美感象徵的詞語，皆非只著眼外在現實描述者所能為。

　　再看《笠》詩社的中生代詩人鄭炯明（1948-）收在《混聲合唱》裡的二十幾首詩，每一首都是一個隱喻，詩義的深刻來自於詩藝的精煉：在廣場表演倒立的藝人，徒勞地想舉起地球；一隻嘴被堵住發不出聲的狗，只能在心底的深谷裡吠；一個害怕食物中毒而絕食的人，最後仍難免於死；當狂風吹走一頂謊言編織的帽子，光禿禿的頭的真相於是顯露出來……

　　詩人對時代現象高度主觀地凝視，意欲反映客觀的本質，省略了寫實的細節，我們能說這是什麼主義的詩？

　　以上略述所謂「《笠》集團」詩人的作品，佐以雙李論據，目的在破除以概括詩社的成見論析個別詩人。本章即以李魁賢為例，論述《笠》詩人的現代性表現。李魁賢創作始於1950年代，迄今不輟，具有跨文化的經驗、跨語系的能力，既重視詩的明喻、暗喻與象徵技法（1994：322），又一貫主張詩人在現實性與藝術性、個人性與社會性之間要扮演好角色（1994：224），是一位本土特色與國際視野兼備的詩人。

二　現代性的內涵及特徵

　　以「現代性」（modernity）的內涵探討中文文學的訴求、特徵，最早的是1970年代李歐梵（1939-）〈追求現代性（1895-1927）〉一文，但該文係應《劍橋中國史》大系之邀而寫（王德威，501），

至1996年作者始重新編寫校訂，譯回中文，收入在台北出版的《現代性的追求》。

李歐梵引述西方學者卡利奈斯庫（Matei Calinescu）的觀點，「在作為西方文明史中一個階段的現代性——這是科學、技術發展的一個產物，是工業革命的產物，是資本主義帶來的那場所向披靡的經濟和社會變化的產物——與作為一個美學觀念的現代性之間產生了一種不可避免的分裂。」（285-286）前者是中產階級世俗社會的現代觀，講究對科學、理性、自由、民主和進步的信仰；後者則發展成象徵主義、超現實主義等等的前衛思潮。然而「現代性」在中國現代作家身上（例如魯迅），並未發生個人與群體的分裂，作家並未遁入藝術的象牙塔裡，反而展示出個性，並且把這種個性色彩打在外部現實上面（李歐梵，1996：288）。「現代性」在台灣1950年代標榜「美學現代性」的現代詩人身上（例如紀弦），事實上也已涵融了民族特性，以一種協商姿態，形成楊宗翰（1976-）所謂的「中化現代」❸。

1989年楊牧（1940-）和鄭樹森（1949-）合編《現代中國詩選》，撰寫〈導言〉，以「現代質地」說明modernity，而這一質地的鑄造，係在「拋棄了往昔舊文學的意態和腔調，拋棄了約定俗成的美和不美，轉而在層出不窮的形式裡自發生長，擴張，開闢迥異往昔的理念，試探知性，撩撥感性」，「通過時間和空間的錘鍊」終底於成。（5）

楊牧與鄭樹森將「現代性」繫連至五四以來的新詩，而非僅現代主義創作的現代詩所專屬，可見「現代性」的概念相似於現代主

---

❸楊宗翰認為「民族意識」在中國的誕生／生產，難脫目的性與實用性，此一因素是可歸入世俗大眾理性與科技崇拜的標準之列。美學現代性恰是批判這一世俗標準的，紀弦何以能將此矛盾二者交融，原因正是在特殊的時空背景下，以「符合世俗大眾標準的概念來掩護他在文學方面的激進訴求」。參見〈中化「現代」〉，頁299-300。

義而大過於「現代主義」❹，而且這一概念在不同的時代風潮下又有不同的內涵變化。

而今我們敢於標舉這一現代情境探索李魁賢的詩，正是透過這一獨特的中文文學與現實社會不斷辯證的「現代化進程」之啓發。

三　李魁賢詩中的現代性

李魁賢曾說，觀察一個詩人的風格，很容易從他的思維模式、語言表達、偏好的形式所屬的流派得出結論。本章以2001年彙編出版的《李魁賢詩集》六冊爲經，1994年出版的李魁賢論評集《詩的見證》爲緯，試加勾勒。

（一）創作意象小詩的美學現代性

1967至1987，二十年間李魁賢翻譯出版的西方著作重要的有：《里爾克詩及書簡》、里爾克詩集《杜英諾悲歌》、《給奧費斯的十四行詩》、《形象之書》、《里爾克傳》、《佛洛斯特傳》、卡夫卡小說《審判》、葛拉軾小說《貓與老鼠》、沙特小說《牆》、《猶太短篇小說精選》、《德國詩選》、《德國現代詩選》、《黑人詩選》、《印度現代詩選》、索忍尼辛長詩《普魯士之夜》、南非文學選《頭巾》、世界黑人詩選《鼓聲》及《卡度齊詩集》、《瓜西莫多詩集》、《謝斐利士詩集》。❺

從這一長串書單可見李對世界文學的涉獵，一如他自己所說：

---

❹有關現代主義的某些重要因素，例如：城市主義（城市的精神氛圍）、技術主義（現代主義藝術鬥爭的一種形式）、人性的喪失（詩歌變成隱喻的高等代數）、原始主義（抽象之後具有反諷意味的原型）、色情主義（一種欲望的新語言）、非道德的唯信仰主義（接近神的啓示）、實驗主義（一切審美形式中的創新、變化），可參閱伊哈布·哈山（Ihab Hassan）所著《後現代的轉向》第二章對現代主義的見解。

❺見《詩的見證》書後附錄〈李魁賢年表〉。

從中國詩入門，漸漸接近德國詩，也涉及英、美、法，及日本等諸國的詩。後來又涉獵黑人的詩歌，再觸及北歐、東歐、蘇聯、和亞洲各國的現代詩，有一段時期專注戰後義大利的詩，然後，又回頭注意中國近四十餘年來的詩潮變化。可貴的是他始終關注台灣詩的發展，寫詩論、詩評，也編詩選，他體認現代主義已成開放性現代化國家的國際化現象，詩人所關切的事務、捕捉的意象、表達的方法，顯然在世界文化一體的脈動中。（1994：315-316）由於詩人在素材、體裁、語法、結構各方面都有創新求變的必要，李魁賢不避諱與現代主義的技巧論契合，提出「現實主義為體而現代主義為用的思考方向」（1994：363），他讚許他人承自象徵主義以「音」喻意的發想、以「色」象徵意義的企圖（1994：239），把握意象的晶瑩剔透，操持語言的乾淨俐落（1994：175）。

李魁賢本人的詩性想像如何？他的詩語言是否精確純淨？是否具有多義性和音樂美？且看以下這些作品：

　　吻秋之裸足
　　夕陽掛來楓葉的電報

　　九月飢渴的脈管
　　把綠注入些
　　把思念也注入些　　　　（〈九月的脈管〉，2001f：99）

　　向晚　蒼鷺躍起
　　於水潭之傍
　　復投落於蒼茫的杏林
　　於雨後之秋景

　　終於　在一個夜裡
　　我們看到燐火　又一個
　　夜裡　我們看到燐火　　（〈蒼鷺〉，2001e：187）

已經不能分辨方位的
風信雞　獨腳
立在雨中的屋脊上

飄落的兩片黃葉
初次離巢的畫眉鳥一般
逐風而去　　　　　　　　　　　　（〈秋〉，2001e：10）

一條橡皮筋
擺在角落
失去了
彈性

彈
！　　　　　　　　　　　　　　　（〈絕食者〉，2001d：151）

月慘白的臉
看墓地舉起手臂
眾多的芒花　　　　　　　　　　　（〈月夜〉，2001a：230）

電話交談中
忽聞海浪沖擊聲
無端澎湃來　　　　　　　　　　　（〈海韻〉，2001a：233）

　　第一首〈九月的脈管〉作於1957年，〈蒼鷺〉作於1963年，〈秋〉作於1966年，〈絕食者〉作於1984年，〈月夜〉與〈海韻〉則為2000年。這六首詩都不超過十行，通過隱喻的手段，以清晰的意象，產生剎那間心靈的核爆，具有思想感悟、焦點強烈集中、吸引人傳誦的音感特質，這是精采的意象小詩。「吻秋之裸足／夕陽

掛來楓葉的電報」，表現秋原開闊，夕照如楓紅，任誰的心靈都要
收到夕陽電波傳來的訊息；第二首，夜裡的燐火即蒼鷺的幻影，聯
想力奇崛；第三首，兩組意象並置，創造了象徵的聯結感受；第四
首，失了彈性的橡皮筋露出奮力一彈的絕望，從意想不到的角度映
現絕食者的身心；第五首，墓地芒花在月夜舉起手臂的驚悚，傳達
了生命透視力；第六首，橫空而來的心潮，因何而來，盡在不言
中。李魁賢小露的這一路以心觀物、攫取意象的功力，掘發了台灣
前輩詩人楊華（1906-1936）寫作〈小詩〉❻的源泉而益見深邃，不
讓《創世紀》詩人專美❼。他的這一風格寫作期斷續綿亙四十餘
年，足見是作者銘刻於心的現代性美學。

（二）關注社會發展的前瞻現代性

李魁賢是台灣詩壇少數具有科學專業背景的詩人，1970年代曾
獲中山技術發明獎，研究世界專利制度，著有專書。一面從事先知
型的文學寫作，現實生活裡的他卻是化學工程師、發明家、公司總
經理。科學訓練出的理性秩序，顯現在他的計畫寫作，以及詩作中
清明而不迷亂的腔調上。計畫寫作的表現，如《赤裸的薔薇》中十
首「旅歐詩抄」，《祈禱》中十八首「中國觀察」，《我不是一座死
火山》中十七首有關狗的寓言，《我的庭院》中二十四首花木連
作。清明而不迷亂的腔調則源於詩人所採取的主客分離的相對立
場，他清晰地在觀察、在思索，詩篇的深刻性表現在對人間世事的
洞見上，而不在迷離惝恍的情感交流。

理性訓練的寫作精神，在李魁賢詩中轉化出進步的憧憬，科學
與民主的信仰。這是不同於美學現代性的台灣知識分子的現／當代

---

❻楊華的〈小詩〉，如：「深夜裡——殘荷上的雨點，／是遊子的眼淚呵！」，「人們散
　了後的秋千，／閒掛著一輪明月。」
❼1982年9月《陽光小集》詩刊公布票選十大詩人報告時，特別推許洛夫在意象方面的
　創造成績。

情懷，是一種奠基於知識、技術改造生活的認知與追求。

> 讓發明家做先鋒　在太平洋不沉的航空母艦上
> 吹響號角　發射晨曦的光芒
> 台生　我們都從挫折中站起來
> 貢獻出我們的心力　不管多微弱
> 盡了力　便是我們履行的天職
> 讓發明家創造　企業家生產　貿易商行銷
> 新產品　是我們生存的命脈
> 在國際上揚威而能受人禮遇的憑藉
> 是的　我們要齊步走　故鄉的呼聲
> 發音在我們心房的磁盤上
> 像不能化解的蠱　像養鴿子的苦澀茶水
> 無論走到地球上的任何角落總要回頭
> 我們就結伴往東飛
> 東方是日出之地　像夸父一般
> 讓我們來創造二十世紀的神話
> 在蓬萊之島　堅韌勝過耐寒的松柏　　（2001c：345-346）

上為寫於1981年的一首長詩的結尾，題名〈國際機場〉，反映1970年代台灣經濟起飛中小企業家奔波奮進的實況與心情，詩中的敘述者在人流穿梭的國際機場巧遇當年同事，回顧，瞻望，「東方是日出之地」，「讓我們來創造二十世紀的神話」，滄桑中有難掩的自豪，對家園的信念。

1960年代，中產階級代言人的李魁賢，寫過好幾篇注目工業文明的詩：

> 千萬匹馬達的吼聲
> 如陽光般　穿過密密麻麻的

管線　落下來
黏在黝黑的鋼鐵親屬的肌膚上
因感動而搖擺　而反響
回音如琴弦般
絲絲飄盪　　　　　　　（〈工廠生活〉，2001e：105）

而那支聳立的大煙囪
像他喜愛的菸斗一般
偶爾冒出絲絲淡白　淡青的煙
偶爾如桅桿似地
划著　划著紫羅蘭色的
悠然飄逝的雲　　　　　（〈黃昏素描〉，2001e：110）

啊　就是此刻　突起
一支標旗的鋼柱
躍動的旋律　呼嘯著（〈值夜工人手記〉，2001e：119）

那樣鏗然而立的
齒樁狀的樓塔
如果在歷史書上
或許會記載著悠沉的鐘聲吧　（〈工業時代〉，2001e：112）

像這般對鐵工廠的頌讚，必須擺在當年的台灣，剛從農業轉向工業的社會加以理解。

　　這樣的「現代性」，到了1970年代的台灣，變成「高速公路」的光明招引：「我們望著自由的高速公路／勇往向目標前進／誰也不許轉變／誰也不許回頭」（〈上路〉，2001d：100），或變成台灣主體的瞭望：「吉米（按指美國）你看來像命中帶煞／你趕到那裡那裡就出岔／殺人放火刀來槍去一團亂麻／你累了就回到溫柔鄉／雖然臭汗在世界各地流淌／羶腥的精液也是到處洩放／沒有人敢怪

你，你是巨人／巨人就該有獨霸的個性和精神／所以你不是我單獨
的專用品／你有充分的自主性格，來去自如／把我當作另一種形態
的黑奴」，「吉米說真的我期待／在你說再見時候／就是我完全成
熟的日子，我站起來／迎著陽光走出去，唱著自己心靈的歌」（〈再
見吉米〉，2001c：315-317）；到了1980年代，變成族群融合的憧
憬：「愛和瞭解／在粼粼中盪漾／盼望和企求的美景／／你眼中顯
現／多種民族融合的精神／成為獨立的原型」（〈湖畔〉，2001c：
295-296）；到了1990年代轉成台灣定位的思索：「在陽光普照的海
島上／人民勇於尋找光……在你來到世界的時候／遺憾沒有給你看
到真正的光／光會讓我們看到台灣的美／看到人的尊嚴、謙虛、和
諧……」（〈神說世界要有光〉，2001a：9-10）。迎接第三個千禧年的
時候，李魁賢想像建構的台灣前景是這樣的：

> 山林中本來不是國族主義發祥地
> 讓梅花鹿回到祖先的地方生息　還有山羌
> 讓黑面琵鷺高興就來安逸客居　還有伯勞
>
> 庭院裡也不是種族隔離的試驗場
> 美人蕉可以亂彈琵琶　台灣欒樹也可以隨風舞蹈
> 九重葛可以紅到四季款擺　七里香也可以芬芳到遠近心歡
> （〈告別第二個千禧年的黃昏〉，2001a：28）

這是台灣後代子孫亟於迎接的理想，是詩人因應社會現代化，涵容
了民主課題、環保課題而展開的現代性視野，二十一世紀的台灣人
讀來應覺饒富意義。

（三）揭露科技生活侵逼的反思現代性

　　1960年代當李魁賢在詩中揭示進步發展的現代面貌時，同時也
在反思這一現代性帶給人的精神壓力，他這方面的詩表露的痛苦意

識，具有一種超越文明禮讚的新啓蒙精神：面對工業文明，人先是好奇，繼而焦慮，鋼鐵構建的大樓「白天　窗口張著森冷的狼牙／夜裡　窗口舞著邪魔的銳爪」（〈不會歌唱的鳥〉，2001e：31），鋼鐵大樓逼人禁聲，逼人變成一棵空心的老樹，鋼鐵大樓一座座又像「大小猙獰的困獸」，「虎視著落荒逃過清晨的一男子」（〈清晨一男子〉，2001e：43）。都市是人的居住地嗎？「都市是沒有故鄉的人麇集的難民營」（〈都市的夜景〉，2001c：220），都市人像「移植的曇花／在空氣調節的溫室裡／成了一副佝僂的形象」（〈情願被冷雨淋著，2001e：36〉），或像麻雀「無樹枝／棲身／在／高壓電線上／唱著／生命之歌／哀傷的聲音」（〈都市的麻雀〉），2001c：265）。

1962年李魁賢以「咖啡店」作為都市景觀的意象，描寫世紀的病容，那些不知明天在哪裡的模糊的面孔（〈咖啡店〉，2001e：120），1992年則以「台北異鄉人」的身分，一連提出十二個「我不知道……」的問句，反應都市對人的隔絕，人更深的無奈（〈台北異鄉人〉，2001c：118）。

1964年李魁賢發出「都市啊／鬆一鬆你的網吧」的呼求（〈都市的網〉，2001e：127），1994年他彈唱：「垃圾堆積在風景裡／垃圾陳列在天空下」，「我們逐漸被淹沒／我們逐漸被埋葬」，「人為科技的垃圾／成為冥頑不化的塑膠／埋伏輻射的鋼筋／幽靈般飄浮的戴奧辛／與人相剋」（〈垃圾五重奏〉，2001b：14-19）。

總結三十餘年切身體會的哀歌，厥為2001年的〈怪獸吃人〉：

怪獸要吃
多少人命才會飽呢

值錢的人命
和不值錢的人命
同樣是一條命

那麼就吃鋼吃鐵吃玻璃
裡面有人命

那麼就吃山脈吃荒野
裡面也有人命

怪獸要吃
多少人命才會飽呢

用人命祭天祭地
祭鬼神
那是愚昧的時代

用人命餵怪獸
是看似文明的時代
二十一世紀的人類

文明的人命
和愚昧的人命
是不是同樣的味道呢

怪獸啊 要吃
多少人命才會飽呢 （2001a：308-310）

詩中的「怪獸」是文明反撲的意象，提供了現代人開啟自覺的意
識。

（四）衝撞僵固政治鏈條的反叛現代性

1970年代李魁賢的詩作明顯寓藏台灣政治現實情境，舉例如
〈鸚鵡〉：

「主人對我好！」
主人只教我這一句話

「主人對我好！」
我從早到晚學會了這一句話

遇到客人來的時候
我就大聲說：
「主人對我好！」
主人高興了
給我好吃好喝
客人也很高興
稱讚我乖巧

主人有時也會
得意地對我說：
「有什麼話你儘管說。」
我還是重複著：
「主人對我好！」　　（2001e：53-54）

以被豢養的、乞食於人的、沒有自我思想、沒有主見的寵物鸚鵡，比擬一般百姓，從而批判當權者作威作福的愚民政策。此外，也有以面目醜陋、不事生產，整天悠閒地欣賞別人忙碌的蒼蠅，批判「金頭」特權階級的詩。（2001e；64-65）

　　1990年代他這種針對政治領域的批判，強化了以詩筆從事反對運動的新姿態，從意識形態革新做起，包括反對呼喊「變奏」的祖國：祖國在他筆下有時變成廚師的「煮鍋」，有時變成流浪者幻想的武俠小說作者「諸葛」，有時又變成「豬哥」、「主過」或者「蛆窩」。（〈祖國的變奏〉，2001b：168-170）反對在台北的地圖出現南

京、松江等中國的地名：他要在「信義及和平的大安森林公園／迎接綠色無限輝煌的未來」。（〈告別中國的遊行〉，2001b：85-86）反對「他們叫我演什麼／我就演什麼／他們叫我說什麼／我就說什麼」的政治傀儡。（〈傀儡〉，2001b：7）反對「絡繹不絕於看守所途上的／變成顯赫的國會議員和候選人／探望因出賣台灣土地致富／而大肆揮霍金錢的大亨／因反抗經濟體制／而意外落網的巨賈」那種官商勾結。（〈看守所途上〉，2001c：127）反對「領導人看完工作計畫有氣無力地放在一旁嘆一口氣說：／『知道啦！』／改革運動於焉完成落幕／接著由歷史學家忙碌撰寫歷史紀錄」那種自欺欺人的官場生態。（〈改革運動簡報〉，2001c：122-124）

李魁賢展現政治意識的「現代性」，最成功之作當屬〈我取消自己〉（1994年作）。一個即將孵現的新生的我拒絕存在於你的語言、你的歷史、你的夢中，他狠狠取消自己，並非想化為烏有，而是要變成不同於「你」的「他者」，而最終的目的是反轉來取消「你的全部體系」。（〈我取消自己〉，2001b：52-53）這首詩完全放棄外在物象的描寫，放棄情緒的宣洩，而向內在精神挖掘，雖富現實指涉而極具現代藝術的聯想。

四　小　結

李魁賢在《詩的見證》一書說：

> 凡是真摯的文學家或詩人，他所探究的問題與事件，所表現的知性與感性，在時間上言，莫不是「現代」的。（45）
> 「意義」應是詩要確切給出的要素之一，不可或缺。（96）
> 詩的精神如果不能熔於社會文化層面，經久必會虛

脱。（212）

作為第三世界詩人，他對「現代性」的探險，自不能局限於美學形式而已，更與開放社會的多元走向，與民主、自由精神指標，與反權威、反官僚的社會運動相對應，他之一再主張詩應朝「現實經驗論的藝術功用導向」發展，實可作為台灣詩人藝術與現實對話的獨特現代性來看。

在現代主義詩潮席捲台灣詩壇的年代，他不是先導，從不侈言前衛，但他有不懈的創作力；在台灣詩人受社會現實詩潮綁架的年代，他卻能在本土與世界、傳統與現代對立下另立爐灶。我們因而觀察到，他的現代性是在詩壇潮浪間突圍而得，李魁賢所代表的《笠》詩社詩人的「現代性」與台灣繫連，對台灣現代主義詩學的充實深具意義。

第六章　1970年代台灣詩學的轉向

一　前行代詩人的反省

以「橫的移植」為信條，進而主張世界性、純粹性、超現實性的台灣「現代詩」風潮，歷經1950至60年代，掙脫傳統枷鎖、冒險實驗之後，開始進行立場與方向的檢討。除了上一章提到《笠》詩人的質疑辯證外，以1969年洛夫、張默、瘂弦共同主編的《中國現代詩論選》為例，《創世紀》詩人的反省呼聲亦甚殷切：

> 大多數作家，不是使作品流於空泛，或流為宣傳品，便是完全不顧及時代的特殊意義，而玩弄著虛無主義的把戲。虛無主義的把戲，在今天是不足取的，看我們的社會中人對文學的淡漠，以及不能從文學作品中獲致感染，這都是虛無主義把戲的流毒所造成的惡果。（辛鬱，208）

> 假冒的，人工的龖龖主義（Dadaism）和超現實主義徒令我們陷入混亂。舊聯想系統固然有切斷的必要，新聯想系統亦當自作品中予以建立。（瘂弦，144）

> 現代詩，我們認為現階段確已到了全面性的剖白與檢討的際會！……我們必須重新冷靜地考量和省察，我們所期待的偉大而又燦爛的詩的時代真的已經來臨了嗎？（張默，250-251）

正如楊牧1972年〈現代詩二十年〉所觀察❶：1960年代中期詩人創作道路即見分歧，有繼續鄙棄傳統詩藝者，亦有以傳統詩藝為豐富之新礦，主張不可以輕言背棄者。（1979a：16）1976年楊牧再作〈現代的中國詩〉，進一步指出：「二十年來新詩界的現代技巧曾經破碎過，曾經走火入魔」，詩人在橫的移植的陰影下，詩作從空虛出發，到空虛結束，其面貌似與歐美詩無異而竟無自身之血緣，「橫的移植」是到了該宣告結束的時代，是回歸古典的時候了。他呼籲「縱的繼承」——在擁有「現代」形貌的同時，不能不承續傳統的本位與精神。（1979b：7-8）

從「古典」中發現訊息，掌握藝術的超越性，楊牧很早就潛心實踐，1969年藉故實寓意以抒發知識分子志向的〈延陵季子掛劍〉❷傳誦於青年群中可為一證。

在盛行晦澀與反傳統的年代，另一位尊重傳統、發揚古典精神的詩人是余光中。余光中初版於1964年的《蓮的聯想》，融古典的人、事、物、語法與情境，成為當年新詩創造的美麗「異端」。

楊牧回顧新詩二十年之路的同時（1972），余光中作〈第十七個誕辰〉長文，回溯《藍星》詩社種種，並檢討新詩的過去，眺望新詩的未來。❸

余光中說早在紀弦主張移植西洋詩到中國的土壤來時，以覃子豪、鍾鼎文、夏菁和他為主的《藍星》詩社就非常反對，紀弦領導的「現代派」以主知為創作原則，要打倒抒情，《藍星》則傾向抒情；「現代派」主張放逐韻文，《藍星》則不完全反對韻文，甚至還很能欣賞古典語彙之美。（1979：395）余光中批評：放逐理性，切斷聯想，扼殺文法的結果，使詩境成為夢境，詩的語言成為

---

❶ 楊牧當年仍叫「葉珊」，〈現代詩二十年〉一文部分年代誤植。此處引用，按其文義，逕行改正。

❷ 收入《傳說》中，復編入《楊牧詩集Ⅰ》，頁366-368。

❸〈第十七個誕辰〉部分要點，見第四章第一節。

囈語甚或魘呼，而意象的濫用無度，到了汨沒意境阻礙節奏的嚴重程度。「百分之百的反傳統，是不可思議的」，「眞正的反傳統，至少有一個先決條件：認識傳統」。（1979：407-410）

就在1950年代成名詩人嚴厲自省之際，1970年代起步的年輕詩人群也風起雲湧地展開了創組詩社發表宣言的行動。

二　鎔鑄傳統的現代美學

辨明台灣現代主義詩創作大潮中，鎔鑄古典傳統的觀念與成果前，首先讓我們看看西方現代主義作家的「傳統觀」。

西方現代主義始於十九世紀後期，跨越二十世紀而影響不衰。現代主義創作在方法、形式上講究創新，但精神、內涵並不背棄傳統。生於英國後來入籍美國的奧登（W.H. Auden, 1907-1973）談到詩人必修的五種課程，第一項就是至少須修習一種古代語言。（向明，152）義大利作家卡爾維諾（Italo Calvino, 1923-1985）談《爲什麼讀經典？》時，爲經典下過十四個定義，其中第二項：「經典著作構築一種珍貴的經驗」，第三項：「經典藏在記憶層疊，化身成個人或集體無意識」，第六項：「經典永遠有無窮盡的話對它的讀者說」，第七項：「經典是在所經之處的各類文化上留下痕跡的著作」，第九項：「經典是當我們讀它時愈覺得它的新穎、不可預期以及原創性」。（3-9）上述五項都與「現代創作」有關，未被淘汰的古典正因爲它有超越時空的新穎啓發，古典的印記必然會顯現在現代創作者的心中、筆下；現代作家應是領受古典無窮盡訊息的讀者，現代作家閱讀古典可以使他更了解自己是誰，定位在何處？

二十世紀現代主義詩宗艾略特更是十分強調文學傳統的重要性，「古典」和「現代」在他的創作世界裡不相矛盾，古典在他心中不是靜止的而是運動著的，不是與現代隔絕的而是相聯繫的。艾略特的代表作《荒原》描寫價值的崩毀、情欲的氾濫、精神文明的

乾涸、時代的幻滅感，全詩共五章，穿插使用了六種語言，並大量引用歐洲文學中的典故和名句。《荒原》幾乎每隔四五行就用一「古典」，從希臘神話、《聖經》、但丁《神曲》、莎士比亞戲劇到密爾頓（John Milton，1608-1674）的《失樂園》，從古羅馬詩人維吉爾（Virgil，70-19B.C.）、奧維德（Ovid，43B.C.-18A.D.）與希臘詩人荷馬（Homer）的詩，到聖奧古斯丁（Aurelius Augustinus，354-430）的《懺悔錄》……不勝枚舉。

「新」詩相對的「古典」並不局限於詩，一切經典皆包含在內，皆可取用，艾略特的《荒原》足為範式。英國學者邵森（B.C. Southam）在《艾略特詩選導讀》一書中引述龐德的話：「艾略特的《荒原》足以見證我們自1900年以始的現代實驗『運動』。」（123）龐德的意思是艾略特雖然取材不同時期不同大師之作，但他自有一種特殊的步調、一種鎔鑄的方法。這本書大量引用艾略特的詩觀，以強調艾略特對傳統不僅是作歷史性的看待，更是作美學性的看待。艾略特說：

> 歷史感驅策一個人不僅只書寫那沁在他骨子裡的，他個人所屬的世代，更進而讓他感知整個歐洲文學，自荷馬以降，範圍包括他本國的文學，有一種同時存在性（並存性），且架構成一種同步的次序。（〈傳統與個人才具〉，1）

> 在一個「多樣而複雜」的境況裡，現代詩人只能對應以「多樣而複雜的結果」。詩人必須變得更加廣博豐富，更加引經據典，更加旁敲側擊，以更逼迫（如果必要甚至是去攪亂）語言，讓它表達出詩人的意思。（〈形而上詩人〉，2-3）

> 詩人不管使用什麼字，愈了解這些字的歷史和它們過去的用法，對他愈有利。傳統的本質便在於此，讓他盡量

取得這些字背後的語言所蘊藏的全部歷史重量。（〈三種地域性〉，5）

我向但丁借用詩句，是為了試著複製，或者喚醒讀者心中一些但丁式場景的記憶，並以此建立起中世紀地獄與現代生活之間的關聯。（〈但丁〉，21）

一個最可靠的檢驗方法，就是看一個詩人怎麼「借用」。好的詩人把他所竊取的，熔接到一個獨特而完整的情感中，全然不同於它的出處；壞的詩人只把它丟進一個不搭調的作品裡。（〈評菲利普・馬辛格〉，23）

這五則引文表明：大詩人不能關門閉戶，只關心他現在所屬的世代，只看重自己國家的文學傳統，要向時間的縱深處挖掘，向更廣大的世界傳統，更豐富的歷史、經典、詩文中借鏡。台灣前期從事「橫的移植」的創作者，追隨現代主義而顯然對現代主義的精髓，並沒有全面的引介。

三　回歸傳統的四個面向

到了1970年代，台灣的現代詩學正式進至「民族自覺」的時代，即使是自承深受西方文學影響的方莘（1939-）也認為，1970年代每一個詩人都面臨到文化血緣上認同與回歸的問題。方莘肯定前二十年的西化，就像出國留學的用意，或以唐文化為證，其豐富正是因為中亞文化、印度文化的傳入。

1971年創刊的《龍族》，宣稱「我們敲我們自己的鑼打我們自己的鼓舞我們自己的龍」❹，以中國的「龍」為意象，復強調「我

---

❹這幾句話印在《龍族》詩刊各期的封面裡、扉頁或封面上。

們自己的」，其承接傳統的理想至爲明確。1975年《草根》詩刊登出的〈草根宣言〉，在精神和態度方面，宣示對過去尊敬而不迷戀，擁抱傳統但不排斥西方，吸收傳統、消化傳統進而創造傳統。（458）

在西方主義籠罩下，何以台灣竟能於1970年代進行修偏，力倡回歸？一方面是二十年來原本就有少數幾位深諳傳統、中西詩學素養兼通的人（如余光中、楊牧）始終未放棄對傳統的追慕，一方面是原本力主西化發揮個性、創造風格但卻誤導了創造力不足的人「走火入魔」的詩人已警覺事態嚴重，不再相信世上有一種絕對的美學觀念，對超現實主義的「自動語言」尤爲不滿。（洛夫，1974：2-9）

最大的一股反動力量則來自於戰後一代出生、成長、受完整學院訓練❺，而於1960年代末、1970年代初發端創作的年輕詩人群。1970年代初這一批年輕詩人年齡在二十歲上下，摩拳擦掌地準備躍登新詩擂台。其要者如：1971年陳芳明、蕭蕭（1947-）、高上秦等創辦《龍族》詩刊於台北，黃勁連（1947-）、羊子喬（1951-）、龔顯宗（1943-）等創辦《主流》詩刊於台南，沙穗（1948-）、張堃（1948-）創辦《暴風雨》詩刊於屏東；1972年，渡也（1953-）、尹凡創辦《拜燈》詩刊於嘉義，陳慧樺（1942-）、林鋒雄、黃郁銓等創辦《大地詩刊》於台北，蘇紹連（1949）、司徒門（洪醒夫，1949-1982）、莫渝（1948-）等創辦《後浪詩刊》於台中。

戰後世代詩人以多元的、全面的方法回歸傳統。戰前世代詩人也改弦更張，對古典大加青睞，連寫《石室之死亡》的洛夫，公認爲超現實主義詩人的商禽，都留下了風格丕變、可供玩味的詩。

回歸傳統的面向概分爲四：

---

❺這一代詩人大多出生於台灣光復，即二次世界大戰結束後，1970年代正在大學或研究所就讀；相對於上一個世代流離顚沛於戰亂中，他們受教育的條件優渥得多。上下兩個世代年齡相差約二十歲。

（一）古典形式的試煉

　　現代主義解放了詩的形式，摧毀所謂「豆腐乾體」，確立了自由詩體，然而，1970年代，二十幾歲的年輕詩人卻重拾形式的鳥籠，進行四言詩、六言詩及十行詩的試驗。1972年蘇紹連一系列《河悲》詩的創作，刻意以《詩經》四言體爲典範，其生民情懷、黍離之悲，也與兩千多年前黃河流域傳唱的風詩近似。張默爲《河悲》作序，詳析〈船伕〉的新意與深意：

> 船伕身上
> 穿著河水
> 五個鈕扣
> 扣住船隻
>
> 載不動的
> 許多針線
> 縫補一塊
> 河水缺口
>
> 最低處是
> 鞋走成悔
> 流在船下
> 上是陽光
>
> 一抬頭瞧
> 飛鳥均飛
> 在口袋裡
> 掏出航程（103-104）

明明是河水濺到船伕身上，詩人卻說「穿著河水」，明明是船伕使

勁地在船上工作，詩人卻說「五個鈕扣／扣住船隻」，妻子縫補衣裳無怨悔的愛把生命之河的缺口補上了。所謂「最低處是／鞋走成悔」，影射沉船之險；最後一節，搭客如「飛鳥」均飛，只有船伕宿命地難逃水上航程的牽引。張默稱「作者運用超現實手法，屢建奇功」。（1980：9）蘇紹連以復古的詩型，與現代的思維相磨合，顯然是一有膽識的嘗試。

　　高大鵬（1949-）1980年結集前十年所作的《獨樂園》，第九輯「雅歌」，收錄七首六言詩。「六言詩」間雜在詩經裡，漢朝谷永創製成全篇。以寫〈楓橋夜泊〉聞名的唐代詩人張繼亦有六言詩：「京口情人別久，揚州估客來疏。潮至潯陽回去，相思無處通書。」唐人絕句多五、七言，六言不超過四十首，可見其難工。而高大鵬獨鍾此體，欲在未曾深耕的古典路徑上開闢，〈雨中遊圓山臨濟寺〉共五節，每節四行，每行六字，前三節：

> 雨中聖觀自在
> 巍巍獨坐高臺
> 支頤若有所思
> 沉眉若有所懷
>
> 凡夫前來哭訴
> 人生如此悲哀
> 幸有大士作主
> 心空得第歸來
>
> 此輩他日得意
> 必將大士忘懷
> 聖心何嘗分別
> 愚人自去自來（206）

全詩確乎可以對照他的自序「歸於古典」之說：

一開始我熱愛意象派，並深受超現實主義的影響，那時的我是個不折不扣的前衛派。至今我還相信，從意象和想像最能看出一個詩人「通靈」的程度。只是慢慢的，眼界漸大，感慨遂深，才體會到歷史文化的莊嚴，由於這層覺醒，使我漸漸歸於古典……（5）

另一位執著於新詩形式嘗試的，是同時也在寫台語詩的向陽，《十行集》每一首詩都維持十行，除追慕古典的形式限制外，處處可見「幽徑」、「臨觴」、「花徑」、「啓睫」、「暮靄」、「織錦」、「凝眸」、「江渚」等古典詞語。向陽更作仿古的「閨怨詩」三首。〈未歸〉是其一：

> 餘暉已緩緩將布坊的流漿染成
> 一片驚心，閣樓上許多機杼
> 碌碌織著窗頭暗啞的斜陽
> 水聲潺潺，前年夏天
> 雀鳥在簷下走失且忘記窗的招喚
>
> 自從去冬下廚總記得用雪花
> 當做調味的鹽巴，每道菜
> 都標出鞋的里程與風的級數
> 枯葉打今秋便簌簌地落下
> 或者花仍要到明春方纔綻放（62-63）

這首詩以景寫情的手法高明，在時間的推移上自然渾融，儘管詩評家張漢良特別搬出艾略特「客觀影射」的現代詩法加以說明❻，但古典情調、氛圍極其濃郁。蕭蕭說：「這其中所暗喻的仍然是向陽不甘放棄屬於中國文化的那一份牽繫之情。」（1984：8）

---

❻見《現代詩導讀、導讀篇三》，頁273。

（二）古典的文理結構與意象

傳統詩講究比興表現，箋注者以比興方式解詩，更早在兩漢的毛傳與鄭箋。白話新詩的意象說，在方法上是與中國傳統詩比興說相通的，新詩人糅雜了古典語言的文理結構，新詩的民族特色就更加彰著。而這一種特色，並不限於中文系詩人，出身台大外文系的楊澤（1954- ），1978年參研樂府詩〈東門行〉❼，作〈拔劍〉與〈東門行〉。前者獨取「劍」之意象，以極簡之筆凸顯貧士無以維生之悲憤：

> 日暮多悲風。
> 四顧何茫茫。
> 拔劍東門去。
> 拔劍西門去。
> 拔劍南門去。
> 拔劍北門去。（1980：33）

四度拔劍，四方走險，真是日暮途窮的具象表現。楊澤借用五言詩的句式、東西南北的文理結構，一行一個句號共六行，創造了沉鬱頓挫的效果。〈東門行〉更以這一古代寒士爲典範，發出今不如昔之感慨：

> 一千多年後
> 詩人啊，我卻把你的劍
> 沉埋於城牆下
> 一千多年後

---

❼《東門行》古辭，是一首亂世詩，貧士不安其居，妻子牽衣泣勸：「出東門，不顧歸，來入門，悵欲悲。盎中無斗儲，還視桁上無懸衣。拔劍出門去，兒母（或作女）牽衣啼：『他家但願富貴，賤妾與君共餔糜。』……」

當天下寒士
俱被廣廈所收買
驅車出東門
望著大道盡端的落日
我看見亂雲正雕塑著：
一個古代寒士
獨立蒼茫的形象
……（1980：35）

一千多年後，不但「我」自己埋了劍，天下的人也都埋了劍，「劍」
的意象從憤激犯法之物衍生出新義，變成理想風月的象徵。古典之
所以帶著永遠的光環，值得後人傳承，原因正在它哪怕是舊物也能
激發出新義這一價值上。

中文系出身的陳義芝（1953-），1977年出版的詩集《落日長煙》
中的〈塵緣〉、〈花雨〉、〈苔痕〉等，並未做文法與邏輯的切斷，
仍承襲了傳統的語法、古典的情調。一輯十行以內的小詩，意象發
想尤多契合樂府詩者，例如：

夜在千種引頸的風姿裡
只揉出一聲低呼的
憐　（〈蓮〉，62）

一樹桑葉青青，一隻蠶
吐絲
天明日暮
炊煙裊裊
在風裡縛住自己
化成蛾
飛出

留下一孔自啃的創痕　　（〈思〉，65）

一夜，恍惚
露輕聲滴答
驚醒
仍以珠圓凝住秋草的心
支頤
畫一縷晨起的煙　　（〈念〉，66）

倘若熟悉樂府詩句：「餘花任郎摘，慎莫罷儂憐」（〈讀曲歌〉），「下有並根藕，上生並目蓮」（〈青陽度〉），「春蠶不應老，晝夜常懷絲」（〈作蠶絲〉），當知古之體製與今之新詩有互通聲氣相互掩映之處。1993年比較文學名家鄭樹森在報上撰文說：「陳義芝的詩作，早年得力於中國古典詩詞的意象意境，對台灣當年前衛派的『聲音與憤怒』，應是相當自覺的一種回應。」這是九〇年代文壇對七〇年代回歸古典的評價。

　　國學界耆宿潘重規說樂府詩為新詩蕃殖之根荄，不深研樂府詩則不能開創新體詩歌之正道（13）。若以民國詩人劉大白（1880-1932）妙化古典詩詞的意境〈如〈西湖秋泛〉：「湖岸的，／葉葉垂楊葉葉楓；／湖面的，／葉葉扁舟葉葉篷；／掩映著一葉葉的斜陽，／搖曳著一葉葉的西風。」或如〈賣花女〉：「春寒料峭，／女郎窈窕，／一聲叫破春城曉；／／『花兒真好，／價兒真巧，／春光賤賣憑人要！』／／東家嫌少，／西家嫌小，／樓頭嬌罵嫌遲了！／／春風潦草，／花心懊惱，／明朝又嘆飄零早！」細味之，則宋詞的美學觀照，元曲的口語精華，也都可作為新詩創作之源頭。

（三）古典題材、情節的再創造

1974年洛夫出版第五本詩集《魔歌》，自序這是他調整語言、改變風格，以至於整個詩觀發生蛻變後所呈現的一個新風貌。（1）古典題材的熔接、古典情節的再創造，是他呈現新貌的主因，「莊子」、「李白」、「長安」、「黃河」、「姜白石」都像一聲聲遙遠的回音出現在他的詩裡。長達一百三十四行的〈長恨歌〉更見他對古典的精神支持：

> 他開始在床上讀報，吃早點，看梳頭，批閱奏摺
> 蓋章
> 蓋章
> 蓋章
> 蓋章
> 從此
> 君王不早朝（1974：137-138）

「讀報」是現代事務，「批閱奏摺」是古代事務；「吃早點」是現代語言，「從此君王不早朝」是古代語言；「蓋章」的表層意義是現代的，深層意義影射君王做愛就是古代的。古今交織，形成唐玄宗與楊貴妃這齣悲劇的對比張力與諷喻性。

王潤華（1941-）的「象外象」系列創作，以古文字圖像發揮詩意，連接上寬廣的古代世界；以及大荒（1930-2003）的翻新歷史神話素材，也都有建樹。特別要一提的是，商禽在1974年應許博允之邀為林懷民編舞所作的〈寒食〉。此作直到2004年方正式刊登於《創世紀》，詩中出現1950、60年代台灣現代主義詩人規避的類疊、對仗句，例如「話說從前／話說戰國」，「鳥驚呼／花驚呼／獸狂奔／葉狂奔」，「山谷中有一泓清水／溪流旁有一株老樹」，部分字詞如「繁花」、「篝火」、「脅脅」、「餘煙」，十分雅馴，無一不是

商禽筆下罕見的古典特色。

1970年代末浸至1980年代初，張錯（1943-）《錯誤十四行》中，與古典交映的詩篇尤令人矚目，例如：借意陶潛「既自以心為形役，奚惆悵而獨悲」的〈落葉〉，借意水滸傳魯達剃度、林沖刺配滄州的〈除草〉與〈落草〉，借意古詩「望帝春心託杜鵑」的〈寄託〉，借意杜甫「落花時節又逢君」的〈落花時節〉，借意賈島「十年磨一劍」的〈觀劍〉，處處展演向文化傾訴所發出的抒情新聲。

（四）古典的人格認同與精神召喚

卡爾維諾認為在古典中，我們可以找到知音，找到認同的典範，找到既像護身符又像精神故鄉一樣的東西。（6-7）

楊澤〈漁父·1977〉，忘不掉的傳統源頭是屈原：

> 任偽幣在富人的田裡繁榮生長
> 任孤獨在政客的病榻上孤獨死去
> 火在火中憤怒燃燒著
> 愛者如何能在愛中靜逝
> 流放者在流放中找到意義？
> 相對於大海──啊詩人
> 我們如何向漁父肯定河流的意義？（1977：142）

〈彷彿在君父的城邦1〉，遙遙追慕孔子的智慧光芒：

> 我在萬古的長夜裡牽馬行走，徘徊尋找住宿的地方
> 越過焚殺的秦火，我默然預見了
> 門人在夫子左右的崇位；我默然預見了
> 書籍的命運，未來世代
> 束髮學童弦歌背誦，夫子話語的泉源與無窮腳註（1980：149）

〈旅夜書懷〉，更有獻身時間的大江，承襲杜甫志業的感懷：

> 天地如寄，誰是
> 你的志業的承襲？
> 我獨自穿越星垂的平野，沿著
> 古代的大江，我獨自
> 浪跡來此；
> 站在永恆的對面，像群山一樣
> 沉吟你的名字（1980：42）

溫瑞安（1954-）❽的精神世界在長安：「古之舞者……那一場舞後／書生便輸去了長安／那年的容華，叫人怎生得忘」，「妳抿嘴笑過多少風流雲散／皓齒啓合過多少／漁樵耕讀／但我是誰呢？妳知否／我便是長安城裡那書生／握書成卷，握竹成簫／手搓一搓便燃亮一盞燈」，「堅定的愛是無需見過的／正如我的俠情／生活在古代的城裡」。（269-270）

上一代詩人的古典素養，自以楊牧最稱典型，接續《傳說》的下一部詩集是《瓶中稿》❾，收1974年兩名篇：〈秋祭杜甫〉與〈林沖夜奔〉。〈秋祭杜甫〉四呼「嗚呼杜公」，終結以「哀哉尚饗」；〈林沖夜奔〉以古典戲曲聲腔演出東京八十萬禁軍教頭梁山落草之因由，都看出楊牧的古典人格信仰。〈瓶中稿後記〉說他如何蕭瑟讀經於異國之深夜，〈夢遊儀徵阮大學士祠〉及〈仿陶〉（淵明）等作，也有耐人尋味的古典啓發。（1978：623）1977年楊牧結集《北斗行》，更是朝向「傳統精神的現代中國詩」的目標，「我相信我們的過去必須在眼前呈現，修改，渲染，而我們眼前的

---

❽溫瑞安雖是馬華詩人，但1970年代在台灣求學，創組神州詩社，作品編入書林版《台灣新世代詩人大系》。

❾《瓶中稿》代表作，於1978年選編入《楊牧詩集Ⅰ》第五卷，頁467-602。下文提及的《北斗行》代表作，則選編入1995年出版之《楊牧詩集Ⅱ》第六卷，頁3-148。

一切將被保存入未來，被批評判斷，委棄或欣賞。」（1995：504-507）鑑古知今，當代的喧囂之聲終將沉澱下來成為未來人聆賞的回聲。

四　小　結

1970年代台灣新詩的轉向，有關古典陶鑄，除上述具體面向，還有一最大的挪移特點，那就是傳統抒情詩中「敘事性」的復興。中國傳統的抒情詩以蘊藉為上，寫情之聲調不必然迷離，色彩不必然晦暗，這與部分西方現代主義抒情詩的迷亂表現不同。1979年《中國時報・人間副刊》開始推動長篇敘事詩獎徵文，更為這一種保持清醒的抒情風格推波助瀾，一洗過去詩人在夢囈語中歷險創造的焦慮。

杜甫表達文學史觀的〈戲為六絕句〉其六：「未及前賢更勿疑，遞相祖述復先誰？別裁偽體親風雅，轉益多師是汝師。」很值得後人參考。面對眼花撩亂的西方技法，純粹「橫的移植」、只能歸類在歐美現代詩中而無法發揚風致、兼顧到「縱的繼承」的當代創作都是偽體，雖說它是偽體，卻何妨適度地裁取，不必一概抹煞。別裁偽體親風雅，轉益多師是汝師，既有破又有立。1970年代台灣詩學的回歸，珍視豐富的傳統遺產，並不排除西方詩學精華也不故步自封，由於「轉益多師」的門路從未關閉，新詩創作的美學典範乃能漸趨成熟，無懼於1980年代文化論述艷幟之高張，1990年代輕浮戲耍時尚之沖刷。1970年代台灣新詩轉向之價值意義因此而建立。

第七章　1980年代詩學的新生狀態

一　現代主義運動不等於現代主義詩學影響

　　戰後台灣詩壇現代主義運動，起自1953年2月，迄於1969年1月。1953年紀弦在《現代詩》創刊宣言強調：「唯有向世界詩壇看齊，學習新的表現手法，急起直追，迎頭趕上，才能使我們的所謂新詩到達現代化。」（1953：1）約半世紀後他在美國加州接受《世界日報》專訪，仍豪情萬丈地指出，那是「新詩的再革命運動」。（2001c：280）1959年3月，《現代詩》出刊第二十三期後停擺，翌年六月雖即復刊，但台灣詩壇創作、評論、翻譯的重心已轉移至《創世紀》詩刊。《創世紀》從第十一期起，譯介了不少西方重要的現代主義詩人，例如梵樂希、里爾克、凡爾哈崙、艾略特、阿波里奈爾、聖約翰・波斯……，儼然成為後續發揚台灣現代主義運動最重要的詩刊，直到1969年1月休刊止❶，現代主義運動乃暫告一段落❷。

　　現代主義運動不等於現代主義詩學影響。運動會隨著領導人的意志、社群的聚散消長，主義詩學卻不可能截然終止於某一時刻。1950、1960年代的現代主義詩風，並未訖止於1970年代鄉土文學論戰寫實主義高張的年代，反而得到新的生養挹注，重新融入了歷史

---

❶《創世紀》詩刊停刊三年後於1972年9月復刊，這時年輕的詩社蜂起，詩壇已是另一個新局面。

❷曾參與籌畫「現代派」的詩人林亨泰，將此時間，視為現代派運動告一段落之標記。參見《林亨泰全集五・從八〇年代回顧台灣詩潮的演變》（1998e：83）。

文化的想像、土地家國的意識，成就了1970、1980年代「本土現代主義」的風采。

　　所以如果用簡易劃分法，一口咬定1970年代以後台灣詩以鄉土、寫實為主流，是只見表相、鋸箭法的論斷。現代主義表現在詩中，除了隱性的精神意向課題，顯性的則為美學思維，那是藝術性和技巧的問題，是想像的一種奇特造型。寫實詩風的代表如吳晟（1944-）、廖莫白（廖永來，1956-），1980年代依然有類乎意象主義的技巧，將象徵的詩語伸向現實世界的詩作。吳晟1983年寫的〈沒有權利〉，以自然界「欣欣然萌發的種子」、「蓬勃地伸展的枝葉」、「覺醒的晨曦」，對映人心想說的話，也對映社會的謊言：

> 欣欣然萌發的種子
> 為永遠默默呵護的大地
> 說出了想說的話
> 蓬勃地伸展的枝葉
> 為永遠默默普照的陽光
> 道出了心意（2000：179）

全詩共有五節，這是第一節。完全看不到寫實主義功能性的句子，音樂性的講究、意象叢的輝映，表露了優雅的象徵美學。從宋澤萊（1952-）口中的浪漫主義、表現主義轉向寫實主義的廖永來，1984年思索現實主題的〈遙想〉兩首，以對妻子的獨白展開，慨嘆自己從事黨外運動，讓妻子、父母長夜擔驚受怕，讓孩子少了一份父愛，然而他乞求其妻再給他十年，讓他獻身給這座島嶼，哪怕是坐牢，也好去衝破政治的牢籠。第二首以「那時朔風掀翻你素白的衣領／我們相見在老朽的記憶深處」起頭，中間兩節：

> 誰料我們終於走過這顛簸的悲涼的
> 五十年，許多死生

許多幻滅，此刻
撫摸你曾經黑密而今
逐漸稀白的髮梢
頰上因何還有幾顆冰涼的淚水？

這是悔恨？
抑或喜悅？
我們終於相期在這日子
共擁有一方小小的紅土
埋下我們逐漸冷卻的熱情
埋下我們灰燼一般的往日
埋下所有的幸與不幸（114-115）

　　這樣的愛情典型，特別是革命者的愛情，彷彿法國詩人保羅‧艾呂雅愛情詩篇所表現。二次大戰後的艾呂雅，詩風產生變化，從超現實主義走向平易、清晰，追求社會意義，但對「超現實行為原型」的愛情歌詠，始終不絕。廖永來的人生選擇與詩歌道路有似於轉折過後的艾呂雅，假想當革命熱情冷卻、往日如灰燼，詩人與摯愛者蒼涼相期的只是如全詩結尾所說的「共同攜手離開」，因「這錯誤紊亂的年代／個己私愛總也顯得空乏」，「在這樣的國度／幸福豈不就是罪惡」？在現實意志反轉下詩人逼出了不確定的、絕望的感覺，那是一種更深的幻滅。不求負載敘事詠史功能的抒情詩，其動人所在正在於此。

　　奚密（1954-）在一篇宏觀的詩學論文〈台灣新疆域〉即表明，台灣現代詩在1970年代之後雖有重大轉變，但始終延續著一個傳統，詩人致力於人與自然的普遍關懷、創造力的表現、對語言不斷的實驗，「無論是象徵主義、現代主義、超現實主義、寫實主義，還是後現代主義」，從1920年代開始，台灣現代詩的獨特風貌是在不斷互動、蛻變中形成的。（2001：72）至1980年代這一傳統並未

斷裂，本章繼上一章論述現代與古典的融鑄後，考察1980年代台灣現代詩所銘刻的不同標記。標記雖有不同，隱現的「本土現代主義」的胎印卻是相同的。

二　現代主義的信仰無礙本土精神的發揚

1970年代現代詩歷經「關唐事件」❸、鄉土文學論戰，寫實的聲浪高漲，然而二十年後回顧，竟沒有太多如運動風潮般足稱典型的作品傳誦，究其主因不外持此精神寫作者，過於相信以詩改造社會的能耐，突出意識形態而忽視了藝術匠心。如李敏勇所檢討的，現代主義原是對「戰鬥文藝」的一種反動，等到以寫實主義來反對極端虛無的現代主義時，寫實主義又可能變成被政治利用的、反面的戰鬥文藝。（1994：205）

1979年12月「美麗島政治事件」發生後，「鄉土文學論爭以悲劇落幕」（葉石濤，1985：59），詩壇的寫實動能未再蓄積，現實的關照漸匯入自1970年代初期呈現的「善性西化」❹趨勢裡。1980年代不論方言詩、政治詩、女性詩、具體詩、都市詩、生態詩、多媒體詩，皆未放棄意象經營及語言密度的要求，詩人對藝術錘鍊的講究不分門派有志一同。例如白萩在1984年6月《文訊》月刊舉行的「中國現代詩談話會」發言，認為《藍星》、《創世紀》、《笠》三個詩社的詩人事實上都支持現代詩運動，接受了「現代派」的影

❸1972年2月28～29日關傑明在《中國時報・人間副刊》發表〈中國現代詩的困境〉，9月11日～12日在同一刊物再度發表〈中國現代詩的幻境〉。唐文標於1973年7月《龍族評論專號》、8月《文季》及《中外文學》分別撰文〈什麼時代什麼地方什麼人〉、〈詩的沒落〉、〈僵斃的現代詩〉，反對現代詩「惡性西化」，主張腳踏實地創作有社會功能、現實意義的詩。

❹余光中在〈現代詩怎麼變？〉一文呼籲詩人將無條件移植的「惡性西化」轉為「善性西化」。見《龍族評論專號》，1973年7月第9期。

響。他更指出：

> 年輕一代的詩，所犯的毛病是太「寫實」，停頓在報導
> 性的層面，缺少技巧的處理、深入一層的去思考「現實」。
> 因此「怎麼寫」的訓練，是目前新生代詩人所應重新反省
> 的首要課題。（98）

白萩接著分析《笠》詩社的「現實主義」包含「現象」及「本質」
兩種要素的相互激盪，「作家是在多樣性的現象裡找出本質，或由
本質轉化爲『現象』，在其變化過程中，描寫現實完成創作藝術。」
這與現代主義由本質形塑現象的追求無異，也如同象徵主義詩法：
在美學世界裡塑造出一個理想的形象。

　　林亨泰、張默、胡品清（1921-）、羅門（1928-）、張健都出席
了這一場座談。❺林亨泰說：

> 現代派發起之前，一般人對詩的看法是「寫什麼」，因
> 此現代派針對此點而倡「怎麼寫」？但後來「怎麼寫」運
> 動越來越末節化，變成爲技巧而技巧，所以，笠詩刊創立
> 之後，又倡「寫什麼」的問題，主張現實主義，但它也沒
> 有忽略「怎麼寫」的問題，不過它也走上了末節化，亦即
> 他們太重視寫什麼的問題，就會附帶產生什麼也不能寫的
> 問題。（107）

林亨泰表示最理想的莫過於「平衡」——「寫什麼」與「怎麼寫」
都重要。當大家都傾向「寫什麼」時，他更要強調「怎麼寫」，且
許之爲現代詩運動最重要的課題。

　　張默呼應林亨泰的意見，「如果今後寫詩的人，再不努力鍛鍊
詩的語言，創造詩的意象，而把詩當作工具，企圖達到某種目的，

---

❺林亨泰等人的發言，與上引白萩談話同刊於1984年6月《文訊》月刊。

恐怕現代詩不只是迷失，而是要走上滅亡的命運。」（108）他澄清部分論評者對「現代派」運動的誤解，其實他山之石可以為錯，新的手法、西方技巧的借鑑，可以豐富現代詩的內涵，並非逃避現實，他更反擊「一些寫詩的年輕人」的指控：

> 現在一些寫詩的年輕人，把詩的重要課題（如語言、意象、節奏、結構……等）撇開不談，反而撇出什麼社會性、關懷現實等等的大帽子，好像中年以上一代都在逃避現實，作無病之呻吟，其實他們的指控完全是表面的浮光掠影，根本沒有觸及問題的核心。（108）

胡品清以法譯中文古典經書的經驗為鏡，主張客觀地面對技巧問題，寫現代詩的人應向「中庸之道」看齊，既不能不講究詩質，也不能讓讀者看得一頭霧水：

> 在語言上，現代詩可以或多或少地破壞文法規則，可以跳躍，可以使用省文法，甚至可以使詩的語言接近電影語言，但是在聯想方面該合乎邏輯，在結構方面該有連貫性。（103）

這同於余光中所說從「惡性西化」轉為「善性西化」，但仍為現代主義求新求變的藝術原理。

羅門也檢討了詩與大眾、與現實接近的表現問題：

> 在涉近生活化與平易的表現中，若仍潛藏有深入可見的「心象」世界，它便在明朗單純中，見其深厚；反之，便在單薄與煩瑣的平面直敘中，顯出膚淺之感……因為詩畢竟是語言的藝術，有其本質性的存在，這一本質性若消失，便與詩無關了，所以我認為現代詩目前向現實生活做直接性的指認與敘述時，仍應拉出心象活動的美感距離。

（102）

他用了一個有意思的比喻，像從高空（形而上性）向地面（現實性）俯衝的飛機，必須向天空拉起，在天上飛的飛機是有想像力的翅膀，詩不能失去海闊天空的活動世界，變成地上走的車子。羅門更強調現代感所含的前衛性，是創造新美感、迎接新秩序，使詩人成為「先知者」的必備條件。（127）1960年代開啓都市詩寫作的羅門，至1980年代已成為這一類型的先驅。

同屬《藍星》詩社的張健，為現代詩的發展指引了六個方向：

（一）繼續受西方古典詩及現代詩的影響。

（二）汲取中國古典詩的長處。

（三）接續現有現代詩的傳統，擴而大之。

（四）接受其他古典及現代藝術的薰沐，如，繪畫、音樂、電影等。

（五）與其他文類互惠——如小說、戲劇、散文及文學批評。

（六）高瞻遠矚，融匯其他學術……以成為現代文化中的重鎮。（136）

第一點的接受西方現代詩影響，第三點的擴大接續現代詩傳統，第四點的接受現代藝術薰沐，第六點的融匯其他學術以成為現代文化中的重鎮，無一不有明確的「現代」追求，正是1980年代詩學的主流聲音。

上述詩人發言當時皆屬中年以上的詩人，是台灣詩壇所謂的「前行代」，至於當時三十左右年輕詩人的看法如何，此處特舉標榜社會性、現實性的《笠》詩刊同仁代表陳明台、李敏勇的說法。1983年陳明台展望當時的詩風，歸結出「視野的擴大，也就是不拘泥於狹隘的立場，而有寬闊的視野、國際性的詩的追求」的目標

（1997：326）；李敏勇探索詩人的角色時，除觀察他對應現實的感情思想之外，還重視藝術的鍛鍊，1980年代他自己就有這樣的努力，「一方面是詩藝術鍛鍊的經驗，另一方面就是溶入對應現實的感情與思想的經驗」（1994：80）。可見今日作爲詩壇「中堅代」的詩人，於1980年代是兼採現代主義技法與寫實工夫而不相悖逆的；那些極力宣傳本土精神，爲台灣意識而與現代主義劃清界線的人，反而繳不出詩長跑的成績單了。曾經是《龍族》詩人，並爲台灣文學史撰述人的陳芳明論到台灣日據時期詩人吳瀛濤的現代主義精神，就斬釘截鐵地說：「現代主義已注入台灣本土文學的血脈裡。那些把本土當作道德式尊崇的詩人，刻意撇清與現代主義的信仰關係，毋寧是誤解甚至是矮化本土精神的禍首。」（2000：51）

參照上述各家論述，我們可以簡要地說，1980年代台灣現代詩學既重視語言表現，也重視讀者感受；詩人既凝注現實萬象，更探求物象所暗示之本質；各詩社、詩派儘管立場不一，然而在創作上或多或少仍受現代主義的影響。

三　現代主義詩學的四個標記

以台灣爲座標的1980年代社會究竟是一個怎樣的社會？當我們倒帶時光檢視當時的情勢，不難從種種具體的變革與壓抑的衝決，看出詩人相對應的創作精神。相對於1950、60年代現代主義前期，政治威權帶給詩人須「隱藏身分」的鉗制苦悶，1970、80年代新舊社會遞變拋給詩人的則是「尋找身分」的認同焦慮，現代主義後期詩風就奠基在這一種新的不安的內在狀態上。換言之，個人意識的覺醒、主體的探問、存在的思索，是現代主義繼續存在的基礎。台灣現代主義文學的霸權期不妨宣稱已結束❻，但表現多元社會、等

---

❻參閱呂正惠《戰後台灣文學經驗》（1995：3）。他以1953年紀弦創辦《現代詩》雙月刊作爲台灣現代主義文學時期的起點，而以1972年關傑明、唐文標引發的現代詩論戰暨1977年爆發的鄉土文學論戰，作爲台灣現代主義文學霸權期的結束。

同於「現代詩」內涵的台灣現代主義創作原理，隨不同詩人對社會不同的感應、需求，卻產生了不同觀照面、不同挪用法的奇異結合。以下試舉詩例，驗證1980年代台灣現代主義詩學的新生狀態。

（一）新語言符號的藝術開拓

1950、60年代現代主義作品遭人詬病者，如紀弦所說：游離人生、藐視人生、無主題、無情感，甚至是無所表現的「新虛無主義」僞詩❼，部分作者蜷縮於個人內心世界中，以零碎的語詞、符咒式的囈語腔調發聲，不僅大眾加以拒斥，學院知識分子也難以理解、溝通。但經1970年代回歸傳統、鄉土寫實的浪潮融匯後，屬於台灣的新現代主義詩作在語言上已全面自束縛中舒展開，這是散文解放韻文之後眞實語言解放做作語言的新成就。將日用生活語入詩的方言詩，就是一大可注目之特色。

台灣最主要的方言詩是以閩南語（亦即習稱之台語）寫作的「台語詩」❽。早在1960年代林宗源（1935-）即開始嘗試，至1970年代向陽更完成廣爲傳布的〈阿爹的便當〉及〈搬布袋戲的姊夫〉。但台語詩的路向確定形成，要到1980年代初期；要擁有龐大的詩人群則已至1990年代。（宋澤萊，1997）

向陽在詩中的台語字彙，不求繁多，他從古漢語裡找根源，務求其正，詩後還有字詞釋義的附注，即使不通福佬話者，閱讀起來也無大礙。這是他與其他激進的台語詩人最大的不同點。中學時的向陽曾多方研讀中文古詩詞，復熟習台灣現代詩技法，因此「把現代主義的技法挪用到台灣詩的創作上」，是極其自然的。反觀那些在詩行間用上「很多的呼求和動作詞，要求決戰、犧牲、流血是必

---

❼1966年5月31日紀弦致趙天儀信，收錄於《現代詩人書簡集》，題名〈中國新詩之正名〉。

❽以客家語寫作的風氣至1990年代才形成，詩人葉日松、張芳慈皆名其詩為「客語詩」，並不稱「台語詩」。

要的」❾台語詩，只有台語而沒有詩味，所傳達的只是一種政治的革命態度，不屬藝術創作層面所斟酌。

1983年6月向陽寫〈杯底金魚盡量飼〉，借台灣民謠〈杯底不可飼金魚〉❿的聲情語調，翻新戲碼，刻畫生意人交往，酒色財氣江湖恩義那一套，「杯底不好，不好用來／飼金魚。金魚不是錢／換做金魚若是錢／杯底金魚讓我替你飼」，一面勸酒一面划拳助興：

> 一杯博感情，二杯套交情
> 三杯落腹，朋友兄弟免議論
> 四逢四喜，爽快上值錢
> 飲落去看覓：杯底無金魚
>
> 金魚走何去？置在腹肚內
> 想盡辦法奉待你，欲賺這筆錢
> 酒無夠？更叫更叫盡量叫
> 若愛查某，欲點幾個隨在你
>
> 咱此暝攏是迢迌人，不是
> 總經理，欲飲欲爽免算本錢
> 講著生理──哈哈暫放一邊
> 親若兄弟囉，請裁算啦隨在你
>
> 這杯仰頭飲落去，哥倆好啊
> 你做關公，我就是白劉備

---

❾ 引號中的兩段話借自宋澤萊論台語詩的同一篇文章。

❿ 〈杯底不可飼金魚〉原詞：「飲啦！杯底不可飼金魚，好漢剖腹來相見，拚一步，爽快麼值錢。飲啦！杯底不可飼金魚，興到食酒免揀時，情投意合上歡喜，杯底不可飼金魚。朋友弟兄無議論，要哭要笑記在伊，心情鬱卒若無透，等待何時咱的天。啊⋯⋯哈哈哈，醉落去！杯底不可飼金魚。」

張飛彼邊暫時免管伊
我做生理一向講義氣

亦請你飲花——酒，亦陪你
划——酒拳，亦叫查某哈哈
來消遣你。請你毋通飼金魚
若有金魚且讓老細的來替你飼 （2002：119-120）

在這裡「金魚」不是寫實的魚了。飼不飼金魚不只是檢查杯中有沒有酒液存留的說法，「飼金魚」在杯中含有留一手、不夠推心置腹的意思。上引第一節末句「杯底無金魚」表示坦誠無所保留；第二節首句，金魚到了肚子裡，金魚又變成鬼心機，嘴上說不談生意，骨子裡千方百計就是要賺這筆錢，而這樣的心機只能我有，不能你有，因此「你輸你飲」，「我贏也是你來飲」。向陽在這裡玩了一個語法的小把戲，彷彿無論如何都是你喝，你的杯中不可飼金魚。最末一節的「金魚」呼應詩開頭說的金魚若是錢，就讓老細（自謙詞「小的」）來替你飼。「金魚」這一意象有了多義，而彼義與此義又能結合鑽深，使酒在可飲不可飲間、金魚在可飼不可飼間，也有了模糊歧義，從而思考題目「杯底金魚盡量飼」，體會詩人反映現實之腐敗，更具有象徵性。日用語言也可以完成很高的技巧操演，關注現實也可以挖掘到人心的隱密角落，於此可見。

（二）向內挖掘與向外觀察的交會

假如說，有爭議的現代主義詩作是用人性深處隱藏的碎片拼貼出人的靈魂，這具靈魂是混亂的、矛盾的、不一致的。1980年代優秀的現代主義詩人則能融合現實的觀察與心理意識，將社會現象轉成生存哲學的思考。換言之，是現代藝術技巧與主體自覺意識的結合，是個人的真實與社會的真實對話；顯現的詩風是現實主義的內

在化，也是現代主義的外在化。舉洛夫的〈剔牙〉爲例：

> 中午
>
> 全世界的人都在剔牙
>
> 以潔白的牙籤
>
> 安詳地在
>
> 剔他們
>
> 潔白的牙齒
>
> 衣索匹亞的一群兀鷹
>
> 從一堆屍體中
>
> 飛起
>
> 排排蹲在
>
> 疏朗的枯樹上
>
> 也在剔牙
>
> 以一根根瘦小的
>
> 肋骨　（1986：61-62）

用潔白的牙籤剔潔白的牙，是有閒階級的情調，悠閒的姿態，也許正聊著天、看著報或電視、發著呆或想著沒來由的心事。語言一度晦澀出名的洛夫，自1970年代起轉爲平白清順，深厲與奇趣的製造不在語法結構而在物象觀照。靠著剔牙的同一動作，他把饑饉貧窮的衣索匹亞那兒的兀鷹拉到富裕社會人眼前，以「表現主義」的手法將食屍的兀鷹姿態做了藝術主觀上的變形，爲的是表現詩人主觀認定的兀鷹也在剔牙的這種意識。兀鷹「人模人樣」用牠剔淨肉的人的肋骨剔牙，效果十分驚悚，那是血肉剔掉之後的一個場景，是現代主義詩人長於自現象中提煉出的世情本質。

同時發表的〈刮鬍〉描寫刮鬍刀的「掃黑行動」，也在寫實中深寓象徵：

刷刷聲中
掃黑行動次第展開
藏身於
肥皂泡沫中的
飛揚跋扈的各路梟雄
在鐵腕之下
──降服
唯匿居邊遠地帶的一束白髮大呼：
我是無辜的　（1986：，63）

「肥皂泡沫」是否有漂白的意涵？一時怎漂得白、怎藏得了身？當
黑道梟雄一一降服，那「匿居邊遠地帶的一束白髮」，雖也是自黑
變白的，但本為髮而非鬍髭，這下惟恐被誤認，也不得不急著大呼
無辜。這首詩的普遍意義不側重在現實性，卻有現實的親切妙想；
它比寫實詩又多了豐富的人的處境訊息。

　　白萩的〈廣場〉載於1982年6月《陽光小集》詩刊封面，描寫
集會的群眾（男人）一哄而散離開了廣場，什麼主義理想都丟下
了，回到家各自「擁護」有體香的女人去了，詩人以百姓的現實生
活批判群體效忠行動的虛幻，「而銅像猶在堅持他的主義／對著無
人的廣場／振臂高呼」。這一節銅像的描寫是詩人主觀心象、主觀
的表出；接下去的一節：「只有風／頑皮地踢著葉子嘻嘻哈哈／在
擦拭那些足跡」，算是自然再現；但葉子嘻嘻哈哈隨風而舞，為的
是要擦拭足跡，這又是詩人主觀的表出，是這首詩批判的主旨。廣
場不是給「銅像」宣講他的主義用的，再怎麼宣講也沒用，群眾散
去，連足跡也會被擦拭掉。

　　渡也1970年代初就讀高中時即有十分現代手法的詩作，〈雨中
的電話亭〉久為人傳誦：

突然

以思想擊響閃電的
鮮血淋漓的玫瑰啊

凋萎（1983：93）

這首小詩意象之凸出，有如美國意象派詩人龐德的〈在一個地鐵車站〉、威廉斯（William Carlos Williams，1883-1963）的〈紅色手推車〉。1980年代渡也轉變語言風格，有意以口語化的技巧入詩，曾經現代主義洗禮的精神維度加入現實的基礎，增加了作品的親切厚實感，像1986年的代表作〈旅客留言〉：在一個下著雨的車站，他看到留言板上有人用粉筆寫道「我不去了」或「我先走了」，即刻興問：「走了的／要去哪裡／會不會回來呢？」有的潦草字跡下一行水漬像是淚水，車站是很多人來過的場所，而今月台空無一人，在偌大空間包圍的蒼茫與孤獨中，詩是這樣推進的：

我站在留言板前
終於被粉筆舉起
要留話給誰呢？
年老的母親
或者妻子、朋友
或者留話給這廣闊無邊的車站
木板楞楞地看我
看我久久寫不出一個字

外面下著細雨，看起來似乎
車站在流淚
如果，如果我留話給車站
車站也留話
給地球

地球也留話

給茫茫的宇宙……（1995：16-17）

從周遭之人的關注擴及地球、宇宙，詩人給了我們更深刻的人的去
向、人的命運的思考，而不僅是一點浪漫溫情而已。

（三）建構新關係激盪新思維

1970年代的台灣政局以高雄美麗島事件畫下句點，前行的反對
運動者囚入獄中，後繼的反對運動者，並未噤聲，一連串政治大事
如：陳文成墜樓殞命引發各界對其死因的懷疑（1981年7月），解除
戒嚴令的呼聲公開出現（1982年7月），江南命案在美國發生（1984
年10月），蔣經國表明蔣家第三代不會繼任總統（1985年8月），民
進黨建黨（1986年9月），政府解嚴（1987年7月），解除報禁（1988
年1月）。在在顯示，1980年代在政治意識上是一個劇烈掙扎呼痛的
年代，預示了許多前所未有的社會新關係將出現，而這些新關係帶
來的新思維異於前三十年。表現這種新關係新思維的詩，其現代主
義特性在於塑造出巨大陰影中的理想形象。例如鄭炯明的〈旅程〉
後半：

從夢中出發
穿過恨的鐵絲網
抵達目的地時
也許正在狂暴的沙漠中
也許正在燃燒的森林裡
無處可逃

這時，所有的希望
會化做一隻不死的鳥
沖出

飛向故鄉的天空

不再回來 （《一九八二年台灣詩選》，203-204）

穿過現實的恨的鐵絲網，尋找理想中的愛；愛的希望寄託在那隻不死鳥身上，不死鳥經歷了種種夢幻，最後會飛向現實的故鄉。

「不死鳥」是單一的理想形象。陳嘉農（1947-）⓫〈未竟的探訪〉（《一九八二年台灣詩選》，156-158）則爲複數的理想形象，詩人化身爲一道陽光、一粒水珠、一陣看不見的風及一首詩，前去探監，表露政治的關愛、人文的情操。

劉克襄的（1958-）〈七〇年代——給流落在台灣與中國半甲子的同胞〉（《一九八四台灣詩選》，113-114）寫清明時節（祭祖之日）在台灣的外省人與滯留在大陸的台灣人的淒傷、迷惘。詩中沒有一特別的象徵造型，但在收入選集附於詩前的一段文字：「日月、星辰、極光、磁場與風向是目前所知鳥類遷徙交錯使用的指標。借助這些條件才能使牠橫越南北半球，從起點毫無差池地抵達預定的目的。失去這些條件來輔佐旅行時自然充滿危機，即使擁有，在漫長的飛行線上，我們仍觀察到不少的迷鳥。」〈七〇年代〉一詩讓我們清楚地看到「迷鳥」這一意象。劉克襄的政治詩常採用客觀對比的手法，並不多作陳述而寓意強烈。《二十世紀台灣詩選》編者奚密在該書導論，分析過劉克襄1983年另一詩例〈遺腹子〉：

一八九〇年，……

一九一五年，遺腹子陳念中
喜歡講中文，戰死於噍吧年

一九五一年，遺腹子陳立台
喜歡講閩南語，自戕於一個小島

⓫陳芳明的另一筆名。

一九八○年，遺腹子陳合一
喜歡說英文，病歿於異地

二○一○年，遺腹子……

奚密說，這首詩以遺腹子作為中心隱喻，模擬編年史的形式，以平衡並置為主要技巧，語言簡潔，超越平面、濫情的處理，開放式的結尾是對台灣未來屬性仍充滿變數的暗示。（2001：65-67）

　　除了國族政治關係的表現，劉克襄還有兩性關係的燭照。《在測天島》的〈刺蝟〉（47-48）、〈女奴〉（59）、〈小女人〉（63-64）都是代表作。〈刺蝟〉寫母女兩代對待男人的不同方式，小腳母親只會自己傷害自己；女兒則能像刺蝟武裝起自己，「不依賴腹部以下生活／不從男人的大腿看世界」。〈女奴〉揭穿了傳統女性只是男人調情、裝飾、洩欲的工具。〈小女人〉更寫沒有臉孔沒有名字的女性的悲哀：

當妳和他一起時
妳只站到兩個地方
他的影子裡，或者背後

妳的立足點重新來過
他的立足點是妳的
現在和以後
妳是沒有臉孔失去名字的人

妳所有的路通往他居住的地方
妳只剩一條路。妳沒有路
妳是他

他是妳的全部
妳是他的一部分

這樣的女性被困在男性的影子裡，男人的全部就是她的全部，而她只是男人的一部分。這首詩也顛覆了「成功的男人背後都有一個偉大女性」這句話的正面意義。詩人不再只看自己、只探問自己的內心，眼光向外界看，向不同身分、不同性別、不同族群的人看，這是1980年代現代主義詩人展開的新視野、新思維。

（四）在居住的城市中找尋自我

1950年代瘂弦寫過西方的城市，他未嘗旅行過的「文明的居所」，例如巴黎、倫敦、芝加哥。城市的實際影像他無從描摹，但透過閱讀（我想主要是文學閱讀），工商業文明的城市帶給人的虛無幻滅感鑴刻極深。試看《瘂弦詩集》：「在黃昏，黃昏六點鐘／當一顆隕星把我擊昏，巴黎便進入／一個猥瑣的屬於床笫的年代」（114），說的是巴黎；「我的弗琴尼亞是在床上／咀嚼一個人的鬍子／當手鐲碎落，楠木呻吟／蓆褥間有著小小的地震」（118），說的是倫敦；「在芝加哥我們將用按鈕寫詩，乘機器鳥看雲／自廣告牌上刈燕麥，但要想鋪設可笑的文化／那得到淒涼的鐵橋下」（124），說的是芝加哥。三首詩都成於1958年。

不論巴黎的猥瑣、倫敦的挑逗，或是芝加哥的工業文明哀歌，都不是瘂弦生活過的左營、台北可類比的。瘂弦是在又期望又憂慮中眺望傾斜的未來——將隨文明而來的苦悶。而在台灣，1970年代的鄉土戀曲奏過後，1980年代經濟帶動的都會消費文化快速形成，消費者文教基金會成立（1980年11月），噪音管制法通過（1983年5月），速食店引進，錄放影機開放進口，卡拉OK及MTV大肆流行，十信弊案引發金融危機，股市破萬點，「大家樂」賭博猖狂。城市詩人的眼光夠忙的了，再不必無限地飄遊在宇宙的、人類的內心世界，城市詩人看到了自己立足的現實，在繁忙的現實中找尋存在的意義。林彧（1957-）的〈單身日記〉就是寫他的城市、你我的城市，詩的前半如下：

01:30夢見一條戰艦載著星星在霧中航行；

03:30有個朋友在地球的另一端踏雪寄信；

05:30錯接的電話打進，他忘了說抱歉；

07:30牛奶杯口噙著淚水，麵包有點霉味；

09:30車禍在公司的樓下靜靜的發生；

11:30鉛筆和拍簿都遺留在死寂的會議室；

13:30飛機掠過，波斯貓在花園中打盹；

15:30銀行的出納小姐又換了髮型；

17:30晚報上沒有股票下跌的消息吧；

19:30到哪裡去？霓虹燈交映之後是醫院；

（《七十三年詩選》，69）

標示一天的時間，把城市人支離破碎的生活樣態抽樣呈現。夜深時，詩中主角仍孤獨難以成眠，拿起望遠鏡四下搜尋，直到「對樓的窗口逐一暗下」，這時才在床上輾轉而感到全身裡裡外外的疼痛與空洞。1982年林彧還有一首以建築物作為城市人心靈世界象徵的〈B大樓〉，表現有許多人棲息、許多門扉轉動、許多眼睛窺伺的城市；個體也像一座座流動的建築，有許多扇門開合、許多聲音輪替起落、許多心思反反覆覆；終宵不寐的身體如燈火通明的大樓：

我的大樓燈火輝煌，誰來租賃

在空蕩的房中，我怒吼著

卻又把燈火全部熄滅了

（《七十一年詩選》，209）

林彧筆下一座座熄了燈的大樓，在林燿德（1962-1995）筆下變成一部部斷線的終端機：

加班之後我漫步在午夜的街頭
那些程式仍然狠狠地焊插在下意識裡
拔也拔不去
開始懷疑自己體內裝盛的不是血肉
而是一排排的積體電路
下班的我
帶著喪失電源的記憶體
成為一部斷線的終端機
任所有的資料和符號
如一組潰散的星系
不斷
撞擊
爆炸（1988a：167）

電腦程式已焊插入下意識，拚命工作的自己已被物化，一旦下班將失去動力（電源），不知何所為，而呈現混亂狀態。林燿德也借〈櫃台小姐Ｘ〉一詩（1988a：144-146），揣想城市人卸除假面後情欲的掙扎。Ｘ小姐的掙扎就是現代都會人的掙扎。情欲的掙扎不妨視作疏離、無助的反射。從前我們讀瘂弦的〈巴黎〉猶似讀一則域外傳奇，然而讀林彧、林燿德的城市詩則只覺現實竟如此壓逼切近。

四 小 結

1980年代現代主義詩學羅盤邊緣的標記，不只前述四類。理論的廣泛研討使得詩壇對西方現代詩的認知更清晰、更有條理，詩人不再畏懼現代主義，面對本土及傳統截長補短，也更有信心。百花競放、百鳥和鳴，反映出的作品不是單一或集體化的面相，現代詩

各種各樣濃縮、精鍊、跳接、情景交融的形象捕捉，彷彿點金術召喚著創作者。余光中用「像一個流氓對著女童／噴吐你滿肚子不堪的髒話」的生動意象，喚醒現實，控訴一枝煙囪（《七十五年詩選》，26）；邱振瑞（1961-）用「為追逐奇異的燈光／我決定離家出走／再也不回到原生的大海」的神話寓義，辯證人的追尋與失落（《七十四年詩選》，177）；商禽（1930-）寫水湄邊月色一樣冷、荻花一樣白的浣衣女，追思逝去的兒時情景、青春時光，「無人知曉她的男人飄到度位去了」，籍貫四川的商禽深情地兩度用了台灣話「度位」（哪裡），最後以「灰濛濛的遠山總是過後才呼痛」收束，將我之情移轉成遠山之情，塑造了共通共感的抒情對象（《七十一年詩選》，299-300）。杜十三（1950-）更從傳播原理、中介媒介試圖為孤傲的詩思與大眾的熱情尋找接合點，《地球筆記》這本「有聲散文詩畫集」就包含了圖畫、書法，還有一捲錄音帶藏在挖空的書本裡。瘂弦許之為「大眾傳播時代的詩」，詩的巧思、超現實意象並沒有什麼妥協，但向大眾傳播的方式有了變化。

　　我的總體觀察是：1950、1960年代逃避、幻想某種夢境的現代主義特性，到了1980年代，化合成分析、反映包含歷史、地理因素的特性。如果不經1980年代現代主義詩學的成長，不可能出現1990年代那麼多實驗的、新穎的「後現代」作品。所以就像英美現代主義學者布雷德伯里（Malcolm Bradbury，1932-）所說：「我們確實可以說，現代主義傾向是最深刻、最真實地了解我們時代的藝術狀況和人類處境的傾向，它確保我們在一個似乎沒有賜給我們藝術的時代裡獲得有價值的藝術。」（13）現代主義詩學值得我們加以再認。

第八章　後現代詩學的探索

一　後現代的定義

　　1987年政治解嚴，台灣社會從單一視域中解放，政治組織、經濟運作，文化現象與個人思維，都邁向一個發現自我的新時代；反對的思想匯聚，資訊社會中多元隨意、解構變形、各種聲音相互作用……的特徵益加凸顯，原先的價值系統遭到分解而重組出新的系統。「解嚴」因此被視為台灣劃分現代與後現代的一個時間標誌。❶

　　「後現代」（postmodern）成為台灣詩壇標榜的口號，起自1986年4月，羅青在高雄中山大學的一場演講〈七○年代新詩與後現代主義的關係〉❷，隨後他又作〈詩與後工業社會：「後現代狀況」出現了〉等多篇❸。何謂「後現代」，羅青說：「對社會而言，是所謂的『後工業時代』；在知識傳承的方式上，是所謂的『電腦資訊』；反映在文學藝術上，則是『後現代主義』。」（1988a：254）

　　筆者歸納後現代主義詩文本的特色，約可分述成五點：

　　（一）不再追求個人主義風格的創新，反而將仿造（pastich）作為一種寫作策略。

---

❶其實，後現代社會情境的形成還關乎資本主義體系的建立、終端機文化的衝擊、電腦網路帶動的傳播革命。政治因素只是其一。

❷演講紀錄發表於1986年5月19日高雄《民眾日報·副刊》，收錄於羅青文集《詩人之證》時改題為〈詩與後設方法：「後現代主義」淺談〉。

❸包括〈詩與資訊時代：後現代式的演出〉、〈後現代與未來：後工業社會的文藝〉，參見羅青《詩人之燈》第2卷。

（二）以不連續的文字符號建構出有別於傳統、不具意指（signification）的語言系統。

（三）創作的精神不在於抒發情感，而在於表現媒介本身；不在於呈現眞實事物，而在完成一種廣告式的幻象。

（四）表現方法不依賴時間邏輯，而靠並時性空間關係的突出，景物與景物間、事件與事件間，因互不相屬而留下更多聯想的空間。

（五）要求讀者參與創作遊戲，讀者可以在作者有意缺漏的地方塡入不同的意符而產生不同的意指。

最初出現「後現代」特色的詩，是夏宇寫於1970年代末、1980年代初的三首（1986：27，86，88）：〈連連看〉一詩以十六個詞語（主要是名詞，也有動詞、形容詞、助詞及等待塡空的框框）排成上下兩列，反固定的聯結關係、反約定俗成的讀詩習慣❹；〈歹徒丙〉，純是一幅速寫圖，直接訴諸沒有詮釋紛爭的線條圖形，以挑戰文字意義的系統霸權❺；〈社會版〉，呈現一張「無名男屍招領公告」加一幅陳屍寫意圖，這樣的並置違背了時間邏輯，卻有廣告

---

❹夏宇〈連連看〉：

寶藍	著	鉛字	方法	手電筒	人行道	自由	信封
挖	無邪的	□□	笑	鼓	五樓	磁鐵	圖釘

❺夏宇〈歹徒丙〉：

式幻象的趣味。**❻**

　　1980年代初相繼出現的後現代詩人有：羅青、杜十三、林燿德（1962-1995）、林群盛（1969-）等，他們的學習背景不同、開始寫作的年代不同，而後現代的創作方向略同。**❼** 羅青的後現代詩〈一封關於訣別的訣別書〉（1988b：254-257）寫於1986年；杜十三的後現代精神表現也在1986年──以詩、畫、書法、音樂等複合媒介，解放傳播形式的《地球筆記》出版；林燿德的後現代詩如〈線性思考計畫書〉、〈交通問題〉（1988a：116-125，114-115）分別寫於1984及1986年。他們勇於創新實驗，說明一種多元解讀社會的文學動力不待解嚴即已在醞釀。解嚴雖是使台灣跨足新社會的里程碑，但那不是定規的起點，不容漠視的還有1980年代台灣社會的後現代情境，也就是說，解嚴之前我們的社會在撼動權威中心、重塑與大眾生活相對應的詮釋策略上，已經有了後現代的氛圍背景。

二　後現代社會情境

　　典型的後現代社會情境可從消費文化的角度加以觀照：當商品變成一種生活品味的象徵時；當休閒變成一種重要的生活內容時；當身體感官的刺激愉悅可以搬到枱面上談時；當新奇事物以不同扮裝一再複製，社會生活中的事事物物都冠上了「文化」標籤時。

---

❻ 夏宇〈社會版〉：

❼ 羅青在大學讀文學，杜十三讀化學，林燿德讀法律，林群盛讀機械；前二人崛起於1970年代初，後二人至1980年代中期才受到注目。

（陳坤宏：105-113）經濟時尚與改革騷動提供了後現代具體實踐的情境，相關因子包括：

（一）脫胎於歌舞團脫衣表演的牛肉場現象。

（二）後來發展成為KTV文化的卡拉OK熱潮。

（三）以麥當勞為代表的西式速食文化。

（四）幾乎是全民瘋狂的「大家樂」賭博。

（五）低成本製作、具高度自覺的新電影浪潮。

（六）具抗爭精神、批判性格的小劇場運動。

（七）參與街頭示威、反體制的電子「小眾媒體」的出現。

（八）能源耗盡引發的生態危機。

每一項都含有對主流價值、既定形式的顛覆性，而在反叛中又樹立了生機昂揚、世俗火辣的群眾意象。❽

如果要舉示具體的時代面相，不妨將解嚴前（截至1987年7月15日）衝決禁錮的社會動盪、百家爭鳴的民間力量、資訊設施發展的狀況及文化風信（非以政經為主體），拼貼（collage）如下：

1980年

1月22日台灣自製電腦中文打字機問世。2月28日「美麗島事件」被告林義雄家發生血案，真相難明。4月間台灣被認定為世界第四個受到酸雨威脅的國家。4月18日雲門舞集下鄉演出。7月6日上海《解放日報》報導，台灣製的消費品登陸大陸。7月15日第一屆實驗劇展，演出蘭陵劇坊的《荷珠新配》。9月21日政府放寬長期對中共新聞的封鎖，允許報導大陸生活。9月28日宏碁生產的「天龍中文電腦」問世。10月5日大型民歌演唱會「民風樂府」在台北國父紀念館舉行。11月1日中華民國消費者文教基金會成立。12月21日中科院表示我已具有發射中、低軌人造衛星的能力。

---

❽此一說法，參考《狂飆八〇》編者楊澤所說：「八〇年代確實存在著一種火辣辣的群眾意象和反叛行為……」，頁7。

1981年

5月1日國貿局舉辦首次歐洲產品展。5月13日台灣與關島間之海底電纜正式啓用。5月26日台北市東門國小學童赴教育部舉發老師補習及體罰，老師遭免職。6月1日《天下》及《深耕》雜誌創刊。10月5日倫敦《歐洲金融》雜誌報導，近八年中華民國在世界八十五國中，經濟成就名列第一。11月11日行政院文建會成立。

1982年

1月5日《文學界》雜誌創刊。4月14日台北土銀古亭分行發生白晝搶案，5月7日偵破，搶匪李師科反社會的悲劇行為震動人心。5月20日行政院通過可施行人工流產的「優生保健法」。7月15日台北市首辦電影午夜場。9月1日台灣第一座國家公園——墾丁國家公園成立。12月27日國內首座光纜傳輸系統啓用。

1983年

1月20日大型書店「金石文化廣場」在台北市開幕。7月1日《文訊》創刊。9月1日空中大學開播。9月2日超高頻電視系統開播。11月8日立法院通過廢止電影檢查法。

1984年

1月12日行政院通過在新竹科學園區興建同步輻射加速器計畫。1月19日已逝台灣文學前輩賴和獲平反，入祀忠烈祠。2月16日行政院核定沿海自然環境保護計畫，設立保護區。2月18日美國速食業麥當勞在台成立第一家食品推廣中心。6月29日立法院通過優生保健法，人工流產正式合法。8月3日黨外雜誌針對查扣政策，改以叢書形式出版。

1985年

1月1日電視台延長播映至凌晨零時。1月9日立委質詢台灣未婚媽媽比率居亞洲之冠。1月10日經濟部發布我外貿總額居全球第十

五位。2月17日高雄港貨櫃吞吐量激增，居世界第四大。7月1日電話局開放撥接式數據通信業務。11月1日關懷弱勢的報導雜誌《人間》創刊。12月1日電影分級制度實施；龍應台出版《野火集》針砭病相，掀起野火旋風。12月17日台灣地區用電普及率高達99.7%。12月19日限制方言之「語文法」引發爭議作罷。

1986年

1月5日國內第一座業餘無線電台在台北市啓用。2月1日教育部電算中心成立學術研究網路。5月1日《當代》雜誌創刊。5月19日無黨籍人士展開「五一九綠色行動」，要求解嚴。6月24日彰化鹿港掀起反杜邦示威遊行。8月間，個性化商店屈臣氏登陸台灣。9月28日民主進步黨「違法」成立。10月17日股價指數衝破一千點，創二十四年來新高。11月14日民進黨員及黨外人士至中正國際機場迎海外組織代表，與警方緊張對峙。

1987年

1月6日「主婦聯盟」成立。1月18日教育部解除髮禁。1月23日藝術電影院成立。2月11日中華民國申請加入國際學術電腦網路。2月24日立法院發生十年來僅見的互毆事件。3月12日《新新聞》週刊創刊。4月26日二十個民間團體發起反核四示威。5月11日台大學生爭取代聯會會長採普選制。7月7日老兵往國民黨中央黨部遊行請願。7月15日實施三十八年的戒嚴令終告解除；外匯管制同時放寬。

以上資料參閱《台灣：戰後50年》編選。（中國時報：320-404）台灣在紛擾中卻又繽紛多姿；百姓自主意識激揚，思想觀念日趨解放，各領域之權力結構改造都開始進行，情慾蠢蠢欲動；經濟消費引發的環境問題成為新時代社會運動的導向；資訊工業更將人類推向程式化、檔案化的地步。詩人葉維廉觀察世紀末景象，寫下〈紀元末切片〉一詩❾，對後現代社會的走向與帶給人的焦慮，有相當

---

❾原詩共三章，此為第二章。

深刻的表現：

> 一個數位生物工程師
>
> 依著數位與位元的邏輯
>
> 一步一步地
>
> 把男體女體的器官析解
>
> 謹慎地
>
> 一片一片地作業
>
> 把男體女體的器官
>
> 變成檔案
>
> 沒想到在這已經沒有知覺的
>
> 男體女體檔案化快要完成之際
>
> 有兩件器官竟然掙扎和抗拒程式化
>
> 陽具與陰戶
>
> 為了生命與情欲
>
> 堅持在那裡
>
> 堅持著
>
> 抗拒著
>
> 堅持著
>
> 抗拒著

　　後現代風向之所以席捲全球，特別在文化界，主要即拜傳播科技之賜。以今日資訊流動之速，知識既無國界，文學的先鋒精神，在第三世界與第一世界已沒有多大的時間差。詩人打開了後工業社會的一扇觀景窗，將這窗景擺在台灣的大環境思索，也一體適用。講究「位元」、「析解」、「複製」、「程式化」的世界，人的生命與情欲問題終究無法析解、複製，而無奈地與這股潮勢堅持著、抗拒著。

三　影響台灣的後現代理論

　　後現代思潮在台灣興起，除前文所述肇因於後工業社會、消費性格以其商品新奇感取代了人的歷史感，菁英文化與大眾文化的界限變得模糊外，新世代渴望進行「世代交替」、「霸權轉移」，也是原因之一。孟樊談到台灣新生代詩人❿創作成績不彰時，一再提及他們除了以後現代詩另闢蹊徑向前輩奪權外，別無他法。（1995：359-360）後現代與現代最明顯的不同就在表達方式。

　　八○年代後期影響台灣的後現代理論大師至少可舉三位。

　　1987年夏天，美國後現代主義學者哈山（Ihab Hassan）、詹明信（Fredric Jameson）先後來台講學。哈山解說後現代創作技法時，以作曲家約翰‧凱吉（John Cage，1912-1992）一首〈四分鐘又四十四秒〉的樂曲為例，說聽眾從頭到尾傾聽了四分鐘又四十四秒的靜默，在這段時間聽眾並非一無所獲，他們聽到的是彼此的呼吸聲、心跳聲、交談聲、椅子發出的吱吱聲。換言之，聆聽這首樂曲的方式應由定點聚焦，改為全方位凝神。以莊子美學來看，與「無聽之以耳而聽之以心，無聽之以心而聽之以氣……虛者，心齋也」（〈人間世〉）的妙諦相通。高天恩詮釋「靜默」這一暗喻時，用的是小說家約翰‧巴斯（John Barth）的力竭概念：小說創作的技巧與題材至今都已竭盡了各種可能性，今後為了起死復生，只好將創作的艱難，以及創意的枯竭當作小說創作的中心主題來處理。⓫

　　哈山曾將後現代主義與現代主義做了一個對照表：

---

❿這是一個概括性的詞語，約指年齡三十左右、詩齡十年的創作群。但這個名稱會移轉，當新的「新生代」出現時，從前的「新生代」就讓位變成了「中生代」。

⓫高天恩〈從荒謬到靜默──淺論前衛小說評論家哈山〉，刊見1987年5月24、25日《聯合報‧聯合副刊》，第14版。

現代主義	後現代主義
浪漫主義／象徵主義	形而上物理學／達達主義
形式（關聯的、封閉的）	反形式（斷裂的、開放的）
目的	遊戲
設計	偶然
等級森嚴	無序
講究技巧／語言中心	智窮力竭／無言
藝術客體／完成之作	過程／即興表演
距離	參與
創造／整體性	反創造／解構
綜合	對立
在場	不在場
有中心	分散
文類／邊界分明的	文本／文本間的
語義學	修辭學
語句組合	符號組合
主從關係句法	無關聯詞並列句法
隱喻	轉喻
選擇	組合
根／深層	塊莖／淺表
解釋／閱讀	反解釋／誤讀
意符	指符
為讀者的	為作者的
敘述的／正史	反敘述／野史
偉大的密碼	個人習慣語
症狀	欲望
類型	變異

生殖的／陽物崇拜	多形態的／兩性同體
偏執狂	精神分裂症
淵源／原因	差異｜延異／痕跡
上帝即父親	神聖的鬼魂
超驗	反諷
確定性	不確定性
超越性	內在性

　　哈山自承兩相對照的概念並不完全對等，不論現代主義或後現代主義，任一概念都隨時有轉化的可能，他以「不確定性」、「內在性」說明後現代的根本傾向，後現代主義成了開放的、遊戲的形式，一種反諷的、破碎的論述方式。哈山還舉述四位批評名家的說法：羅蘭·巴特（Roland Barthes，1915-1980）說文學是迷失的、變態的、消解的；沃爾夫岡·伊瑟爾（Wolfgang Iser，1926-）提出建立在文本「空白」基礎上的閱讀理論；保爾·德曼（Paul de Man，1919-1983）認為修辭即文學即是一種力量，不必要有邏輯；傑弗瑞·哈特曼（Geoffrey Hartman，1929-）主張當代文學批評就在解釋不確定性。（153-158）

　　至於詹明信，他的主要論點是：後現代文化是高尚文化與通俗文化的雜匯，在後現代的藝術裡，各種形式、範疇、內容雜混，找不到清晰的本源。廖炳惠（1954-）詮釋詹明信對後現代主義的敘述：

　　　　最能代表後現代文化及藝術的是那些高聳而奇特的大玻璃體商業大樓或典雅細緻但又十分現代的飯店，這些建築以大塊的玻璃迴映周遭的自然、人文景觀，但建築物本身卻無法被看透，置身其中的人坐在電腦終端機前，對著另一塊玻璃體（銀幕），打出一系列資訊的符號，通過跨國網路，傳播到另一個世界（通常是第三世界）中的另一座

玻璃體大廈裏。許多銀行、保險公司、百貨公司、飯店則在外觀及廊柱上做到巴洛克式的精雕細琢，或就原有的古典建築架構加工，但內部及細節卻十足的現代，不僅讓人覺得古今雜陳，置身符號及消費的迷宮，而且還會產生歷史錯位感。（1991：173）

詹明信認為後現代文學作品的一大特徵是指涉鏈的中斷。「在傳統文學中，文字符號（能指）之間聯繫緊密，形成指涉鏈，產生完整的上下文（context），形成明確的意義。」後現代主義文學不循「時序」邏輯，「作品展示的只是一串單個指涉清晰但又聯結不成整體意義的能指群」（朱剛：144），詩中指涉鏈的中斷，雖然阻斷了傳統意義的獲得，但卻開放地提供予閱讀者不同意義的無限可能。

朱剛解析詹明信的後現代主義文學，以詹氏所舉柏瑞爾曼（Bob Perelman）的一首語言詩（Language Writing）〈中國〉為例：傳統上一個外國人在唐人街見到一本有關中國的影集，必參閱「照片說明」進入寫實的歷史經驗（或想像）中，但後現代詩人則把自己看照片的瞬間感受用詩的形式表現出來，詩的意義不在字句中，詩的表徵也不連貫，詩產生了另一種閱讀的參照體系。（朱剛：146-147）

還有一位時常被提到的後現代主義大師，法國理論家李歐塔（Jean-Francois Lyotard）❶，他將後現代一詞定為對大敘事（grand narratives）的懷疑，對總體性（相反的狀態是分歧）的開戰，大敘事是指具有合法化功能的敘事，這些敘事能為政治制度、思想運動提供權威功能。（235-236）依其說，則後現代可稱為不具目的功能的「非法的創造」，對整體語言的統一性毫不關心，文學詞彙與語

❶1988年李歐塔在清華大學「從現代到後現代情境」研討會，發表〈解讀現代‧後現代：傳釋的架構〉。

法不再是理所當然的，它在表現中召喚那不可表現的事物，它拒絕正確的形式的安慰，拒絕有關品味的共識，不受已成的規則的主宰。李歐塔建構的「後」字意味著一種類似的轉換，從以前的方向轉向另一個新方向，所以後現代主義是現代主義的新生狀態。（138-140）

四　台灣後現代詩的探索

就在西方後現代風潮襲來時，國內學者的論著也相繼出版，例如：蔡源煌《從浪漫主義到後現代主義》（1987），羅青《詩人之燈》（1988）、《什麼是後現代主義》（1989），孟樊《後現代併發症》（1989），鍾明德《在後現代主義的雜音中》（1989）。1990年代更有葉維廉的《解讀現代‧後現代》（1992），廖炳惠的《回顧現代——後現代與後殖民論文集》（1994）。單篇論文多到舉不勝舉，紛紛援用西方理論，尋找本國文本，正讀有之，誤讀亦有之。以下擇要略作評述並附詩文本，分析的重點不限於創作技法，還包括歷史定位、意識形態之爭的議題。

（一）後現代與後殖民的說法

1995年陳芳明在「五十年來台灣文學研討會」上發表〈台灣文學史分歧的一個檢討〉，質疑後現代文學的稱號：

> 解嚴之後的台灣文學之呈現多元化，已是不爭的事實。從女性主義文學、原住民文學，一直到後現代文學的出現，都充分說明了文學生命力逐漸釋放出來……。思想枷鎖一旦解除之後，潛藏的各種聲音終於可以發抒出來。多元的文學發展伴隨著台灣經濟生產力的提升，盛況的景象頗類似於西方的後現代社會。因此，解嚴後的一些文學

工作者，有意把繁華的文學定義為「後現代時期」……
（26）

但陳芳明認為這不符合台灣文學史的遞代，西方文學思潮是按寫實主義、現代主義、後現代主義順序推進，台灣文學卻以現代主義、鄉土寫實主義、後現代主義的情形發展。按台灣1970年代鄉土寫實風潮起於要求自西方現代主義回歸中國的呼籲❸，則1980年代後現代主義拜反對思想匯聚、社會情境改變之賜，也是相當順理成章的。後現代主義發源於資本主義高度發達的歐美，後殖民主義崛起於第三世界，陳芳明以日據殖民、戒嚴再殖民的脈絡看，他說不如將1987年解嚴後的台灣文學定名為後殖民主義文學。但他不否認後殖民主義與後現代主義性格相當接近。

　　不論稱它是「後殖民」或「後現代」，實際內涵都具有國際文化形式的因素，兩者的差異在：後現代消解現存正統學說，它反的是固有的人文主義主體，而後殖民主義則將帝國主義主體作為批判對象。後現代主義與後殖民主義雖都強調文化現代性的潛在動力，拒絕將不同個體化為同一整體，後殖民主義更涉及歷史社會和政治行動的領域，有明確的政治規劃。（羅鋼，491-492）台灣因為有屈辱的被殖民經驗，論者渴望建立反殖民之獨特聲音，特別是在解嚴（或謂解除再殖民）後，更深化了「後殖民」的觀念。以林燿德的〈交通問題〉詩來看，既具有記號遊戲的後現代形式，又具有國家、主權等後殖民主義追求的政治關切，因此可以視為「後現代」與「後殖民」論述結盟的典型創作：

　　紅燈／愛國東路
　　／限速四十公里
　　／黃燈／民族西

---

❸如《龍族》詩社「敲我們自己的鑼，打我們自己的鼓」的主張。

路／晨六時以後
夜九時以前禁止
左轉／綠燈／中
山北路／禁按喇
叭／紅燈／建國
南路／施工中請
繞道行駛／黃燈
／羅斯福路五段
／讓／綠燈／民
權東路／內環車
先行／紅燈／北
平路／單行道／（1988a：114-115）

這首詩冷漠陳述，沒有浪漫主義的感性語彙、連接語法，也完全不考慮是否吻合（台北市）實際狀況，它去除寫實意圖而掌握表演的超寫實。作者以三種燈號多重交織七條街道名及七種指示或禁制標誌：「愛國」不能激進（要限速）；「建國」須繞道（直行是不通的）；通往「北平」要當心（是單行道，去得回來不得）；這三條路都亮著紅燈。至於黃燈則警告「民族」不准向左轉（打壓左派）；與美國打交道（羅斯福路），必須讓。我們可以行得通的路，一條是以中山先生為名的路，一條是以民權為名的路，但前者禁按喇叭（戒嚴了幾十年），後者又有內線特權（內環車先行）。這裡面全是政治、外交問題，問題又都不小，問題還不僅止於此，路是開放的，問題也會層出不窮。

焦桐（1956-）於1999年用食譜形式與詩體語言雜燴而成的《完全壯陽食譜》，配上情色誘人的女體圖，是一本複式閱讀、後現代包裝的詩集。其後現代性表現在：詩文與說明文字夾混、詞語意義的模稜（兼融烹調方法與性愛過程於一爐）、故意媚俗的章法結

構。〈毋忘在莒〉、〈莊敬自強〉、〈我將再起〉等題名，雖無明顯的政治批判，但掩不住的戲謔精神、交歡情采，自有深義。這本詩集的後殖民特色原可在此建立，然而，從頭到尾貫串著強大堅硬的男性意識，以男性情欲設想女性情欲，以男性情欲引領女性情欲，將女體當食物材料般操控，以女性觀點來看，焦桐的《完全壯陽食譜》正是反殖民的參考文本，大有可能成為女性革命的對象。

(二)「新國家文學」的反激與不確定因素說

游喚（1956-）在〈八〇年代台灣文學論述之變質〉一文指出解嚴以後因「台灣文學」之爭，文學被當作工具在運作，充滿政治性而追求一種「新國家文學」：

> 至此時期的台灣文學理論已不再有可辯駁的可能，也不再有包容性與多元性的內容，它迅速地發展成一種具備強烈宰制性格的論述，失去了它解嚴之前純然為抗衡文學的論述本質。於是，八〇年代解嚴以後，有關台灣文學的理論，實際上是用行動與實踐代替理論思辨，我們便看到了作家寧可放下彩筆，投身於遊行與街頭運動，或者，將理論的冷靜思考本質轉變為煽動性說服性的演講活動。（246-247）

個人以為這是敏銳之見，但並非所有的詩人都朝此方向而去。1950年代台灣不少詩人為躲避反共抗俄的國策書寫，轉向立體主義、超現實主義取火；1980年代詩人，特別是新生代與中生代正值創作狂飆期，不認同文學作為政治意圖之工具、企圖挑戰新的詩法者，乃順勢遁入後現代氛圍中求發展。

就在「新國家文學」書寫進行奪權之際，舊威權政治也正受到人民力量的挑戰，這種挑戰不僅針對國民黨、不同的政黨，還針對不同的階層位置；多元紛亂，中心遭邊陲力量解構，政治在去規範

過程中浮現不確定的因素，社會上各種路向互相侵壓也互相聯結。
這種不確定狀況實實在在影響了台灣的後現代表現。（向陽，
1997：216-217）

　　文學不能自外於時代脈搏的共振。就像第一次世界大戰期間，
世界的混亂失序、理性幻滅，牽引出以混亂語言、怪誕形象、非理
性描寫和拼貼的達達主義；在意義不確定的二十世紀末，人類生活
在核彈威脅、生態惡化、人口過剩、末世來臨等災難陰影、荒謬思
想中（台灣加上一個認同問題），後現代主義的概念大量繁殖。

　　網際網路通過電腦程式與傳訊科技的不斷演進，在現實世界外
建構了一個多采多姿的迷幻虛擬之城，對傳統形式的文學書寫與傳
播方式也展開掀天覆地的挑戰。（林淇瀁，2001：196）林群盛用
符號、阿拉伯數字和英文字母組成的〈沉默〉，連結關閉（close）、
結束（end）跑走（run）等字義，乍看不知所云：

```
1 ф CLS
2 ф GOTO 1 ф
3 ф END

  RUN    （33）
```

　　夏宇自創文字、模擬天機或兒童鬼畫符的〈降靈會III〉，只是
一堆混雜錯置的部首偏旁，瘸腿斷臂，一個字義也出不來，連「混
亂的語言」都稱不上：

（1991：52）

　　再看陳黎（1954-）寫於1994年的〈一首因愛睏在輸入時按錯鍵的情詩〉：

> 親礙的，我發誓對你終貞
> 我想念我們一起肚過的那些夜碗
> 那些充瞞喜悅、歡勒、揉情秘意的
> 牲華之夜
> 我想念我們一起淫詠過的那些濕歌
> 那些生雞勃勃的意象
> 在每一個蔓腸如今夜的夜裡
> 帶給我飢渴又充食的感覺（121）

如廖咸浩（1955-）所說，在文字嬉遊中，詩質的誘發來自詩人的幽默感、對陳腐語詞與思維的諧擬（parody），詩趣來自字音、字義、字形等文字物質性的重組。「親愛」與「親礙」、「忠貞」與「終貞」，音同而義反；以「肚過」取代「度過」、以「歡勒」取代「歡樂」、以「揉情」取代「柔情」，皆表肉體摩擦交纏之親。以「充瞞」取代「充滿」、以「淫詠」取代「吟詠」、以「生雞」取代「生機」，則在凸顯那一別字的意涵，強調欺瞞、淫樂及性器官。

江文瑜（1961-）的〈香蕉、芭樂、人類三方通話〉（87-89），也用了這一諧擬手法，建立女性「拔勒、拔肋、拔樂、拔垃」、「樂香、樂享、樂想、樂響、樂餉」的性歡樂。

（三）後現代對現代的延續與反動

孟樊（1959-）於1990年發表的論文〈台灣後現代詩的理論與實際〉**⓮**是研究台灣後現代詩最早最可觀的長論，文中舉述李歐塔、詹明信、德希達（Jacques Derrida，1930-）、巴赫汀（M.Bakhtin，1895-1975）、布魯姆（Harold Bloom）、巴斯（John Barth）等人的理論，而以林亨泰、詹冰（1921-）、碧果、羅青、鴻鴻（1964-）、黃智溶（1956-）、夏宇、丘緩、陳克華（1961-）、林群盛、林燿德、孟樊等人的詩以及歐美後現代範例作文本，例證豐富，論述系統宏大，建構之成果深受肯定，後現代與現代之間的反動、延續，確有如他所說的藕絲關聯：

> 如果我們要進一步追溯台灣後現代詩的起源的話，很可能得再回頭重新檢視五、六○年代現代主義時期的作品，從目前詩壇上後現代詩所展現出來的特色來看，後現代詩與現代詩兩者多少還存有「藕斷絲連」的關係。（224）
>
> （後現代詩人）企圖轉向向來被視為「非文學的近似體」（non-literary analogues），例如會話、自白（告解或口供）、夢囈等等，作為恢復那些在現代主義尚未奪權成功之前關於詩的見解和嘗試。（232）

⓮〈台灣後現代詩的理論與實際〉，文長三萬餘，係孟樊於1990年在「八○年代台灣文學研討會」發表之論文，1995年收入孟樊著《當代台灣新詩理論》第九章，改名為〈後現代主義詩學〉。

孟樊歸納後現代詩的特徵有七：

1. 文類界線的泯滅
2. 後設語言的嵌入
3. 博議（bricolage）的拼貼與混合
4. 意符的遊戲
5. 事件般的即興演出
6. 更新的圖像詩與字體的形式實驗
7. 諧擬大量的被引用

（265-279）

什麼是後現代詩？經由孟樊的分析，讀者可以有一較全面的認識，至少理會了後現代詩的精神。但逐一落實到所舉的例詩，則後現代究竟與現代如何區別，一首詩究竟算是現代主義作品或後現代主義文本，往往混淆。例如碧果之〈靜物〉：

黑的　　是盈在面前的被閹割了的
黑的　　是盈在面前的被閹割了的

是的

黑的黑的黑的黑的黑的黑的黑的黑的黑的黑的黑的黑的黑
的黑的黑的黑的黑的黑的黑的黑的黑的黑的黑的黑的黑的
黑的黑的黑的黑的黑的黑的黑的黑的黑的黑的黑的黑的黑
的黑的黑的黑的黑的黑的黑的黑的黑的黑的黑的黑的黑的
黑的黑的黑的黑的黑的黑的黑的黑的黑的黑的黑的黑的黑
的黑的黑的黑的黑的

白的　　是盈在面前被閹割了的
白的　　是盈在面前被閹割了的

是的

白的白的白的白的白的白的白的白的白的白的白的白的白
的白的白的白的白的白的白的白的白的白的白的白的白的白
白的白的白的白的白的白的白的白的白的白的白的白的白
的白的白的白的白的白的白的白的白的白的白的白的白的白
白的白的白的白的白的白的白的白的白的白的白的白的白
的白的白的白的白的白的

黑的也許就是白的。白的也是被閹割了的白的
白的也許就是黑的。黑的也是被閹割了的黑的

被閹割了的
樹被閹割了。房子被閹割了。眼被閹割了。街被閹割了。
手腳被閹割了。
雲被閹割了。花被閹割了。魚被閹割了。門被閹割了。椅
子被閹割了。
大地被閹割了。

哈哈
我偏偏是一隻未被閹割了的抽屜。（1988：135-136）

孟樊說它是一首純意符的語言遊戲，黑與白除了互相消解外，無法
充填任何意義，樹、房子、眼、街、手腳……那些被閹割的項目，
也是任意的組合，難以構成自圓其說的關係。（230）這種說法受
到旅美詩學教授奚密的質疑。奚密撰寫〈後現代的迷障〉一文，指
出台灣詩壇引進後現代主義在理論和方法上的一些問題、危機：

　　　　其負面影響可以歸納兩點。第一、某些詩評家在讀詩
　　　時，刻意強調後現代主義理論的部分概念，以致「見樹不
　　　見林」，有意或無意地壓抑抹殺了詩的文本豐富多元的層面
　　　與內涵；第二個問題與第一個問題其實互為表裡，那就是

在片面凸顯詩的某些所謂「後現代」特徵時，擱置忽略或扭曲了整個文學史。前者是對詩文本脈絡的暴力，後者乃對歷史脈絡的暴力。兩者皆源自對理論模式的過分依賴，以致僵化、片面化了一個原具創造性和開放性的理論。（1998：204）

奚密反對極力標榜詩成為「純意符的語言遊戲」，她認為對詩的「意義」的定義不要太僵硬、狹隘，「意義」和「隱喻」也不該成為新的批評典範的禁忌。「對於後現代詩形式開放誇張的理解，應是相對於現代主義推崇的嚴謹統一、首尾緊扣的形式，而不是絕對的開放或失控」，她的結論是，孟樊的論文代表了對德希達解構理論最大也是最普遍的誤讀，因為「德希達從未否認『意義』的存在和必要。他強調的是意義的產生永遠是一複雜多面、不可界限的意符運作於上下文的結果」。（1998：212-221）從前，現代詩人喜歡強調「純詩」、「純粹經驗」，經後現代詩的實驗檢視後，是否真有所謂的「純粹」，有何可取？實深值懷疑。

其實，所有的詩通過一種詮釋策略都可解讀出意義。一首詩是否有意義，應該不是區別「現代詩」與「後現代詩」的標準；不將「現代詩」與「後現代詩」當作對抗的相反的面相看，而將它視為反動中的延續來看，在舉例、分類上才不會有混淆、混亂的狀況。林燿德的〈世界大戰〉、陳黎的〈戰爭交響曲〉，其目視戰爭、生死的內涵與現代主義之本質沒有兩樣，不同者在形式上──從文字本身開發的概念。〈世界大戰〉以機槍、火炮威力、核子戰爭的光狀擬不同年代的戰爭，一次、二次大戰還有戰爭的結果可言，第三次大戰則一切毀滅，「作者的意旨在於：連人類文明的表徵『文字』都將消滅在原子塵中，而完全不置一辭。」❶⑤原詩如下：

---

❶⑤見凌雲夢〈詭異的銀碗〉一文，附錄在林燿德《都市終端機》書中，頁253-273。

W.W. I

噠噠噠
噠噠噠
噠噠噠

死亡
死亡
死亡

W.W. II

轟
轟
轟

粉碎
粉碎
粉碎

W.W. III

光
更強的光（1987：134-135）

〈戰爭交響曲〉以三個塊狀景象陳列（演示）兵士傷亡至死的現
象，在空間邏輯中顯現了事情的時間順序。全詩共三節，每節十六
行，每行二十四字。第一節兵士羅列，陣勢嚴整，是出征尚未接戰
時的軍容；第二節「兵」字象徵的兵士產生變化，或缺左、右腿，
或以空格喻指失蹤，「乒乒乓乓」更是作戰的聲音表現；第三節三
百八十四位士兵全數陣亡，化作三百八十四座墳堆（丘）。反戰的
意義昭然：

兵兵兵兵兵兵兵兵兵兵兵兵兵兵兵兵兵兵兵兵
兵兵兵兵兵兵兵兵兵兵兵兵兵兵兵兵兵兵兵兵
兵兵兵兵兵兵兵兵兵兵兵兵兵兵兵兵兵兵兵兵
兵兵兵兵兵兵兵兵兵兵兵兵兵兵兵兵兵兵兵兵
兵兵兵兵兵兵兵兵兵兵兵兵兵兵兵兵兵兵兵兵
兵兵兵兵兵兵兵兵兵兵兵兵兵兵兵兵兵兵兵兵
兵兵兵兵兵兵兵兵兵兵兵兵兵兵兵兵兵兵兵兵
兵兵兵兵兵兵兵兵兵兵兵兵兵兵兵兵兵兵兵兵
兵兵兵兵兵兵兵兵兵兵兵兵兵兵兵兵兵兵兵兵
兵兵兵兵兵兵兵兵兵兵兵兵兵兵兵兵兵兵兵兵
兵兵兵兵兵兵兵兵兵兵兵兵兵兵兵兵兵兵兵兵
兵兵兵兵兵兵兵兵兵兵兵兵兵兵兵兵兵兵兵兵
兵兵兵兵兵兵兵兵兵兵兵兵兵兵兵兵兵兵兵兵
兵兵兵兵兵兵兵兵兵兵兵兵兵兵兵兵兵兵兵兵

兵兵兵兵兵兵兵兵兵兵兵兵兵兵兵兵兵兵兵兵
兵兵兵兵兵兵兵兵兵兵兵兵兵兵兵兵兵兵兵兵
兵兵兵兵兵兵兵兵兵兵兵兵兵兵兵兵兵兵兵兵
兵兵兵兵兵兵兵兵兵兵兵兵兵兵兵兵兵兵兵兵
兵兵兵兵兵兵兵兵兵兵兵兵兵兵兵兵兵兵兵兵
兵兵兵兵兵兵兵兵兵兵兵兵兵兵兵兵兵兵兵兵
兵兵兵兵兵兵兵兵兵兵兵兵兵兵兵兵兵兵兵兵
兵兵兵兵兵兵兵兵兵兵兵兵兵兵兵兵兵兵兵兵
兵兵兵兵兵兵兵兵兵兵兵兵兵兵兵兵兵兵兵兵
兵兵兵兵兵兵兵兵兵兵兵兵兵兵兵兵　兵兵兵　兵

第八章　後現代詩學的探索

```
兵兵　兵兵兵兵　兵　兵　　兵兵　　　兵兵　　兵兵
兵兵　　兵兵　兵　兵　兵　兵　兵兵兵　　兵　兵
　兵兵　兵　兵兵　兵　　兵　兵　　兵　兵　　兵
兵　　　　　兵兵　　　　　兵兵　　　兵　兵
兵　　　兵　　兵　　　　兵　　　　兵
　　兵　　　　　　　　　　　　　　　兵
```

```
丘丘丘丘丘丘丘丘丘丘丘丘丘丘丘丘丘丘丘丘
丘丘丘丘丘丘丘丘丘丘丘丘丘丘丘丘丘丘丘丘
丘丘丘丘丘丘丘丘丘丘丘丘丘丘丘丘丘丘丘丘
丘丘丘丘丘丘丘丘丘丘丘丘丘丘丘丘丘丘丘丘
丘丘丘丘丘丘丘丘丘丘丘丘丘丘丘丘丘丘丘丘
丘丘丘丘丘丘丘丘丘丘丘丘丘丘丘丘丘丘丘丘
丘丘丘丘丘丘丘丘丘丘丘丘丘丘丘丘丘丘丘丘
丘丘丘丘丘丘丘丘丘丘丘丘丘丘丘丘丘丘丘丘
丘丘丘丘丘丘丘丘丘丘丘丘丘丘丘丘丘丘丘丘
丘丘丘丘丘丘丘丘丘丘丘丘丘丘丘丘丘丘丘丘
丘丘丘丘丘丘丘丘丘丘丘丘丘丘丘丘丘丘丘丘
丘丘丘丘丘丘丘丘丘丘丘丘丘丘丘丘丘丘丘丘
丘丘丘丘丘丘丘丘丘丘丘丘丘丘丘丘丘丘丘丘
丘丘丘丘丘丘丘也丘丘丘丘丘丘丘丘丘丘丘丘
```

（112-114）

（四）「片面挪移」的省思

　　奚密在她的論文裡也提到台灣詩壇的後現代不可能是西方後現代主義直接影響下的產物。這一點可與廖炳惠「翻譯的後現代」

（就翻譯如何重新創造對應詞、文化、心理及社會背景，以便讓文本在另一個語文環境裡獲得另一個生命），及「片面挪移」說，一併思考。所謂片面挪移，意謂台灣流行的後現代主義版本，是某種美、法版後現代主義簡化、去歷史脈絡的後現代通俗版。由於後現代的批評譜系甚多，不同地區、不同社會應進行更具本土意識的檢討：

> 後現代主義或後現代情景並非完全有定論的術語，其詮釋權仍有流動之空間，因此我們無法也不必將後現代判為某種特殊的引進品，反而應該去了解這種翻譯（或移植）後現代過程之中，台灣社會的具體欲求、挪用策略及其再詮釋之歷史脈絡，如此一來，我們也許可避免挾洋或自閉的兩極態度。（廖炳惠，1998：116）

筆者以為，台灣的後現代探索，最大目的在幫助讀者發展跨國文化觀，激發思考，形成新的台灣想像。必須先有跨越疆界的想像，才有非概念、有活力的新本土思維。以下引用幾首著名的後現代詩（尚不包括網路詩），以說明台灣版的後現代詩法：

1. 林群盛〈「地球進化概論」目錄〉（1988：9）

序論——————————————1

第一章　原生物——————————4

第二章　綠藻——————————34

第三章　三葉蟲————————62

第四章　恐龍—————————87

第五章　哺乳動物———————109

第六章　人類—————————129

第七章　機器—————————130

第八章　其他—————————130

這是詩嗎？仿目次頁的形式將生物進化排出順序，這樣的文本，很難歸入哪一個文類，不像詩也不像文，但你說它是詩就是詩，問何以是詩？君不見「第六章人類」之後，第七章是「機器」；非人性化的高度發展，結果難料，因此第八章只能是「其他」，之後的「讀者札記」，被「拼貼」到作者原著中，可能呈現新內涵也可能離題。這首詩既打消文類界限，也打消讀者不得參與文本建構的限制。

2. 林燿德〈路牌〉（1989：21-26）

〈路牌〉是林燿德1988年副題標明「符徵」的四首連作中之第一首，一個四處遊蕩的國中少年，他記下了城中所有路牌，路牌是他心中的符徵，無所謂方向，因此也就不具指引的意義。在詩的中段，作者穿插了這位少年於國中就讀時的二十一條罪狀：

〈罪狀1〉公然在路牌根部排尿

〈罪狀2〉和放牛班一個發育中的女生玩騎馬打仗

〈罪狀3〉在書包上穿洞、狂塗、畫烏龜

〈罪狀4〉在課本上穿洞、狂塗、畫烏龜

〈罪狀5〉在考卷上穿洞、狂塗、畫烏龜

〈罪狀6〉在教室牆壁上穿洞、狂塗、畫烏龜

〈罪狀7〉在廁所牆壁上穿洞、狂塗、畫烏龜

〈罪狀8〉在車站牆壁上穿洞、狂塗、畫烏龜

〈罪狀9〉在任何一切場所穿洞、狂塗、畫烏龜

〈罪狀10〉行經他班之刻對授課的發育中的女教師吹口哨

〈罪狀11〉鼓動鄰班女生上課向老師要求：「我要尿尿！」
　　　　　或者「快憋不住了！」

〈罪狀12〉利用煙頭在一同學額頭上燙戒疤

〈罪狀13〉每小時平均說三字經七十九次
〈罪狀14〉把臭襪子丟進訓導處的飲水機
〈罪狀15〉將鼻涕投擲在歷代偉人肖像上
〈罪狀16〉爬上氣窗窺視女教師盥洗實況
〈罪狀17〉在樓梯口放置鏡子窺視女教師的三角褲並公布顏色
〈罪狀18〉不愛說國語，積欠罰款新台幣肆佰伍拾陸圓整
〈罪狀19〉攀折校園、鄰舍以及中正紀念堂花木
〈罪狀20〉模仿校長搔抓屁股的習慣性動作
〈罪狀21〉幻想自己是衛斯理並化妝爲路牌

　　這二十一條罪狀如二十一樁即興演出的事件，影像彼此不連貫，與一般詩行質性相異，但如戲劇旁白或VCR插入，或分格畫面，在詩中形成背景與前景相映的結構。

　　3. 夏宇〈失蹤的象〉（1991：62）

失蹤的象

　　圖案與文字交錯，比起1979年的〈連連看〉更增加了意符的複雜性與遊戲性。此詩典出王弼《周易略例·明象》：「言者所以明象，得象而忘言；象者所以存意，得意而忘象。……存言者，非得象者也；存象者，非得意者也。象生於意而存象焉，則所存者乃非其象也；言生於象而存言焉，則所存者乃非其言也。然則，忘象者，乃得意者也；忘言者，乃得象者也。得意在忘象，得象在忘言。故立象以盡意，而象可忘也……」王弼原來的意思是，「言」是表達「象」的，「象」是表達「意」的，但得到「意」之後必須忘掉「象」。也就是通過「象」而忘掉「象」，否則進不到「意」的層次。詩中所有的圖皆是「象」字的替換，題目中的「象」字很容易讀成大象的象，其實指一切物象，閱讀趣味除了來自王弼的哲學論斷外，也在於將失蹤的象讀成「失蹤的大象」，詩人說「象」失蹤了，然而貓、龜、蛇、恐龍、鱷魚、螃蟹……無一不是物象，失蹤的象其實存在於萬象中，你所想到的與我所看到的不同，詩人是在這一新的形式實驗中思索物景的存在、變換、言與意、心與物之關係。其意旨不在詩人用了什麼示意性的文字、圖像，而在這一特殊形式。意符可替換，詩行可對調，我們說後現代詩往往「形式重於意義」，著眼在此。

　　4. 羅青〈一封關於訣別的訣別書〉（1988b：254-257）

　　　　卿卿如晤：
　　　　提起筆
　　　　就想給你寫信
　　　　抓起一張紙
　　　　三行兩行的
　　　　一寫就寫到了
　　　　這裡
　　　　既然寫到了這裡

也只有寫到
這裡了
就此打住
敬祝
平安愉快
意洞手書
民國七十五年
三月二十八日夜
西曆一九八六年
三月二十七日夜
黃曆四六八四年
三月二十六日夜

附筆：
信中所寫
絕對與信中
所沒有寫的
任何事物
無關

又及：
此信
萬一被
史學家
考古家
批評家
編選家
或偷窺狂
看到了

敬請

視而不見

高抬貴手

　　這首詩與羅青另一首〈多次觀滄海之後再觀滄海〉（1988b：258-261），在討論後現代詩的論文中屢屢被提起。前者的題目「關於訣別」針對訣別書而爲後設語言，「附筆」、「又及」，針對本文而爲後設陳述。後一首「觀滄海」詩，筆者認爲雖有「註」、「後記」，但非正文之一部分，而像是傳統的「跋」；儘管作者以楷體出之以與本文之明體字區別，卻顯然和「關於訣別」詩的處理手法不同，後現代性不強。

　　5.陳黎〈新康德學派的誕生〉（1995：127）

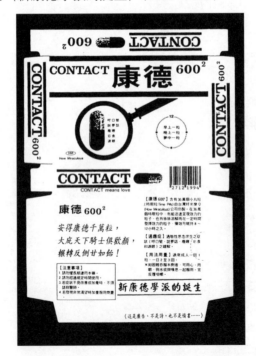

整幅圖，仿感冒藥「康德600」拆開的外包裝紙盒，部分文字引用「原件」，從而大量戲仿、改造，包括成分、適應症、用法用量，都接枝出新的指涉；在「注意事項」一欄顛覆慣有的說法；任意將藥名的「600」加上平方，衍生出「36萬個時限粒」的想像張力；竄改杜甫「安得廣廈千萬間」的名句，造成突梯的廣告趣味。除嘲諷性模仿的特點，還有異質材料混合的後現代性——將詩寫在藥盒上，或說藉藥盒以完成一首詩。最下方一行：（這是廣告，不是詩，也不是情書……），針對上方的文字補注，另有後設語言的精神。

鴻鴻〈超然幻覺的總說明〉（1993：72-73）模仿考卷形式，顯現敘述者「我」的戀史與寂寞。不論改錯題、填充題、單複選題、計算題或標點符號，都屬開放形式，沒有固定的讀法、沒有相同的答案，也是一首不確定文本的後現代詩。

6. 杜十三〈出口〉（2000：8-9）

八〇年代中期，林燿德談到現代詩傳播形式的實驗、更新時，曾推崇杜十三為多媒體詩人：「現代主義的孤傲不群，正經由杜十三手中遽爾扭轉，進而邁入一大眾化、消費化的可能途徑。其次『類商業設計』的手法處處可見，其目錄之摺疊頁與拼合圖案的構

思（按指《地球筆記》）來自商業廣告設計；在封面及卷首亦出現
與其說是詩、毋寧更類同廣告文案的詞句。」（1988b：50）杜十三
1986年出版的有聲詩畫集《地球筆記》，有詩、有畫、有書法、有
錄音帶，他是繼葉維廉推出《醒之邊緣》（1971年環宇出版社）
後，進一步實驗「混合媒體」的一位詩人，所謂混合媒體，就是
「企圖綜合發揮個別媒體的特長，並利用一個媒體來擴展另一媒
體，探求表現經驗的延展與多面性。」（鄭樹森1979：13）《地球筆
記》之後，2000年初杜十三又推出嘗試一首詩一種寫法的《石頭悲
傷而成為玉》，〈出口〉以魔幻逼真的圖像性表達一種豐饒欲望的
姿態：豐饒的欲望衝動似飛鷹，以一隻鷹的形狀代表一群鷹。題目
「出口」排在頂端像鷹嘴，黑點像眼睛，作者名是較細瘦的鷹頸，
左右兩邊是翅翼，中間缺口是背脊。若以行為單位，左翼十二行倒
影式複製（copy）右翼十二行，帶有回文體的趣味。這首詩並沒有
人的異化批判，「飛翔」沒有逃離的意圖，「星座」、「命運」也
不見什麼世情滄桑的寄託，只有本真的狀態；「出口」將出何物？
我們不得而知，有千萬種人就有千萬種可能的事件、可能的出口，
藉此泯除了「出口」一語故有之文化意涵。基於這樣的詮釋，它可
以當作後現代詩來討論。

五 小 結

台灣後現代詩的探索當然不止上述成果，曾被廖咸浩點名從事
過後現代詩創作的詩人包括：羅青、夏宇、林燿德、陳黎、鴻鴻、
陳克華（1961-）、陳義芝、許悔之❶；加上從事網路書寫及多元媒
體化創作的蘇紹連（米羅卡索）、向陽、游喚、杜十三、焦桐；再

---

❶見廖咸浩〈悲喜末若世紀末：九〇年代的台灣現代詩〉，及〈離散與聚焦之間：八〇
年代後現代詩與本土詩〉

加上亦有後現代風的羅智成（1955-）、零雨（1952-）、侯吉諒（1958-），中生代代表詩人❼幾乎三分之二身在這股試探的風潮裡，競飆書寫的快感，呈現了異常歡欣雀躍的熱鬧場景。如果沒有後現代書寫，以台灣「政治正確性」之嚴重充斥，1990年代抒情與寫實都有可能陷入一種自縛手腳、畫地自限的貧乏狀態。後現代主義的實踐，讓台灣在1970年代因鄉土寫實主義興起而蟄伏的前衛風得以延續而開出新境，中途受阻的邊緣性潛流也有了盡情宣洩的機會。菁英陣營的詩思化入整個文化商業機制中，產生了通俗化、應用性的面貌，直接影響商業廣告的表現十分明顯。

　　當然，後現代詩潮也並非全無負面作用。拋開過去的美學規範，開展新的美學空間，對創作者的想像力固有解放與激揚之功，但全球一體化的形式追求，也帶出傳統的、民族特色消失的危機；詩人不再追求深層的、本質的、心理的深度，不免遭受到「遊戲庸俗」、「什麼都是藝術」之譏。按文學風格趨勢循環發展的定律，花哨至極必回歸素樸，展望未來，也許迎來的會是融合浪漫抒情與現代寫實詩風於一爐的新體，或者竟是一個重尋歷史縱深與中心意義的長詩的世紀。

---

❼中生代代表詩人除前述，還包括李敏勇、鄭炯明、簡政珍、馮青、白靈、渡也、詹澈、楊澤、路寒袖、瓦歷斯‧諾幹等。

第九章　夏宇的達達實驗

一　世紀末的寫作策略

夏宇（1956-）是一文學行徑獨特的詩人，很少在公開場合露面，詩作不常在主流媒體發表，詩集捨棄商業出版社發行，並拒絕許多詩選收錄她的詩。❶

夏宇的詩風也很獨特，看不出受誰影響，和新詩傳統始終保持著若有似無的關係，既不和前輩詩人相同，也不和同輩詩人相似。不論用什麼語法處理什麼題材，她確實是能把詩寫得又好又不一樣的人。

夏宇的詩句很多人能夠背誦，「夏宇現象」已成為文學界的一則傳奇。研究夏宇的人，不論是舉1984年初版（1986年再版）的《備忘錄》或舉1991年結集的《腹語術》，皆能普獲共鳴。但1995年夏宇出版的《摩擦‧無以名狀》則令詩壇錯愕，不知如何解讀，當年《聯合文學》雖然連兩期刊出這四十五首詩，但年度詩選編審會卻因她「對既有語言規則懷有恨意、蓄意破壞」「經常形成一堆無意義的文字」❷，而一首未選。

這一批不受余光中等前行代詩人青睞的詩，是夏宇從她前一本詩集《腹語術》，剪出一個一個字詞拼貼而成的。紙張像是兩百磅

---

❶例如：九歌版《中華現代文學大系‧貳》、二魚版《台灣現代文學教程‧新詩讀本》、正中版《繁花盛景——台灣當代文學新選》、揚智版《現代新詩讀本》、女書版《紅得發紫——台灣現代女性詩選》，都有意選收夏宇的詩而未獲同意。

❷參見白靈《八十四年詩選》序文〈詩的夢幻隊伍〉。當年詩選編輯委員為向明、余光中、辛鬱、洛夫、梅新、瘂弦。

的再生紙，裝釘後毛邊不裁，頁碼不編，極其離經叛道。夏宇自己寫了一篇〈逆毛撫摸〉的序，她說詩集名稱以盡量讓人記不住爲原則，集中的詩她沒有一首可以記住，連題目也是。文中透露的創作動機和過程，羅智成認爲「難得地清楚」。（1995：8）❸ 然而，除了與夏宇隸屬同一詩社的詩人鴻鴻寫過一篇評文，說這是「詩人個人生涯，也是文學史上可一而不可再的奇景」❹，無人能對這書置喙。

究竟夏宇的寫作策略爲何？有沒有受到西方詩學的誘引？2002年我在台大外文系主辦的《中外文學》三十週年〈詩，如何過火？〉的座談會上，曾提到《摩擦‧無以名狀》是達達主義的產品❺，夏宇未對「達達」的說法回應，只在談到如何讀這本詩集時說：「我也不知道怎麼讀，而且我也不知道是怎麼弄出來的。」（2003：154）作者本人可以不談，但研究台灣現代主義詩學，卻無論如何不能漏掉這迴光返照般最後的實驗。

二 達達主義的創作法

超現實主義在台灣，1930年代有水蔭萍爲首的風車詩社提倡，1950年代有《現代詩》及創世紀詩社提倡，詩壇對它並不陌生。但對超現實主義前身的達達主義，一般人所知則極有限。

何謂達達主義（Dadaism）？

達達是1916至1922年由一批歐洲藝術家與作家主導宣揚的一個國際性虛無主義的運動，起因於第一次世界大戰帶給人類的巨大幻滅感，它攻擊一切美學及行爲的傳統標準，強調生命中的荒謬及藝

---

❸《摩擦‧無以名狀》沒印頁碼。從序文頁開始編號，至最後一首結束，剛好一百頁。
❹題爲〈與夏宇同代〉，《聯合文學》第130期，1995年8月，頁153。
❺紀錄發表時，這一句刪去了。

術創作的不可預期。達達主義最初由祖籍羅馬尼亞的法國作家崔斯坦·查拉（Tristan Tzara，1896-1963）於蘇黎世大學求學期間所發起。據《達達主義畫家與詩人》（*The Dada Painters and Poets*）一書所收錄，查拉的達達宣言共有七篇，第五宣言題爲〈無力的愛與痛苦的愛之宣言〉（"Manifesto on feeble love and bitter love"），第四章：

> 　　詩是必要的嗎？我知道那些最反對詩的人，其實潛意識裡期待賦予詩一種適意的完美，並且正進行這計畫；名之曰淨化的未來。他們思索著（那永遠迫近的）藝術之死。在這關鍵，他們渴望更藝術性的藝術。淨化變成純潔喔天哪喔天哪。
> 　　我們必須不再信任文字嗎？從什麼時候開始文字表達出相反於器官吐露的想法和冀望？
> 　　其中的祕密在這兒：
> 　　念頭是在口腔裡製造的。
> 　　我還是認爲自己很有魅力。（87）

宣言透露出，爲更新的藝術追尋而反叛既成藝術的思考，嘲諷只用嘴不用腦製造的詩，所謂「淨化變成純潔喔天哪喔天哪」、「我還是認爲自己很有魅力」，十分狂野，也很不合上下文邏輯。

　　該宣言第八章還有達達的實際創作法：

> 要寫一首達達詩
> 拿一張報。
> 拿一把剪刀。
> 如果你正想寫詩就選一篇文章。
> 把文章剪下。
> 把文章裡的字一個個剪下放進一個袋子。

溫柔地晃晃它。

然後將那些碎紙屑一一取出按它們離開袋子的順序

仔細抄錄下來。

這首詩就像是你。

而你一個作家在此堂堂出現，創意無窮感性

迷人雖然沒有一個老百姓看得懂。（92）

這一段很有意思，幾乎就是夏宇寫作《摩擦‧無以名狀》的方法。她發現人生中有一些無以名狀又十分精確的「偶然」時刻，她開始演繹偶然的各種必然機率：

　　我的手中有一本超級市場買來的自黏相本，用鋼圈圈住50張100頁上覆一層塑膠薄膜的硬紙板每一張都像畫布。我瞄到不遠處有一把剪刀，更遠處是一本37cm×42cm的大本詩集《腹語術》，四年前應著一個狂想設計出來的版本但隨即因為太佔地方而令我十分厭煩。我有個深刻的感覺是詩絕對不應該佔地方。我把詩集打開拿起剪刀開始工作。

　　那些字一個個斗大，1.5cm×1.5cm。抽離地看每個字都像一個小小的森林枝椏交錯柔條漏金。「令人錯愕的語音的灌木叢」亨利米修說的。我剪下的第一行字是「那些忍耐許久」，我把相紙上的薄膜小心拉開，把這個句子放進去。於是連著四天拼命工作發著高熱一共貼了五十幾頁於是我發現我完成了三十首詩。那高熱像拿到駕照第一次上路一下就加速到160覺得人生大道筆直發亮沒有驚慌一路沉魚落雁摧枯拉朽停下來以後完全不知道剛剛是怎麼開的才意識到速度和害怕。

　　接下來的一個禮拜速度放慢了完成了七首，又接下來的一個月內更慢了，完成了八首。我發現整個過程裡我是

把自己當畫家看待的。我站著工作，在一個簡單地支架著的工作檯上，剪下來的字和句子到處都是。我把字當顏色看待；有一天我想找一個介於嗶嘰色和卡其色中間的字我找到的是「墮落」，那天穿一件橄欖綠襯衫，墮落掉下來落在衣襬真是配極。（1995：2-3）

　　夏宇狂熱地在文字森林裡漫遊。夏宇說的「機率」，應即是達達主義另一位中心人物尚・阿爾普（Jean Arp，1887-1966）所說的 the laws of chance。尚・阿爾普生於德國，後入籍法國，除寫詩，也畫畫，大多爲拼貼圖，或在紙上隨意亂畫，再做選擇，然後上色。湯金斯（Calvin Tomkins）《杜象的世界》（*The World of Marcel Duchamp*）摘引阿爾普的話：「機率是至高至深的律法」。（58）達達主義者主張詩不要有常法，追求隨性的、不嚴肅的、破壞現狀的寫作法。下面讓我們讀一首查拉舉例用的「詩」就更明白了，他自訂的標題爲〈當狗們經過空氣在鑽石裡像一些觀念而腦膜的附件顯示開播節目的時間〉❻，詩的內容爲：

> 價錢他們昨天同意在畫像之後
> 感謝夢的時代的眼睛
> 誇張地比較朗誦福音式樣變黑了
> 組織拜神想像他說死亡力量的顏色
> 剪下拱門目瞪口呆現實一個魔咒
> 旁觀者所有的努力從那個它不再十到十二
> 其間差離主題伏特正確的減低壓力
> 造成瘋子顛三倒四肌肉在一個巨大的翻車現場（92）

題目不知所云，內文也非一般文學讀者能意會。顯然是不按正常詩法寫下的。夏宇在1995年一口氣寫了幾十首這樣的作品。一個有絕

---

❻本詩，採用詩人陳育虹的中譯。

頂詩藝的人在聲譽確立後，竟回顧二十世紀初期一個國際性的虛無主義，且向此主義致敬地寫了一本別人不易懂的詩，夏宇的目的究竟何在，她這本詩集該如何看待？

三　一個心理狀態下的實驗

夏宇從來就不是一個規規矩矩寫詩的人，《備忘錄》中的〈連連看〉、〈歹徒丙〉、〈隨想曲〉，和《腹語術》裡的〈降靈會III〉、〈在陣雨之間〉、〈失蹤的象〉，經常被用作後現代主義範例加以討論。例如〈連連看〉上下兩欄實指或虛指的不同物件，都是斷片式的字詞，無法理性地連成一氣來讀；〈歹徒丙〉用圖像消解了文字的功用；〈隨想曲〉用一小段文字替代的音符滑稽地諧擬螞蟻的行跡；〈降靈會III〉是神祕費解的天書，無從解讀，只能心領神會；〈在陣雨之間〉和〈失蹤的象〉則無妨看作一種經設計的即興表演，展現了閱讀秩序的不確定性。

美國後現代主義學者伊哈布·哈山（Ihab hassan）有一著名的現代主義與後現代主義對比圖表，明確表示後現代主義與達達主義有相通的藝術特徵。❼

1990年代在台灣正是一個後現代表現喧騰一時的年代，不論有沒有詩才，不論有沒有真正的企圖，不少古典詩藝闕如、現代技法不佳的寫手，都披上了後現代的外衣，爭先恐後地寫起了「前衛」詩，且極其容易地被學者援引進論文裡。這現象看在夏宇眼中想必是啞然失笑的。

夏宇沒有直接的文字針對此現象而評論，但在稀有的言談裡，我們可以揣摩她真實的想法。例如收在《腹語術》中，由萬胥亭提問、夏宇回答的〈筆談〉，談到她的詩是不是一種「語言遊戲」，她

---

❼參見第八章第三節。

說她是更快樂地相信所謂「靈感」和訓練過的「直覺」，她雖贊成遊戲，但須「保證觸及高貴嚴肅的旨意」，她不認為她的詩都是語言遊戲，儘管在方法上會有以暴制暴、以混亂表現混亂的情況；但在結構上，卻努力「驅使自己經營規畫」。（1991：111）

夏宇又說，寫詩十幾年後，忽然有人說她某些詩作就是「後現代」，使她想到一個引號的概念：反正這是一個大量引號的時代，別人要把她裝進什麼引號裡她管不著。她又說了一個「橘逾淮而為枳」的道理，哪怕是陳腔濫調，也還會有另一種變型之後的尖銳，端看你如何借用罷了。（1991：119）

〈筆談〉代表1988年之前的夏宇的詩觀，詩有旨意可言的論述，至2002年當讀者問到詩的終極目的，她換了一個說法重講了一遍：

> 詩到底有沒有一個核心狀態可以去追求呢？……它簡單到就像我們吃蘋果，最後會碰到一個蘋果核，我們寫詩像吃蘋果，到最後會碰到一個核心……到底有沒有那個蘋果核的存在呢？是有的，而且我極願意去相信它，而且是一廂情願極其浪漫地去相信它。我其實為這個蘋果核寫詩的。（2003：169）

既然是為一個核而寫，那麼，《摩擦‧無以名狀》的「核」是什麼？能不能說是以暴制暴，把詩法徹底顛覆，試探詩還能怎麼定義，有什麼意義？

借用安德列‧布荷東〈兩篇達達宣言〉（"Two Dada Manifestoes"）中的說法，達達是一個心理狀態（DADA is a state of mind）。（203）也許，夏宇的達達實驗也應看作是1990年代她的一個心理狀態。

四　詩學觀念與創作遊戲

　　《摩擦‧無以名狀》每一首詩的每一個字詞都露出從別處剪下再拼貼在一起的痕跡。第一首詩〈耳鳴〉共十九行，夏宇在詩中推演其義是「耳朵的手風琴地窖裡有神祕共鳴」。十四個字這一句有情境有隱喻，是最可以單獨賞讀的句子，但「濃縮」成題目「耳鳴」兩字，則一萬人中也找不到一人會聯想到「手風琴」和「地窖」。創作的遊戲性在此，閱讀的遊戲性也在此。這一句的剪貼組成是：

1. 「耳朵」，出自〈雨天女士藍調〉：「客人陸續進來／在彼此的耳朵上打洞」。
2. 「的」和「有」隨處可見，無法確指出自何處。
3. 「手風琴」、「地窖裡」、「神祕」、「共鳴」，皆出自〈我和我的獨角獸〉：「雪停了他就拉一把手風琴」，「我和我的獨角獸／躲在地窖裡」，「那種神祕的粗俗仍然／激動著我」，「歌劇式的神祕共鳴」。

　　其他各句，讀者可自行覆按。當那些原本在〈安那其〉、在〈伊爾米弟索語系〉、在〈某些雙人舞〉、〈頹廢末帝國 II〉中的句子，跳出眼簾，讀者不無認出易裝改容的故人般欣喜。這首詩最後兩句：「你喊我的名字／遺失三顆鈕扣」，如果兩句之間加一個「像」字，句子的意義就出來了，意義對作者具有絕對的吸引，夏宇在斟酌這兩句時，一度頗為掙扎，「但是最後，我還是把『像』字拿掉了」。（1995：5）拿掉那一個字才使得達達性產生。

　　接著讓我們再多讀幾首《摩擦‧無以名狀》的詩，看看夏宇是不是只在從事一個「觀念詩」的工程，只在玩一種創作遊戲？

　　　　清晰地
　　　　厭世

在洞裡

冷淡遲疑恐怖

抗拒的鱷魚（〈舌頭〉，62）

用鱷魚形容舌頭，洞指口腔，這是一首寫生準確生動的小詩，顯然讀得出意義。

仍然

養在魚缸裡（〈道德的難題〉，48）

閱讀時須將內文與題目對照，聯想兩性社會學或論理學的課題。這首題目五個字、內文七個字的絕句，觸發讀者思索自由、掩飾、情欲、規範……等情境。像這樣穿透概念高牆，直指事理核心的，當然是詩！

在海灘被

激發交錯

狹隘混濁

蒸發窺見

一無所有（〈夏天的印象在冬日的手記中翻湧〉，23）

這是一首冬日書寫夏日情景的詩，冬日冷清，記憶卻仍翻湧，顯示夏日所發生的事非比尋常。語詞極簡，藉排列的順序導引出一個故事，一段海灘邂逅之情。每一個語詞都是一個場景：激發是指情欲被激發；交錯可聯想兩個陌生人錯身相識，或者是兩具肉體交纏；狹隘指偷情的空間；混濁或指外在空氣或指鼻息；蒸發指邂逅之人就此消失；窺見或指曾追蹤過；最後因為只是一段短暫而無後續發展的邂逅而一無所有。

這麼看，《摩擦‧無以名狀》就不只是一個實驗企圖而已。集中最長的一首〈把時鐘撥慢一個小時〉，夏宇自云找到了一些她想

要的聲音，「那麼輕，那麼乾淨，有幾個動作但也幾乎不算數。我覺得我完成了一首『沒有陰影與皺摺』的詩」。（1995：6）那是看不出技巧、聲音極低卻清晰地響在耳畔、迴盪在心裡的現代詩。

壓卷作〈擁抱〉，完完全全用的感官意象：

> 風是黑暗
> 門縫是睡
> 冷淡和懂是雨
>
> 突然是看見
> 混淆叫做房間
> ……
> 裙的海灘
> 虛線的火焰
> 寓言消滅括弧深陷
> ……
>
> （1995：100）

由風聯想到黑暗，由門縫聯想到睡，繼之以房間、海灘、身體、酒館的意象，描寫虛虛實實不能忘情的擁抱，成為一首典型的現代主義作品。夏宇用它壓卷，並表示：不管整本詩集的企圖成不成功，至少希望詩能留下來。（1995：8）整本詩集的寫作雖然使用了一個聳動的觀念，但在詩作本身和寫作觀念的選擇上，她似乎更鍾情前者。

崔斯坦・查拉曾有一詩，共二十二行，前二十一行只有roar一個字，每行七個roar，共一百四十七個roar，像風號，像虎嘯，僅此而自覺迷人，真是貼近動物的行徑、動物的語言。（96）

相對而言，夏宇的詩並不作怪。她最怪的〈另外一種道德〉，只怪在沒辦法讀，因為七個字都是她自造的，像符咒，取自前一本

詩集的〈降靈會III〉，題目「另外一種道德」的意思像是肯定宗教信仰，如果是，那麼這詩也還是有意義的詩。

五　小　結

讀夏宇《摩擦・無以名狀》的詩，在意義之外，令人想起中國水墨畫潑灑皴點的技法，墨點落在哪裡，只能畫成什麼，固然要看作者主觀創造，有時也只能將就著那些材料，將就著偶然的機率，能夠「廢物利用」成什麼樣子就什麼樣子。本身材料就這麼些，看你變出什麼花樣！以這種方法創作，只能是才高的詩人能為之，在大破、大險中逼自己研創求勝的絕招。《摩擦・無以名狀》正是夏宇自設限制、困中求勝的險招。

回顧二十世紀初期十分革命性十分安那其精神的達達興衰，正像尚・阿爾普說的，真正的達達人就是反達達的人。（Tomkins，58）不過短短幾年，達達主義的要角如安德列・布荷東、保羅・艾呂雅皆已棄達達而去成為超現實主義的發起人，但達達在藝術表現上容許異音喧囂、異質拼貼、異元素併時陳現，這些前衛的主張始終未被消滅，二十世紀後期併入了後現代主義思潮裡，成為後現代的重要規範。台灣詩壇罕見的達達實驗人夏宇，寫完《摩擦・無以名狀》之後，也迅即卸去了達達的姿態。1999年她出版的第四本詩集《Salsa》，和2002年出版的《夏宇愈混樂隊》，都嗅不出絲毫達達的喧囂。❽

2002年夏宇在《中外文學》三十週年座談會上談詩，公開宣布她自覺寫得最好的一首詩是〈開車到里斯本〉❾：

　　　難免有旅館裡住著暴露狂

---

❽參見筆者所作〈夢想導遊論夏宇〉。

❾此詩收錄於《Salsa》，頁105-106。

如果難免也有隱匿狂的話
整個旅館的外觀提供的幻覺
必須視毒品的種類或酒精的
強度決定而由此界定的
現實又讓人產生極端誠懇
或極端不誠懇之感抑或是
過於嫻熟或不夠嫻熟之類的
不好意思於是我說服了她
接受孤獨知道這事是甚至
乃值得喜愛但不久我就發現她愛的
孤獨乃是我的孤獨而不是
她自己的孤獨她那麼愛我的孤獨
急於加入所以我們就一起開車
到里斯本看一個我們都
喜歡的朋友那人也有他的孤獨
可是他管它叫
我的母鹿。

　　這是歷經多種主義洗禮、回應各種文化思潮衝擊之後的夏宇。她帶著喜悅描述：「在法國的時候我很喜歡開車跑來跑去，因為歐洲大陸是相連的，從巴黎可以一直開到里斯本。開到的時候已經晚上了，就去小酒館聽一種里斯本的民謠，非常非常悲傷。我覺得非常值得從巴黎開車到里斯本，去聽fado。」（2003：160）

　　鴻鴻說夏宇「以自我重複來自我顛覆，以徹底抄襲作徹底翻新」（1995：153），這樣的人怎麼可能是對文字懷有恨意的人？絕對絕對是懷有極深癡情的人！

　　《摩擦・無以名狀》即使詩作有部分是失敗的，是不會流傳的，但創作的膽識、方法確是可以留供詩壇賞讚的。

餘　論

　　眞正的現代主義永不消失！❶

　　經過長達八十年的台灣新詩史實證，現代主義詩學動力，雖無法上溯至1920年代，但國族分離、文化斷裂的不安苦悶，已成了潛隱、醞釀的條件，至1930年代果然成爲水蔭萍詩學萌生的因素之一。

　　除象徵主義、超現實主義的引介，1950年代台灣詩壇同時鎔接了立體主義、未來主義的精神，我們一方面說1950年代是「橫的移植」，一方面也可以看作是在進行第一次西學本土化的改造，幾場大規模的論戰激辯大體廓清了存在於新詩現代化路上的障礙，也堅定了新詩人破釜沉舟走現代化之路的決心。先是象徵主義的蒙冤獲得洗刷，繼而現代主義的內涵增生。1960年代以後現代主義技巧與「傳統」及「鄉土」兩大質素展開對話，台灣現代主義詩學的新見解與中文新詩的典範，終於日趨成熟。

　　1980年代以後，當現代主義詩學出現多元標記，甚至是後現代的奇術怪招，除了夏宇有探險與反制雙重作用的更前衛實驗，還有沒有其他辯證的聲音出現？1999年《創世紀》詩刊春季號，邀請十三位詩人筆談，展望二十一世紀的詩，可以說是最好的回覆。

　　紀弦繼續強調「一個現代詩的作者，必須是一個現代主義者」，但在表現手法上，則期許一種更新鮮而有效的手法。是什麼樣的手法？他沒表明，但指出必須是「建設性」的而非「破壞性」的。蓉子（1928-）指出當今的詩「一味追求大眾化、平面化、貼上

---

❶1960年代白萩在〈對「現代」的看法〉一文中如此斷言。2001年6月2日、3日，陳芳明為政治大學中文系策畫「現代主義與台灣文學學術研討會」也彰顯了這一精神。

商業標籤庸俗化而犧牲了藝術的深度」，這和羅門的主張：詩不管使用什麼媒介、玩什麼後現代的把戲，「仍須隨身帶有深度與感人的生命與思想」，及李魁賢的條件說：內斂性、重質的實驗，非外爍性、重文的，才能保持意義的深度，成為有意義的詩的見證，同主「深度」的標的。（7-12）當時筆者的看法是〈回歸素樸，拒絕傲慢〉：

> 在現代與後現代風潮底下，所有要玩的花樣，詩人差不多都玩過了，再玩下去，只愈來愈空虛。「迷宮」偶爾走走，尚有趣，若每一首詩都逼讀者進迷宮，那就是刑求。詩的主旨是要教人溫柔體貼、教人感動的，不可以傲慢的姿態凌遲讀者對詩的期望。（1999：19）

似這般主張建設性的、深度的、有意義的、教人感動的呼籲，顯示的詩學是2000年代頗值得追蹤的詩學。一如長於哲學思維的學者簡政珍（1950-）在〈台灣現代詩美學的發展〉所說，讓人看不到技巧的技巧才是最大的技巧，只有超乎表象的技巧能顯現人生的厚度。（93）在後現代風潮過後，詩人檢視技巧之為用，質疑技巧之濫用，究竟這是現代主義的退縮還是推進，頗值得觀察。尤可注意的是，《2004台灣詩選》編者引述法國超現實主義詩人布荷東和艾呂雅在〈詩注〉裡說的「抒情主義是抗議的擴張」，彰顯私人敘事所發揚的浪漫理想（陳義芝，2005：14），從表現精神上重估抒情主義，力主抒情至上。當年紀弦提倡知性，狠打的「抒情主義」，半世紀來流脈不但不絕，還有勃興之勢，2000年代的詩學如何標定？內涵移轉的抒情主義實是可待開掘的「第十章」！

附錄 I
二十世紀台灣現代主義詩學相關紀事 ❶

1924年（民國13年，日本大正13年）

　4月　　10日，追風（謝春木）於《臺灣》第五年第一號，發表〈詩的模仿〉四首短詩（日文），較1923年12月1日施文杞發表於《台灣民報》的〈送林耕餘君隨江校長渡南洋〉略晚，但因較具現代性，一般視為台灣新詩的濫觴。

1925年（民國14年，日本大正14年）

　12月　　張我軍出版台灣第一本新詩集《亂都之戀》，為新詩創作初期抒情風格的代表作。

1931年（民國20年，日本昭和6年）

　6月　　在日本留學接受超現實詩風影響的水蔭萍（楊熾昌），由日本夢書房出版社出版日文詩集《熱帶魚》。翌年，又出版日文詩集《樹蘭》。

1933年（民國22年，日本昭和8年）

　6月　　水蔭萍創辦「風車詩社」，同仁包括林永修、張良典、李張瑞和日本人戶田房子、岸麗子、尚梶鐵平（島元鐵平）。自1933年10月至1934年9月，共發行《風車》詩刊四期，介紹法國超現實主義，鼓吹主知的現代詩。

1942年（民國31年，日本昭和17年）

　　　　　張彥勳、朱實、許清世等人創組「銀鈴會」。為台灣光復前後具代表性之文學團體；曾出刊《緣草》及《潮流》，至1949年止。活躍於1950年代的「現代派」詩人

---

❶本篇紀事參考張默《台灣現代詩筆記》及文訊雜誌社編輯之《光復後台灣地區文壇大事紀要》，另行修訂。

詹冰、林亨泰，都曾加入「銀鈴會」。

1951年（民國40年）

5月　　紀弦詩集《在飛揚的時代》，由寶島文藝社出版。鍾鼎文詩集《行吟者》，由臺灣詩壇社出版。1949年之前，紀弦在大陸以筆名「路易士」發表新詩，受戴望舒、施蟄存傳承的象徵主義影響。鍾鼎文在大陸時期及來台初期使用「番草」的筆名，所作小詩如〈霧晨〉、〈命運〉、〈椰樹〉、〈塔上〉，意象精美，具有現代表現。

11月　　5日，《自立晚報》副刊推出《新詩週刊》，每週一出版。至1953年9月14日休刊，共出刊九十四期。此為國府遷台後最早出現的一份新詩期刊，第一至二十六期由紀弦主編，第二十七期以後由覃子豪主編。主要策畫人還包括：葛賢寧、鍾鼎文、李莎等。

覃子豪的名詩〈追求〉刊登於《新詩週刊》第六期。紀弦在該刊第二期介紹〈象徵派的特色〉，第五期譯介Paul Claudel，第二十六期譯介阿波里奈爾。鍾鼎文在第五期提出新詩現代化的觀點：「現代『靈性』的人文主義者的情感活動，並不滿足於主觀之客觀的表現這種現實的描繪，他需要更進一步的，透過這一表現返回到主觀（即主觀──客觀──主觀），以達成性靈上的昇華。」

1952年（民國41年）

5月　　紀弦著《紀弦詩甲集》、《紀弦詩乙集》出版。

8月　　紀弦主編的《詩誌》創刊，十六開本，只出版一期。紀弦在〈編校後記〉表明：「本號只有譯詩一首，不能不說是相當遺憾的。以後我們當在介紹域外詩人及其作品方面多多努力。因為我們的這個營養不良的詩壇，實在是太需要各種的維他命了，尤其是在技術方面。」

1953年（民國42年）

2月　《現代詩》季刊在台北創刊，紀弦任發行人兼主編，共出版四十五期，至1964年2月停刊（其中二十二期曾經改組，由林宗源任社長，黃荷生任主編）。創刊宣言強調追求現代：「唯有向世界詩壇看齊，學習新的表現手法，急起直追，迎頭趕上，才能使我們的所謂新詩到達現代化。」

4月　覃子豪詩集《海洋詩抄》，由新詩週刊社出版。

9月　1940年代在香港與戴望舒時相往來的台灣前輩詩人吳瀛濤詩集《生活詩集》，由英文出版社出版。

11月　女詩人蓉子詩集《青鳥集》，由中興文學出版社出版。

1954年（民國43年）

3月　詩人楊喚因車禍逝世。楊喚，本名楊森，1930年生。同年九月，楊喚《風景》詩集，由現代詩社出版。楊喚對詩的體會：「當詩的賦有魔性的花朵在筆尖下綻開了的時候，你將必須輸血來灌溉它，以肉來培植它，結果，你的靈魂將迷失於空想之美的境界裡。而你的軀體呢？則被無情的交給現實的鞭笞和荊棘，這痛苦是難以想像的。」（參見楊喚〈詩的歷程〉）楊牧推許為新詩運動先驅人物。

3月　藍星詩社於台北市成立，發起人有覃子豪、鍾鼎文、余光中、夏菁、鄧禹平、蓉子、司徒衛等人。計出版有《藍星》宜蘭版、《藍星詩頁》、《藍星季刊》等多種。

6月　17日，《公論報・藍星週刊》創刊，每週四出刊一次，覃子豪主編，自第一一一期，由余光中接編，至1958年8月29日出版第二一一期停刊。

7月　紀弦著《紀弦詩論》，由現代詩社出版。

10月　《創世紀》詩刊於左營創刊，張默、洛夫主編，以「新

詩向何處去？」為一大課題，強調「唯有創造才是新詩的追求目標」。第二期起瘂弦加入，出版至第二十九期（1969年1月）停刊，1972年9月於台北市復刊，改為季刊，擴大為同仁詩雜誌。

1955年（民國44年）

3月　林亨泰第一本中文詩集《長的咽喉》，由彰化新光書店出版。

4月　鄭愁予詩集《夢土上》、方思詩集《夜》，由現代詩社出版。

1956年（民國45年）

1月　15日，由紀弦倡導的「現代派」在台北成立，提出「領導新詩的再革命，推行新詩的現代化」口號，宣布現代派六信條，第一批加盟者八十三人，後增至一一五人，包括方思、林亨泰、鄭愁予、李莎、白萩、錦連、葉泥、林泠、商禽、季紅、黃荷生、辛鬱等。

4月　嘉義《商工日報》創設《南北笛》詩刊，羊令野、葉泥主編。至第十六期（1956年9月1日）休刊。1958年1月20日復刊，由旬刊改為週刊，至第三十一期（1958年5月4日）停刊。

1957年（民國46年）

1月　彭邦楨、墨人主編《中國詩選》，由高雄大業書店出版。

5月　林亨泰在《現代詩》第十八期，發表〈符號論（並詩二題）〉。自《現代詩》第十一期（1955年秋）起，林亨泰持續發表具體詩（紀弦及他本人皆稱之為符號詩），重要者如〈輪子〉、〈房屋〉、〈ROMANCE〉、〈車禍〉、〈進香團〉、〈患砂眼病的都市〉。

8月　覃子豪在《藍星詩選》發表〈新詩向何處去？〉，偕同

余光中、黃用與紀弦、林亨泰等人展開論戰，持續至
1958年。

11月　《文星》創刊，提倡新文學、傳播新思潮。新詩部分由
余光中主選。

1958年（民國47年）

1月　覃子豪詩評集《詩的解剖》，由藍星詩社出版。

12月　白萩第一本詩集《蛾之死》，由藍星詩社出版。

1959年（民國48年）

7月　蘇雪林在《自由青年》發表〈新詩壇象徵派創始者李金
髮〉，批評當前新詩。引發覃子豪以〈論象徵派與中國
新詩〉等三篇文章展開論戰。

11月　11日起言曦在中央副刊一連四天發表〈新詩閒話〉，引
起余光中、張健、吳宏一、邵析文（白萩）等分別在
《文學雜誌》、《文星》、《藍星詩頁》、《創世紀》詩刊
撰文反駁，展開一場大規模的新詩論戰，至1960年夏天
始收兵。

1960年（民國49年）

2月　瘂弦〈詩人手札〉上篇，發表於《創世紀》第十四期；
下篇發表於5月出版的第十五期。瘂弦說：「一種較之
任何前輩詩人所發現或表現過的更原始的真實，存在於
達達主義與超現實主義者的詩中，一種無意識心理世界
的獨創表現，使他們的藝術成為令人驚悚（有時也令人
愉悅）的靈魂探險的速記。」

3月　著重西洋文學介紹的《現代文學》創刊。

9月　《筆匯》雜誌第二卷第二期出刊「詩特輯」。

11月　覃子豪著《論現代詩》，由藍星詩社出版。

1961年（民國50年）

1月　張默、瘂弦主編，洛夫撰導言的《六十年代詩選》，收

方思到薛柏谷等二十六家詩作，精銳畢集，由高雄大業書店出版。序言1960年代詩人「不僅對歐美一系列的現代主義各流派的影響做全面性的接受，且隱隱顯示出他們具有更大的野心以期衝破種種障礙去開拓新的領域。」

7月　《現代文學》第九期發表洛夫〈天狼星論〉，針對余光中詩作〈天狼星〉有所批評。余光中接著於《藍星詩頁》第三十七期發表〈再見，虛無〉，予以反駁。

1962年（民國51年）

4月　《現代文學》第十三期推出「葉慈專輯」。

7月　15日，《葡萄園》詩季刊創刊，主編文曉村、陳敏華。

1963年（民國52年）

11月　25日，台中《民聲日報》副刊創刊《詩展望》，由桓夫（陳千武）主編。

1964年（民國53年）

4月　《星座詩刊》創刊，王潤華、林綠等創辦，共出刊十三期。

6月　《笠》詩刊創刊，發起人有吳瀛濤、林亨泰、白萩、陳千武、杜國清、錦連、趙天儀、詹冰等人。首任主編林亨泰，強調鄉土色彩。創刊宣言〈笠〉：「我們所渴望的是：把呼吸在這一個時代的這一個世代的詩，以適合於這個時代以及世代的感覺痛快地去談論。」

1965年（民國54年）

1月　洛夫詩集《石室之死亡》由創世紀詩社出版。

6月　《覃子豪全集》第一冊（詩）出版。第二冊（詩論）於1968年6月出版。第三冊（譯詩及其他）於1974年10月出版。

1966年（民國55年）

3月　26日，由《前衛雜誌》、詩人辛鬱共同策劃的「第一屆現代藝術季」，假台北中美文經協會舉行，計有詩展、詩座談、詩朗誦等活動。次年又舉辦第二屆。

29日，由《幼獅文藝》、《現代文學》、《笠》、《劇場》等雜誌共同贊助的「現代詩展」，於台北西門町圓環舉行，共展出吳瀛濤等十七位詩人的作品。

1967年（民國56年）

9月　張默、洛夫、瘂弦合編《七十年代詩選》，由大業書店出版。

11月　12日，「中華民國新詩學會」成立。

1968年（民國57年）

7月　7日，《青年戰士報》副刊創刊《詩隊伍》雙週刊，由羊令野主編，持續至1983年12月休刊。

1969年（民國58年）

3月　後浪詩社於台中創立，由蘇紹連、蕭文煌、司徒門發起。1972年後陸續加入莫渝、陳義芝、蕭蕭、掌杉、李勤岸等人，創刊《後浪詩刊》（後改名為《詩人季刊》）。

洛夫、張默、瘂弦主編的《中國現代詩論選》，由大業書店出版。

5月　洛夫詩論集《詩人之鏡》，由大業書店出版。

6月　15日，《笠》詩刊創刊五週年暨第一屆詩獎頒獎典禮，創作獎：周夢蝶，評論獎：李英豪，翻譯獎：陳千武。

1970年（民國59年）

1月　紀弦著《紀弦論現代詩》，由藍燈出版社出版。

《創世紀》、《現代詩》、《南北笛》、《詩隊伍》部分作者，合組「詩宗社」。由仙人掌出版社出版叢書型詩

刊《雪之臉》，五月之後續出《花之聲》等，共四冊。

1971年（民國60年）

1月　龍族詩社成立，由辛牧、施善繼、蕭蕭、林煥彰、陳芳明、喬林、景翔、高上秦、蘇紹連、林佛兒等組成。3月3日《龍族詩刊》季刊創刊，共出刊十六期。

6月　主流詩社成立，由黃勁連、羊子喬、龔顯宗、莊金國、李男等組成。7月30日《主流詩刊》創刊，共出刊十三期。

　　　葉維廉詩論集《秩序的生長》，由志文出版社出版。

7月　《暴風雨》詩刊在屏東創刊，沙穗、連水淼、張堃合編，共出版十三期。

10月　山水詩社於高雄成立，由白浪萍、朱沉冬、李春生、李冰、謝碧修、呂錦堂等組成，並創刊《山水詩刊》，共出刊十六期。

1972年（民國61年）

1月　洛夫、白萩等編《中國現代文學大系‧詩卷》（1950～1970）二輯，由巨人出版社出版。

　　　《拜燈》雙月刊創刊，尹凡、渡也任主編。

2月　關傑明於《中國時報‧人間副刊》發表〈中國現代詩的幻境〉（10日、11日），以及〈中國現代詩的困境〉（28日、29日）兩文，針砭當代現代詩缺乏現實意識，引發現代詩論戰。

3月　《現代文學》第四十六期推出「現代詩回顧專號」，刊登余光中、顏元叔、洛夫、楊牧、張默等人論評，並附有〈中國現代詩作者資料彙編〉。

6月　大地詩刊創立。9月發行《大地》詩刊，共出十九期。

1973年（民國62年）

6月　《創世紀詩刊》第三十三期刊出瘂弦〈中國象徵主義的

先驅——「詩怪」李金髮〉。

7月　　《龍族》詩刊第九期推出高上秦（高信疆）主編的「龍族評論專號」，方型大開本，厚達354頁，為1970年代重要詩學文獻。

8月　　唐文標發表〈什麼時代什麼地方什麼人〉、〈僵斃的現代詩〉、〈詩的沒落〉，措詞激烈，批判洛夫、周夢蝶、葉珊、余光中等人的詩作，引發論戰，後人常與關傑明文章引發的爭議，合稱為「關唐事件」。

10月　　余光中詩論集《掌上雨》，由大林出版社出版。

11月　　瘂弦於《創世紀》第三十五期發表〈從象徵到現代——戴望舒論〉，稱許戴望舒的出現，是中國新文學現代主義時代之來臨。

1974年（民國63年）

1月　　《秋水詩刊》創刊，由古丁、涂靜怡主編。

6月　　23日，旅越詩人吳望堯創設的「中國現代詩獎」，舉行第一屆贈獎儀式，由葉公超贈獎，紀弦獲特別獎，羅青獲詩創作獎。二年舉辦第二屆，由管管、吳晟獲獎。
余光中、楊牧主選《中外文學》第二十五期「詩專號」出版。

11月　　8日，《創世紀》詩刊慶祝創刊二十週年，蕭蕭、張漢良獲詩評論獎，蘇紹連、季野獲詩創作獎。

1975年（民國64年）

3月　　《創世紀》詩刊第三十九期刊出中國象徵主義先驅李金髮〈答瘂弦先生二十問〉。李氏最後一本詩集《食客與凶年》出版於1927年。

5月　　草根詩社在台北創立，同仁有張香華、羅青、李男、詹澈等。同時出版《草根詩刊》，共出刊四十二期。
楊牧評論集《傳統的與現代的》，由志文出版社出版。

8月　　神州詩社創刊《天狼星》，主要同仁為溫瑞安、黃昏星、方娥真、周清嘯。

10月　《大海洋詩刊》創刊，由朱學恕、沙白、汪啓疆等主編，強調發展海洋文學。

1976年（民國65年）

4月　　詩人畫會於台北幼獅藝廊舉行第一屆詩畫聯展，並出版《青髮或者花臉》作品集。

6月　　張漢良等主編之《八十年代詩選》，由台北濂美出版社出版。

7月　　《詩脈》季刊在南投創刊，由岩上主編，共出版九期。

1977年（民國66年）

4月　　蕭蕭詩論集《鏡中鏡》，由幼獅文化公司出版。

6月　　《中華文藝》月刊第七十六期「詩專號」，由洛夫主選。

　　　　張漢良《現代詩論衡》，由幼獅文化公司出版。

1978年（民國67年）

1月　　《風燈》詩頁於北港創刊，四開報紙型，由楊子澗主編。

5月　　陳黎、張芬齡譯《拉丁美洲現代詩選》，由書林公司出版。書前譯有〈拉丁美洲詩運動概引〉一文。

6月　　《綠地詩刊》第十一期，出刊「中國當代青年詩人大展專號」，展出九十七家詩作，由傅文正主選。

1979年（民國68年）

9月　　30日，《中國時報》「時報文學獎」，自本年第二屆起設置敘事詩獎，白靈的長詩〈黑洞〉獲敘事詩首獎。

11月　張漢良、蕭蕭編著《現代詩導讀》五大冊，由故鄉出版社出版。第一冊至第三冊為導讀篇，第四冊為理論、史料篇，第五冊為批評篇。

12月　《陽光小集》創刊，莊錫釗、苦苓、向陽、張雪映主編，共出刊十三期。

1980年（民國69年）

8月　李春生《現代詩九論》獲《葡萄園》詩刊創刊十八週年詩評論獎。

1981年（民國70年）

1月　瘂弦《中國新詩研究》，由洪範書店出版。

6月　張默編成第一部女詩人選集《剪成碧玉葉層層》，由爾雅出版社出版。

1982年（民國71年）

5月　《臺灣文藝》第七十六期「詩專號」出版，由李魁賢主選。

《中外文學》第一二〇期，張漢良主編「現代詩三十年回顧專號」，發表林亨泰〈抒情變革的軌迹〉、葉維廉訪談現代主義、洛夫〈詩壇春秋三十年〉等文章。

「光復前台灣文學全集」詩卷《亂都之戀》、《廣闊的海》、《森林的彼方》，由遠景出版公司出版。

6月　《現代詩》季刊復刊，發行人羅行，社長羊令野，主編梅新。

1983年（民國72年）

2月　李魁賢主編《一九八二年臺灣詩選》，由前衛出版社出版。

3月　張默主編《七十一年詩選》，由爾雅出版社出版。至民國八十年（1991），爾雅版年度詩選共出版十集。自八十一年起（1992）由現代詩社、創世紀詩社、台灣詩學季刊社接手，至九十一年（2002）止，出版十一集。2003年起，年度詩選委員會改民國紀年為公元紀年，二魚文化出版。

5月　　1日，自立副刊和笠詩社合辦「藍星、創世紀、笠」三角討論會，假台北四季餐廳舉行，討論「現代派以後詩壇的演進」和「主要社團運動的影響」兩大課題。

1984年（民國73年）

6月　　3日，《文訊》月刊與《商工日報》合辦首屆「現代詩學研討會」，羅青、渡也、向陽、游喚等四人發表論文。

10月　　6日，《創世紀》創刊三十週年頒贈詩創作獎：周鼎、沙穗、夏宇、林彧，及詩評論獎：林亨泰。

國立中央圖書館主辦「現代詩三十年展」。

《藍星詩刊》復刊，發行人余光中，主編向明，九歌出版社出版，共出刊三十二期。

1985年（民國74年）

5月　　向陽評論集《康莊有待》，由東大圖書出版，內收〈七十年代台灣現代詩風潮試論〉。1997及1998年，他續寫1980及1950年代台灣現代詩風潮試論兩篇。

6月　　由白靈、杜十三策劃的「一九八五中國現代詩季」於台北新象藝廊揭幕，舉辦多項詩的演出。

1986年（民國75年）

3月　　16日，笠詩社舉行《台灣詩人選集》出版酒會，巫永福等三十位詩人的詩集共三十冊同時出版。

5月　　19日，羅青於高雄《民眾日報·副刊》發表〈七○年代新詩與後現代主義的關係〉，揭開後現代詩學的新頁。

6月　　張健、羅門編《星空無限藍——藍星詩選》，由九歌出版社出版。

8月　　10日，《文訊》月刊主辦「第二屆現代詩學研討會」，計有鄭明娳、孟樊、林燿德、劉裘蒂、許悔之等人發表論文。

1987年（民國76年）

3月　《新陸》創刊，由王志堃主編。

9月　《曼陀羅》詩雜誌創刊，楊維晨主編。

11月　張春榮《詩學析論》，由東大圖書出版。

1989年（民國78年）

5月　張默、白靈、向陽編選《中華現代文學大系‧詩卷》（1970～1989）兩冊，由九歌出版社出版。

6月　鍾玲《現代中國繆司——台灣女詩人作品析論》，由聯經出版。

鄭烱明編《台灣精神的崛起：〈笠〉詩論選集》，由文學界出版。

7月　代表秋水詩社耕耘十五年成果的《秋水詩選》出版。

1990年（民國79年）

9月　16日，由杜十三、林燿德策劃的「詩與新環境」多媒體展演，於台北市「誠品書店」展出一個月。分視覺詩、聽覺詩、文學詩等多項活動。

1991年（民國80年）

8月　第一本台語（福佬話）詩刊《蕃薯詩刊》創刊。

12月　白靈《一首詩的誕生》，由九歌出版社出版。

1992年（民國81年）

8月　洛夫發起「詩的星期五」活動，本月起每月第一個週五晚上假台北「誠品書店」舉行，首場由洛夫、辛鬱擔綱，採詩朗誦、講解、座談三段式進行。此項活動約持續三年多，共辦三十八場，有六十餘位詩人參加演出。

9月　文曉村主編的《葡萄園三十週年詩選》，由文史哲出版社出版。

趙天儀、李魁賢、李敏勇、陳明台、鄭烱明合編的《混聲合唱——笠詩選》，由文學台灣雜誌社出版。

12月　《台灣詩學》季刊由尹玲、白靈、向明、李瑞騰、渡也、游喚、蘇紹連、蕭蕭等八人出資創辦。

1993年（民國82年）

5月　15日，彰化師範大學主辦「第一屆現代詩學研討會」。這項研討會每兩年一辦，至2005年已舉行六屆。
鄭明娳主編《當代台灣女性文學論》，由時報文化出版。

6月　年度詩選委員會設立「年度詩獎」，八十一年（1992）年度詩獎由原住民詩人瓦歷斯·諾幹獲得。

1994年（民國83年）

6月　葉維廉詩論集《從現象到表現》，由東大圖書公司出版。

7月　《植物園》詩學季刊創刊，楊宗翰、何雅雯主編。

8月　《李莎全集》上、下冊，由李春生、文曉村編訂，海鷗詩社出版。

9月　瘂弦、簡政珍主編《創世紀四十年評論選》，由創世紀詩社出版。

1995年（民國84年）

3月　4日（至5月27日止），由文建會贊助、文訊雜誌社主辦的「台灣現代詩史研討會」，從「日據時代」、「五〇年代」、「六〇年代」、「七〇年代」、「八〇年代」到「九〇年代」，共舉辦六場，發表論文三十篇，引言十八篇。是一項規模空前的學術研討會。

4月　呂興昌主編《水蔭萍作品集》，由台南市立文化中心出版。

5月　夏宇的達達主義實驗作品《摩擦·無以名狀》，由現代詩社出版。

6月　孟樊《當代台灣新詩理論》，由揚智文化出版。

8月　　24至28日，「九五亞洲詩人會議」由笠詩社主辦，大會主題「邁向廿一世紀的詩文學」，計發表九篇論文。

1996年（民國85年）

1月　　8日，青年詩人林燿德因突發性心肌梗塞辭世，得年三十四歲。林燿德重要的詩學論著有《一九四九以後》、《不安海域》、《羅門論》等。

9月　　路寒袖主編的《台灣日報》副刊，開闢「台灣日日詩」專欄，每天刊登新詩一首，迄今未間斷。

1997年（民國86年）

1月　　《乾坤詩刊》創刊，藍雲主編。

3月　　李瑞騰《新詩學》，由駱駝出版社出版。

4月　　陳千武《台灣新詩論集》，由春暉出版社出版。

1998年（民國87年）

6月　　27日，「兩岸後現代文學研討會」在輔仁大學舉行，廖咸浩、楊小濱、鄭愁予發表後現代詩論文。9月，林水福主編之論文集，由輔大外語學院出版。

9月　　呂興昌編訂的《林亨泰全集》十冊，由彰化縣立文化中心出版。

11月　　1日，女鯨詩社創立，詩選集《詩在女鯨躍身擊浪時》由書林出版公司出版。十二位創社女詩人是王麗華、江文瑜、李元貞、利玉芳、沉花末、杜潘芳格、海瑩、陳玉玲、張芳慈、劉毓秀、蕭泰、顏艾琳。

奚密《現當代詩文錄》，由聯合文學出版。

焦桐《台灣文學的街頭運動》，由時報文化出版，內收〈前衛詩〉等四篇詩論。

1999年（民國88年）

9月　　陳義芝《從半裸到全開——台灣戰後世代女詩人的性別意識》，由學生書局出版。

12月　莫渝編《法國20世紀詩選》，由河童出版社出版。

2000年（民國89年）

4月　2日，《八十八年詩選》出版，資深詩人余光中、向明、商禽、張默、辛鬱等在茶會中宣布「年度詩選」編選事宜由中生代詩人白靈、陳義芝、焦桐、蕭蕭正式接棒，另組編委會，展開下一世紀的編選工程。

5日，爾雅版的《世紀詩選》，採統一規格，共推出十二冊，依次是周夢蝶、洛夫、向明、管管、商禽、張默、辛鬱、席慕蓉、蕭蕭、白靈、陳義芝、焦桐。每冊均收錄詩人詩觀、評論索引及專論長文一篇。

8月　胡品清編譯、導讀《法蘭西詩選》，由桂冠圖書出版。

9月　23日，笠詩社學術研討會，在台灣師大舉行，共發表九篇論文。論文集由學生書局印行。

11月　李元貞《女性詩學——台灣現代女詩人集體研究》，由女書文化出版。

附錄 II
西方現代主義流派簡釋[2]

印象主義（Impressionism）

　　「印象主義」是一個美學運動。印象主義一詞來自於1874年法國畫家莫內（Claude Monet，1840-1926）展出的一幅畫〈日出‧印象〉。莫內一反傳統油畫的題材、構圖法、準確的線條與色彩明暗等繪畫技巧，以生活化的題材、鮮亮而多層次的油彩、零碎的短筆觸等等，來描繪時間與光影異差的情況下，景物不同的面貌。印象主義藝術家想要呈現在作品中的，是物體在不同時、空、明、暗下的變化。他們革新了觀察物體的方法，發現任何物體在光影中都瞬息萬變，所以一個物體的形狀、顏色很難被確實界定。他們筆下的物體，因此比較不具體、比較富流動性，幾乎像是溶解在光影和色彩之中。印象主義創作者要表達的，經常不是一個物體的客觀而實

---

❷本篇簡釋，參考下列資料，撮舉要義，分條概述，略見現代主義文學運動之承襲、興替。

Arnason, H.H. *History of Modern Art*, 3ʳᵈ rev. , Harry N. Abrams., N.Y.

France, Peter, ed. *The New Oxford Companion to Literature in French*, Clarendon Press, Oxford, 1995.

Hart, James & Leininger, Phillip, ed. *The Oxford Companion to American Literature*, Oxford Univ. Press, 1995.

Perkins, David. *A History of Modern Poetry, Modernism & After*, Belknap Press, Harvard Univ., 2001.

Encyclopaedia Britannica (.com)

A9 Search (A9.com)

杜國清，〈新即物主義與台灣現代詩〉。

際的細節，而是它帶給藝術家個人的感覺或印象。

由於法國藝文圈緊密的聯繫，當時的文學、音樂甚至哲學都受到印象主義運動的影響。法國詩人波特萊爾（Charles Baudelaire，1821-1867）、美國詩人愛倫坡（Edgar Allan Poe，1809-1849）都受過印象主義影響。法國詩人馬拉美（Stéphane Mallarmé，1842-1898）就曾被稱作「印象派詩人」。這些詩人試著用文字捉住瞬息變化的內在或外界現象，並強調主觀表達創作者的情緒比客觀描繪外在事物重要。法國的左拉（Émile Zola，1840-1902）、德國的湯瑪斯·曼（Thomas Mann，1875-1955）以及赫曼·赫塞（Hermann Hesse，1877-1962）也都放下寫實主義技巧，不再專注於外界事物精確、實在的描寫，而尋求比較省略、輕巧、明亮的印象主義的寫作手法。當時另有一些小說家更試著讓敘事者任意穿梭在時空中，打破時空或事件的次序。這些都是印象主義藝術家不一樣的觀物方法替文學創作者帶來的新思考。

更進一步看，往後另一個世代的小說家，包括喬伊斯（James Joyce，1882-1941）、吳爾芙（Virginia Woolf，1882-1941）、福克納（William Faulkner，1897-1962）和貝克特（Samuel Beckett，1906-1989）等，所採用的、打破理性、邏輯與敘述次序的「意識流」或「內在獨白」，也與印象主義的手法有關。

印象主義著名畫家包括莫內（Claude Monet，1840-1926）、雷諾瓦（Auguste Renoir，1840-1919）、竇加（Edgar Degas，1834-1917）等。

頹廢詩派（The Decadence）

「頹廢詩派」大約出現在「1871巴黎公社」（Commune de Paris 1871）成立，到第一次世界大戰（1914-1918）年間。波特萊爾（Charles Baudelaire，1821-1867）的詩集《惡之華》（*Les fleurs du mal*，1867）中的主題與詩中對小資產階級墮落的嘲諷；華格納（Richard Wagner，1813-1883）對文化與貴族政治衰敗的讚美；加上當時文人對時興的新女性主義與英國「前拉斐爾學派」（Pre-Raphaelite）夢幻風格的反感，促成了頹廢詩派的形成。它涵蓋的複雜面，也融入日後二十世紀歐洲各種現代主義運動中。頹廢詩派在美學上比較接近印象主義，將瞬間接收到的、沒有特殊意義的外來資訊，隔離、轉化主觀的看法。頹廢詩派作家的風格擺盪在鮮明的語言實驗和模仿戲作的陳詞濫調之間，他們操弄語言，瓦解感覺與經驗之間的界線，以及對特殊、罕見、或技術性字詞的興趣，對後代語言新的用法與形式有一定影響。

　　法國詩人中以魏爾崙（Paul Verlaine，1844-1896）爲頹廢詩派的核心。他的詩作裡實驗性的形式、曖昧的句法、不協調的韻律、不同尋常的抽象與具體混合的觀念、完全以自我爲中心、以爲詩的作用旨在保存個人瞬間絕對而獨特的感官印象，非常能表現頹廢詩派的風格。與他過從甚密的韓波（Arthur Rimbaud，1854-1891）也被稱作「頹廢詩人」。魏爾崙後來與馬拉美（Stéphane Mallarmé，1842-1898）雙雙成爲象徵主義運動領袖。

象徵主義（Symbolism）

　　十九世紀末期出現了一股反「高蹈主義」（Parnassianism，又稱巴拿斯派）、反自然主義、反對科學滲入文學的思潮，「象徵主義」運動因此而形成。基本上，象徵主義可以說傳承了十九世紀初期浪漫主義的創作精神。被象徵主義藝術家奉爲始祖的詩人波特萊爾（Charles Baudelaire，1821-1867）曾經說浪漫主義創作的重心：「不是主題，不是事件確切的實況，而是情感狀態……是親密關係、靈性、色彩，是對無限的渴望。」象徵主義藝術是一種往個人內在追求的藝術；它的創作者相信：藝術最終還是源之於藝術家的

情緒或內在精神，而不是對自然、對外的觀察；他們要描述的，是內在觀念、象徵、或夢的實相；而這些內在實相只允許依賴間接的意象或比喻顯示出來。這些觀念對後繼的「表現主義」、「達達主義」、「超現實主義」都有極大的影響；而它的美學觀甚至擴及更往後的「抽象表現主義」畫家。佛洛依德（Sigmund Freud，1856-1939）對夢境的解析研究，也是從這時期開始的。

就文學史而言，象徵主義運動始於法國詩人魏爾崙（Paul Verlaine，1844-1896）1874年出版的《無言之歌》（*Romances sans paroles*）以及馬拉美（Stéphane Mallarmé，1842-1898）1876年出版的《牧神的午後》（*L, apres-mide d,un faune*）。他們強調詩的目的不為敘述或描述，而是刺激或引發想像。為達到這個目的，他們慣於憑著直覺或感官覺受，用流動而富於音樂性、實驗性、甚至大膽突兀的辭彙、詭異的意象與印象來創作。除了魏爾崙和馬拉美，當然還包括在十九歲時，1871年，就出版詩集《醉舟》（*Le bateau ivre*），之後在1873又出版《地獄季節》（*Une saison de fer*），文字極具魔術力量的韓波（Arthur Rimbaud，1854-1891）。

波特萊爾（Charles Baudelaire，1821-1867）1857年出版、隨即被禁的詩集《惡之華》（*Les fleurs du mal*）公認是象徵主義的濫觴。《惡之華》裡的神祕感、對未來的懷想，以及百無聊賴的人生態度，在在顯現浪漫主義的光影；詩集中每首作品完美的格式、典雅的辭彙、鮮活的意象雖帶著「巴拿斯派」的遺風；但波特萊爾將視覺、嗅覺、聽覺與外在世界連貫的概念、文字的流動與音樂性，卻絕對是象徵主義的精髓，無怪他是所有後繼象徵主義詩人們心中的神。

象徵主義畫家包括墨霍（Gustave Moreau，1826-1898）、賀東（Odilon Redon，1840-1916）等等。墨霍的畫常有病態的主題，帶著世紀末的憂鬱，一筆不苟的技巧，華麗的色彩和質感。賀東與波特萊爾、馬拉美、愛倫坡（Edgar Allan Poe，1809-1849）都熟識，

他並且替福樓拜的書作插畫。廣義來看，「後印象主義」（Post Impressionism）的高更（Paul Gauguin，1848-1903）及梵谷（Vincent Van Gogh，1853-1890）有時也被歸入象徵主義畫家群中。

表現主義（Expressionism）

「表現主義」起源於1905年德國畫家柯旭納（Ernst L. Kirchner，1880-1938）成立的一個畫會，「Die Brucke」（The Bridge），或「橋社」。「橋社」的畫家主張擺脫過於矯情的自然主義和已經學院化的印象主義畫風。他們的繪畫不在於客觀地描繪實物，而是以對外在事物的主觀反應來創作；用扭曲、誇張、原始和幻想，鮮明、不和諧的顏色，突兀、變形的線條，生硬、富動感的筆觸來表達藝術家絕對主觀、直覺、個人的視覺反應。他們經常探討的是懼怕、恐怖、詭異等情緒問題，或挫折感、焦慮、厭惡、不滿、暴力等對醜陋世界神經質的反應。

基本上，表現主義直接傳承於十九世紀初期的德國浪漫主義與自然主義，以及十九世紀末期的象徵主義。它強調藝術創作是創作者個人內在的需要，而要表達的則是創作者的情緒與心理。它與印象主義有非常相似的屬性。兩者的差異在於：表現主義比較偏重表達個人才智和想像力的差異，而印象主義則比較偏重於表達創作者對事物表象結構變化的觀察。

德國表現主義畫家除了「橋社」成員之外，還包括隸屬於「藍騎士畫社」（The Blue Riders）、人稱「抽象畫始祖」的康丁斯基（Vasily Kandinsky，1866-1944），以及馬克（Franz Marc，1880-1916）、柯寇旭卡（Oskar Kokoschka，1886-1980）等。

表現主義是第一次大戰後德國戲劇與文學領域的主流思潮。它最主要的訴求是反對現代社會中的資本主義、富裕的小資產階級者的自滿，以及現代生活的快速機械化及城市化。表現主義詩有狂熱

的、聖歌式的抒情筆調；它省略敘述與描繪，只用濃縮、直接的字句，連串的名詞與少量形容詞和動詞，直觸感覺的核心。表現主義詩的主題經常是城市生活的恐怖、對文明崩潰的天啓式的洞察、對小資產階級價值觀的嘲諷，以及對政治與社會重建或革命的希望。

表現主義的詩，由於過於「詩化」的用語，過於自我而難以了解的表達方式，在社會逐漸安定的1920年代後期慢慢式微。1933年納粹執政，現代主義作品被標貼爲「墮落藝術」，完全禁止展覽或出版，許多文人藝術家因此逃亡到美國及其他國家，因此把表現主義的創作風格推展到更遠的國度。

表現主義詩人以艾略特（T. S. Eliot，1888-1965）爲代表；威廉斯（William Carlos Williams，1883-1963）詩中簡潔的文字、豐沛的情感、傳神的對現實世界的觀察，也是表現主義的風格。而在小說界，卡夫卡（Franz Kafka，1883-1924）及喬伊斯（James Joyce，1882-1941）的意識流書寫，劇作家歐尼爾（Eugene O'Neill，1888-1953）的一些劇作，也被認爲受到表現主義影響。

立體主義（Cubism）

美術史上的「立體主義」源起於西班牙畫家畢卡索（Pablo Picasso，1881-1973）在1907年展出的一幅畫，〈阿維濃的女人〉（"Les Demoiselles d'Avignon"）。畫中畢卡索依隨法國現代美術之父塞尚（Paul Cezanne，1839-1906）的畫法，用幾何圖形色塊分割畫面，把人體抽象成類似非洲或伊伯利亞（Iberian）的雕塑。之後，畢卡索和法國畫家布哈克（Georges Braque，1882-1963）共同開創了美術史上革命性的立體主義畫派，試圖以分割、並列而交鎖的色塊（或稱「解析立體」，Analytic Cubism），或者用黏紙、拼貼等非繪畫素材或方法（或稱「合成立體」，Synthetic Cubism），把一件物體的立體結構，以及它與空間的關係，完整呈現在平面畫布上；而

原來是主題的物體則「易主為客」，被抽象成一個工具，臣屬於整個畫面內在結構的一部分。立體主義畫派把畫布當作一個「視覺空間」，在這空間裡，物體與物體是隔離的。這個觀念一舉打破了「文藝復興」以來把畫布當作一面「窗」，在「窗」裡創造一個「擬真世界」的繪畫觀念。

除了兩大創始人畢卡索與布哈克，立體主義著名畫家還有以機械造型入畫的雷傑（Fernand Léger，1881-1955）、葛希斯（Juan Gris，1887-1927）等人。

由於巴黎前衛藝術家與文人往來緊密，在1908到1914年間，許多重量級詩人，例如阿波里奈爾（Guillaume Apollinaire，1880-1918）、傑克布（Max Jacob，1876-1944）、瑞弗第（Pierre Reverdy，1889-1960）、桑德拉（Blaise Cendrars，1887-1961）、高克多（Jean Cocteau，1889-1963）等，都受立體主義繪畫理念影響，體認到詩之為詩，是獨立的心智建築，不一定有義務去表述外在現實；而詩的語言可以是零碎的，時斷時續的；可以只是詞句、標點符號、意象、聲調等片段的交互作用，順其自然呈現，而沒有嚴格主從之分。

當時許多詩人的詩集都請立體主義畫家作插畫，傑克布更稱自己及瑞弗第是最明顯的立體主義者。1917年瑞弗第的一篇重要論文〈關於立體主義〉（"Sur le cubisme"）建立了立體主義畫派與文學之間相似的理論架構，也闡明他個人的詩美學。

在美國，康明思（E. E. Cummings，1894-1962）的一些詩作，例如〈蚱蜢〉（"The Grasshopper"），就是以字體變換、單字分割、標點符號非理放置等手法，在紙上製造特殊視覺「立體」效果。

意象主義（Imagism）

「意象主義」在1907至1917年間盛行於英美詩界。主要的信條

包括：一、用日常、簡潔而精確的語言替代曖昧的抽象語言；二、創新韻律；三、題材選擇上的絕對自由、有時代感，避免浪漫或者神祕的主題；四、用準確的意象與具體的語言傳達完整的詩意；五、專注。意象主義主要影響來自象徵主義與日本詩；另外，則是來自英國詩人哲學家休謨（T. E. Hulme，1883-1917）的美學概念。美國詩人龐德（Ezra Pound，1885-1972）根據休謨的美學概念，領著一批文人反制當時的浪漫主義觀點，並試圖從希臘、羅馬、中國、日本的古典作品，以及法國現代詩人作品中繼汲取靈感。

在美國，意象主義主要由當時的一本詩刊《詩：韻文雜誌》（*The Poetry*，from 1912），在英國則由詩刊《自我主義者》（*The Egoist*，from 1914）推動並發表意象主義詩。經常投稿的詩人包括龐德、H.D.（Hilda Doolittle，1886-1961）、弗萊契（John G. Fletcher，1886-1950）、弗林特（F. S. Flint，1885-1960）、羅威爾（Amy Lowell，1874-1925）、艾丁頓（Richard Aldington，1892-1962）等人。而更晚的一批受意象主義影響的詩人包括勞倫斯（D. H. Lawrence，1885-1930）、馬麗安‧摩爾（Marianne Moore，1887-1972）、史蒂文斯（Wallace Stevens，1879-1955）以及艾略特（T. S. Eliot，1888-1965）等。

未來主義（Futurism）

「未來主義」源起於二十世紀初期義大利的一個藝術運動，強調活力、速度、精力、機械力，與一般現代生活的變化和騷動。未來主義最明顯的影響在於視覺藝術及詩。

最早的一篇未來主義宣言出現在1909年二月法國的費加羅報（Le Figaro），由義大利社運宣導者、詩人馬里內提（Filippo T. Marinetti，1876-1944）執筆。他創用的未來主義一詞反應這運動的重點：棄絕過去那些呆滯、與現狀不符的藝術，迎接文化與當代社

會裡的變化、原創性與革新；歌頌新的汽車科技、速度、馬力。未來主義表揚革命、戰爭、現代科技和機械化速度的美，呼籲丟掉傳統文化、社會及政治價值觀，摧毀博物館、圖書館、學校等文化機構。未來主義厭惡貴族或小資產階級，擁護無政府主義，馬里內提偏頗的宣言，目的就在激起公憤和震驚、引發爭論和大眾注意。

未來主義詩人拋棄邏輯性語句結構以及傳統的文法或造句法；他們經常串起一些不連貫的文字，為的只是這些文字的音調，而不是其中的意義。馬里內提早年在巴黎創刊的雜誌《詩刊》（*Poesia*, 1905），以及後來發行的同名報紙，都大量刊登未來主義作品。在馬里內提的鼓吹下，英國、法國、德國，尤其是蘇俄都有未來主義的擁護者；法國詩人阿波里奈爾（Guillaume Apolinaire，1880-1918）也是其中之一，而英國「渦旋主義」（Vorticism）也是得自未來主義的啟發。遺憾的是，未來主義在後期涉入政治太深，甚至傾向法西斯主義，而失去了文學與藝術的單純。

未來主義的繪畫及雕塑創作概念來自「立體主義」，放棄對物體擬真的描繪，放棄和諧或品味的觀念，放棄傳統色彩表現與創作主題。畫家包括巴拉（Glacomo Balla，1871-1958）、賽弗里尼（Gino Severini，1883-1966）、加拉（Carlo Carra，1881-1966）。他們在畫布上畫出連續重疊動作，以呈現物體的動態或多面。

渦旋主義（Vorticism）

「渦旋主義」是由英國畫家及作家路易斯（Wyndham Lewis，1882-1957）在第一次世界大戰前創立，實際脫胎於未來主義。渦旋主義一如未來主義，試圖把現代化社會裡的速度、動作，用渦旋式的抽象語彙，帶進繪畫與文學中。龐德曾在美國呼應這個主義。

達達主義（Dadaism）

　　一次世界大戰期間（1914-1918），一批法國文人藝術家流亡到瑞士。1916年原籍羅馬尼亞的詩人崔斯坦‧查拉（Tristan Tzara，1896-1963）、德國作家包爾（Hugo Ball，1886-1927）、豪森貝克（Richard Huelsenbeck，1892-1972），以及原籍阿爾薩斯的畫家、雕塑家阿爾普（Jean Hans Arp，1887-1966）等在蘇黎世發起「達達主義」運動，並起草和平宣言陳訴主張。達達是一個國際性的虛無主義運動，最著名的口號是：

　　再也沒有什麼了。沒有，沒有，沒有，沒有。

　　這是對第一次世界大戰帶來的的巨大幻滅最沉重的吶喊，而採用Dada這一沒有任何深切意義的字為組織之名，目的就在突顯達達主義者對「機遇法則」（the laws of chance）的依從與對理性的反叛。達達主義顛覆一切美學及行為上的傳統標準，將生命中的荒謬及不可預期充分反映在文學與藝術創作中。1916年7月包爾發表他用一連串沒有字面意義的音節（zimzim urallala zimzim xanzibar zimlalla zam）組合成的抽象詩 "O Gadji Beri Bimba"，試圖完全顛覆文字語言中的理性、次序、慣性。

　　達達主義藝術家基本上各行其是，但他們的作品大致包含三種特性：「吵雜性」（bruitisme）、「同時並存性」（simultaneity）和「機遇性」（chance）。其中的「吵雜性」繼承自未來主義；「同時並存性」來自立體主義；至於「機遇性」通常是所有藝術創作者共同的經驗，只是達達主義之前的藝術家們，試著去控制或主導「機遇」，而達達主義者則把它奉作一個創作原則。在法國，達達運動偏重於藝文，中心人物包括文學界的查拉、包爾、布荷東（André Breton，1896-1966）、阿拉貢（Louis Aragon，1897-1982），以及藝術界的阿爾普、杜象（Marcel Duchamp，1887-1986）、皮卡比亞

（Francis Picabia，1879-1953）、曼・瑞（Man Ray，1890-1977）
等。

　　杜象、阿爾普、皮卡比亞、曼瑞等藝術家，在第一次世界大戰
時離開故鄉歐洲，也把達達主義帶到紐約。美國達達主義代表作品
有藝術家、許維特（Kurt Schwitters，1887-1948）、埃倫斯特（Max
Ernst，1891-1976）等幾位用廢棄物及紙屑創作的藝術拼貼；另
外，還有杜象的出名作品〈長了山羊鬍子的蒙娜麗莎〉。而在德國
柏林，達達主義則蒙上一層政治色彩，漫畫家葛羅茲（George
Grosz，1893-1959）有一些作品就是以政治爲題。

　　達達主義因爲成員逐漸解散，而結束於1922年。達達主義的原
則稍作修正後，成爲布荷東1924年在巴黎成立的「超寫實主義」的
基調。

超現實主義（Surrealism）

　　達達主義對現實與理性的反叛，「只破不立」的游擊本質，讓
布荷東覺得藝術創作勢將漸趨空洞、難以爲繼，而於1924年脫離達
達，另創「超現實主義」。超現實主義延續部分達達精神，維護自
我意識的表達，拒絕理性干涉創作，但卻不僅「爲叛逆而叛逆」顛
覆一切創作法則。超現實主義者以爲在這現實世界之外，有另一個
超越現實的世界（surreality）存在，而依據當時最前衛的佛洛依德
（Sigmund Freud，1865-1939）心理分析法，以自動書寫（automatic
writing，意即無選擇性的書寫所有流出思緒或意識的字句）或夢境
紀錄，不干擾並探索思緒或潛意識的自由流動，讓意象自動浮現。
換言之，超現實主義試圖結合科學方法，開拓新的文學可能。就文
字企圖而言，超現實主義作家並不追求美學與藝術的完美，或文字
的意義，而強調文字的影射和聯想，強調意象與意象摩擦的「機變
性」（arbitrariness）。

超現實主義主要據點在法國。文學界除了布荷東，還有艾呂雅（Paul Éluard，1895-1952）、阿拉貢（Louis Aragon，1897-1982）、蘇波（Philippe Soupault，1897-1990）幾位；而畫壇則有達利（Salvador Dali，1904-1989）、唐基（Yves Tanguy，1900-1955）、埃倫斯特、馬格利特（René Magritte，1898-1967）等大家。

美國1950、60年代的「紐約學派」（New York School）著名詩人布萊（Robert Bly，1926-）以爲：「詩表達出那些我們剛剛開始想到的、還沒有思考的念頭。」（The poem expresses what we are just beginning to think, thoughts we have not yet thought.）他說感覺是難以形容的，所以必須依賴意象，我們的「夢境語言」，來表達感覺；用意象試圖描述我們意識難以企及的真理。與他同時期的墨溫（W. S. Merwin，1927-）也大量採用片段、零碎的句子，拒絕語言的邏輯次序。而艾許貝瑞（John Ashbery，1927-）的詩因爲要表達真相的難以測度，而刻意曖昧而脫離現實，隨著流動的自由聯想發展。他們都受到超現實主義極大影響。

1938年左右，超現實主義運動由於布列東熱中參與共產主義活動而式微。

新即物主義（Neue Sachlichkeit）

「新即物主義」是一次大戰後在德國興起的一個文學藝術流派，是表現主義的反動，反對表現主義的激情狂熱，主張藝術與現實結合，透過即物性的表現，對客觀的現實對象所隱藏的矛盾、幻想，予以揭露，帶一點魔幻現實的傾向。詩人學者杜國清（1941-）認爲其源流可追溯到里爾克的「事物詩」（Ding Gedichte），台灣具此特色的《笠》詩人有陳千武、白萩、鄭烱明、李魁賢、杜國清。

客觀主義（Objectivism）

「客觀主義」是美國詩人威廉斯（William Carlos Williams，1883-1963）鼓吹的現代詩學派，1930年代盛行於美國詩壇。威廉斯以爲「詩……是一個客體（object）……本身就足以用它獨特的形式，適當地表達自身的情況與意義」。客觀主義把「詩」（或「作品」）本身看作一個客體，可以從它結構與技巧的特點（mechanical features）來考量或分析；換言之，威廉斯以爲一首詩可以從它的結構來檢驗。威廉斯的另一個論點是：詩是一個過程，它的形式完全取決於它書寫的對象（object），並經由這對象激發出的語詞聯想，繼續即興而「有機」地創作。

除了主導的威廉斯，歐本（George Oppen，1908-1984）、瑞尼可夫（Charles Reznikoff，1894-1976）、若可夫斯基（Louis Zukofsky，1904-1978）也參與了這爲期很短的客觀主義運動。

存在主義（Existentialism）

二次世界大戰（1939-1945）期間，法國被德軍佔領。這種失去國家主權的慘痛經驗，與戰後審判罪罰的過程，讓當時一批創作者深深體會一種生存的荒謬：人必須在一個他無法掌控的世界裡，爲自身行爲負責。而這生存的荒謬感，就是「存在主義」的思考與藝術表現重心。包括沙特（Jean-Paul Sartre，1905-1980）、馬侯（Andre Malraux，1901-1976）、西蒙波娃（Simone de Beauvoir，1908-1986）、查爾（René Char，1907-1988）、卡繆（Albert Camus，1913-1960）在內的當代重要作家，都不約而同的以寓言、潛意識或超現實手法書寫這樣的荒謬情境。

延續存在主義，戰後戲劇界有所謂「荒謬劇」（Theater of the

西方現代主義流派簡釋

Absurd）的發展。荒謬劇旨在彰顯日常生活的缺乏意義，人與人之間語言或心靈溝通上的困窘。知名的「荒謬劇」劇作家包括沙繆‧貝克特（Samuel Beckett，1906-1989）和尤金‧尤涅斯可（Eugene Ionesco，1912-1994）。

一直到1960、1970年代以至二十一世紀的現在，存在主義對後繼的創作者仍然有絕對的影響與吸引力。

形上詩派（Metaphysical Verse）

「形上詩派」意指模擬十七世紀英國詩人鄧恩（John Donne，1572-1631）、克瑞蕭（Richard Crashaw，1612-1649）、賀伯特（George Herbert，1593-1633），及沃恩（Henry Vaughan，1621-1695），以及十九世紀宗教詩人霍普金斯（Gerard Manley Hopkins，1844-1889）等的創作風格，以感性的覺知直接表達思想。形上詩派詩人運用愛情或宗教的心理分析觀念，把生命中的詭異與矛盾共冶一爐，其書寫重點在於思想的細微處，而不在傳統的外在形式。寫「形上詩」的詩人包括美國泰勒（Edward Taylor，1644-1729）、愛默生（Ralph W. Emerson，1803-1882）、魏理（Jones Very，1813-80）及艾密莉‧狄金遜（Emily Dickinson，1830-1886）等。

英國近代許多著名詩人，包括艾略特（T. S. Eliot，1888-1965）、狄倫湯瑪士（Dylan Thomas，1914-1953）、奧登（W. H. Auden，1907-1973）、史班德（Stephen Spender，1909-1995）與戴路易士（C. Day-Lewis，1904-1972）等，都受到形上詩派影響。

而在美國，包括艾肯（Conrad Aiken，1889-1973）、路易絲‧包根（Louise Bogan，1897-1970）、康明思（E.E.Cummings，1894-1962）、葛雷歌瑞（Horace Gregory，1898-1982）、馬麗安‧摩爾（Marianne Moore，1887-1972）、麥克里希（Archibald MacLeish，1892-1982）、瑞生（John C. Ranson，1888-1974）、史蒂文斯

（Wallace Stevens，1879-1955）、泰特（Allen Tate，1899-1979）、威廉斯（William Carlo Williams，1883-1963）及韋利夫人（Elinor Wylie，1885-1928）等詩人，也都因為艾略特的影響，對形上詩十分喜愛。

繪畫中也有形上畫派（Metaphysical School）。畫派中最著名的是義大利畫家奇瑞可（Giorgio de Chirico，1888-1978），他和達達及超現實主義畫家接觸密切。

告白詩派（Confessional Poetry）

1950、60年代美國出現一批新詩人，試著反叛一般傳統詩超然而正經的語氣以及固定的技巧或形式；而在詩句的長短、韻律、字彙和構句上做新的嘗試。這些嘗試主要的目的，在於尋找一個更直接或更有伸縮性，因此更能反映個人情緒轉變，更能表達個人經驗的創作方法；而詩人本身則經常是他的詩的中心或主題。這些以自我情緒或內外經驗為題，一無保留做自我表白的詩，就稱為「告白詩」。「告白詩派」的詩人以羅威爾（Robert Lowell，1917-1977）以及白瑞曼（John Berryman，1914-1972）為首，加上史諾葛拉思（W. D. Snodgrass，1926-）、賽克絲頓（Ann Sexton，1928-1974）、普拉斯（Sylvia Plath，1932-1963）。

後現代主義（Postmodernism）

回顧發生在二十世紀前半葉，被概括歸類為「現代主義」的各種藝文運動，許多後來者的觀察是：現代主義以「美學標準」或「文化內容」考量，它的視野在西方；以「經濟傾向」考量，它是資本主義的；以「社會階級」考量，它屬於小資產階級；以「種族色彩」考量，它是白色的；而以「男女性別」考量，它是男性的。

「後現代主義」簡而言之，就是在挑戰這些單一、狹窄、各立山頭、互不相容的世界觀。

後現代主義反對一家之言的權威，或任何獨斷的表達方式；它要打破疆界、顛覆所謂「合法性」、脫離現代主義思考方式；它要重新思考，並達到科學、倫理、美學與宗教的統合。後現代主義作品的特色是：多樣化、多面向、不拘束而折衷地混用各類文化、素材，各家風格、技巧與科技，它不在意諧擬（parody）或陳腔濫調（pastiche）。後現代主義的理念有時讓人不可捉摸，作品似乎無法歸類，帶著一種不確定、懷疑、曖昧、不安全感，也經常不設限，只在乎「過程」（process）和「漸進變化」（becoming）、開放而不提供結論；這也是針對現代主義某些閉鎖、僵化的創作形式，或凡事追求解答的創作精神的反叛。

第二次世界大戰的非理性帶來的殘酷與驚怖，讓歷經痛苦的當代人質問，進而否定前一代的世界觀、文化觀、宗教觀，與根基於這些觀念的藝術與美學觀。後現代主義是對現代主義的反思與修正。後現代主義比現代主義多了一層對文化、種族、人類生存條件與經驗的敏感性與包容心。

就文學而言，後現代主義者否定語言上任何固定的意義，也棄絕傳統的形式結構。以後現代主義中所謂的「反小說」或「新小說」為例，作者擅長在書寫中用反諷語法（irony）或自我參照手法（self-reference），放棄傳統小說人物發展、線性敘述法、或者社會及政治探討，更經常在一部創作中混用多種不同書寫風格。拉美作家，比如博赫斯（Jorge L. Borges，1899-1986）和馬奎斯（Gabriel G. Marquez，1928-）的「魔幻寫實主義」作品，則把幻想及神話元素融合在日常事件當中。卡爾維諾（Italo Calvino，1923-1985）、納博可夫（Vladimir Nabokov，1899-1977）也都是後現代主義大家。

以視覺藝術而言，英國普普藝術（Pop Art）畫家漢彌敦（Richard Hamilton，1922-）的畫，就有後現代主義的多元精神。

在美國建築界向有「後現代之父」頭銜的范圖瑞（Robert Venturi，1925-）在他的《建築中的複雜與矛盾》（*Complexity and Contradiction in Architecture*，1966）一書中說：「我偏愛混雜勝過純淨，偏愛變形勝過方正，偏愛曖昧勝過條理分明……偏愛包容勝過排他，偏愛前後矛盾、模稜兩可勝過直截了當、一清二楚。我傾向駁雜的活力勝過明確的單一。我擁護二元、多元性，接受事情有可能沒有結論；我擁護意義的豐富性勝過清晰度。」這段話很清楚地說出現代主義與後現代主義的差異。而他另外一句名言「少是乏味」（Less is a bore），用來反駁前輩「國際風格」（International Style），或建築界的現代主義風格，主要建築家萬德侯（Mies van der Rohe，1886-1969）的格言「少即是多」（Less is more），也可以看作是點出後現代主義與現代主義風格或創作態度差異最簡明的話。

後現代主義時期並且發展出一些文學上的批評理論學派，例如「結構主義」（Structuralism）、「後結構主義」（Post-structuralism）及「解構主義」（Deconstructionism）。

「結構主義」者以爲文學作品的內容是一些相互連鎖的符號，他們發展出一套科學化的、專有名詞及觀念的「形上語言」（meta-language），用來分析一部文學作品中符號與符號之間隱藏著的關係。

在1960年代後期出現的「後結構主義」則以傅柯（Michel Foucault，1926-1984）及羅蘭‧巴特（Roland Barthes，1915-1980）爲主導，反對「結構主義」把文學分析「科學化」的做法。他們認爲語言是不可信任的，所以語言的意義是不穩定的，文學因此應該是開放的，可以容許相互牴觸的解釋。

法國哲學家德希達（Jacques Derrida，1930-2004）的「解構主義」則質問語言的邏輯，企圖將文本的意義瓦解爲只是作家意識下的產品。解構主義文評家通過對作品文字迷宮的探索，尋找研究對象的矛盾因素與分解全篇的線索。

西方現代主義名家簡介❸

阿波里奈爾 Apollinaire, Guillaume（威廉·德·科斯特羅維茨基的
　　筆名），1880-1918，法國詩人、劇作家、評論家和二十世紀初
　　最有影響力的「文化經紀人」，是第一個將詩中標點符號取消
　　的詩人，對於立體主義的理論闡述有功。他在自己的詩集《醇
　　酒集》（1913）中進行大膽而豪放的嘗試，並始終處於歐洲先
　　鋒派藝術的前列。他的超現實主義戲劇《蒂蕾西亞的乳房》
　　（1917）試圖用想像的形式來表現時代「新精神」；《新精神
　　與詩人》則闡釋了他的理論基礎。

波特萊爾 Baudelaire, Charles，1821-1869，法國象徵主義先驅。
　　1855年以「惡之華」的總名，發表詩作。1857年表現痛苦與絕
　　望、憤怒與憎惡的靈魂吶喊《惡之華》出版，卻因被視為「傷
　　風敗俗」遭查禁。死後兩年該書始獲平反。

別雷 Bely, Andrei（鮑里斯·尼古拉耶維奇·布加耶夫的筆名），
　　1880-1934，俄國詩人、小說家和評論家，第一次世界大戰前
　　俄國象徵主義的主要締造者之一。著有抒情詩集《藍色天空的
　　金子》（1904）、《灰燼》（1909）和《甕》（1909）；以及《銀
　　鴿》（1910）、《彼得堡》（1913）兩部小說。同時他還合編了
　　雜誌《天平》（1904-1909）。他那部回憶錄性質的《回憶勃洛克》
　　（1922）有助於補充象徵主義的案卷。

勃洛克 Blok, Alexander，1880-1921，俄國詩人及俄國象徵主義的中
　　堅，在二十世紀初寫下了他最早那些幽雅、神祕和充滿激情的
　　詩歌。他詩歌的格調後來變得更加狂暴、自信，帶有預言和諷
　　刺的口吻。他的〈十二個〉（1918）一詩充滿了革命熱情，寫
　　於同年的〈粗魯人〉也同樣取材於政治形勢。然而在其最深

---

❸摘選自《現代主義》（上海外語教育出版社）。內容另有增添，修訂。

處，他的詩歌總是帶有強烈的個人色彩，而且具有自白的性質。

布萊希特 Brecht, Bertolt，1898-1956，德國詩人、劇作家，他的戲劇技巧從一開始就摻雜著時髦的表現主義和實驗性的現實主義：《巴力》（1922）和《夜半鼓聲》（1922）都用了嶄新的戲劇手法來表現個人的，而不是社會的價值觀念。1920年代，《在都市的叢林中》（1923-1927）和《男人就是男人》（1927）又將這種探索發展成爲一種預示了尤乃斯柯、貝克特和荒誕派戲劇的技巧。但布萊希特只是憑藉他的諷刺性戲劇《三角錢歌劇》（1929）才首次獲得國際聲譽。從那以後，隨著他作品不斷顯露出一種馬克思主義的意圖，布萊希特詳盡闡述了他「史詩性戲劇」的理論。這種概念試圖通過採用各種「陌生化效果」，來促使觀眾保持一種必要的感情距離。1933年以後，他度過了一段流亡生活：逃離德國，先到北歐避難，然後去蘇聯，最終到達美國，1941年在美國定居。戰後回到歐洲，先是住在瑞士，1949年起又定居東柏林。1937至1945年這段時期，他創作了自己最偉大的作品：《伽利略傳》、《大膽媽媽》、《四川一好人》和《高加索灰闌記》。他宣稱劇作家的目的就是要指出時代的主要問題，並用適當的戲劇形式來表現它們。

布荷東 Breton, André，1896-1966，法國詩人和達達派成員，也是超現實主義的創始人之一及主要理論家。1924年發表《超現實主義宣言》（時隔多年之後在1930和1942年又有兩個補充性的宣言），闡述了該運動的基本思想和信仰。他的《超現實主義與繪畫》（1928）對於某些特定的方面有進一步的闡發。

克洛德爾 Claudel, Paul，1868-1955，法國劇作家和現代詩鼻祖之一，善於在羅馬天主教信仰中汲取靈感，能夠從早期的《金頭》（1890）和《城市》（1893）直到技巧上大膽革新的《緞子鞋》（1928-1929）等一系列經常被改編和重寫的劇本中表現本世紀

芸芸眾生的統一和連貫性。作為忠實的柏格森信徒，他在信仰上公開反對理性主義。他的主張無論在本質上和方式上都毫不妥協，因而常常招來非議。在詩歌創作的形式上反傳統，思想上卻不虛無。在個性極其鮮明的散文詩中，他常輕易而自信地轉入形而上學。

高克多 Cocteau, Jean，1889-1963，法國詩人、劇作家、小說家、評論家，涉獵甚廣，在文學、視覺藝術、音樂、電影和表演藝術等領域均有建樹。並且與當時的傑出藝術家關係密切，其中包括阿波里奈爾、畢卡索，以及杜飛、迪亞基列夫和（音樂界的）「六人樂團」。使他的成就格外引人注目的是他創作靈感的多樣化和豐富性，而並非他在作品中表現出傑出的個性。他的劇本《埃菲爾鐵塔上的婚禮》（1921），《奧爾甫斯》（1926）和《爆炸裝置》（1934），以及小說《大的差距》（1923），《騙子手托馬斯》（1923）和《調皮搗蛋的孩子們》（1929），藝術價值都屬上乘。

艾略特 Eliot, T（homas）S（tearns），1888-1956，美國出生的詩人、評論家、劇作家，為英語現代派詩歌中的關鍵人物，1915年定居倫敦。1917年發表了受象徵主義影響的新玄學派詩歌《普魯弗洛克及其他觀感》；1920年又發表《聖樹》，該評論集是他重建批評標準和強調現代詩歌及文化背景傳統之重要性的一個開端。《荒原》（1922）這部用多種文字寫成，反映現代思想貧瘠並暗示贖罪的偽史詩，經過龐德的編輯後，結構更為嚴整，感情色彩更加強烈，奠定了詩人的重要地位和廣泛影響。《鬥士斯威尼》（1926-1927）開始了作者的詩劇探索，隨後艾略特又寫出《大教堂的謀殺案》（1935）、《機要秘書》（1954）等劇本。艾略特後來加入英國籍，成為一名英國天主教徒，其轉折點為《封齋日》（1930）。他後期作品的核心為《四個四重奏》（1943），在這些個人思辨和宗教詩歌中，社會

和性欲的貧瘠等早期意象被改造成為一種不確定的豐富性。論著《傳統與個人才具》、《詩歌的用途和批評的用途》，影響深遠。1948年獲諾貝爾文學獎。

佛洛依德 Freud, Sigmund，1856-1939，精神病學家，心理分析學創始人，對於本世紀歐洲文學具有潛在影響的思想家之一。從他早期對於異常精神狀態的合作研究（成果是《歇斯底里症研究》，1895）起，他的臨床研究就導致他對精神生活及其方式、結構和發展闡述了一種全新的概念。《夢的解析》（1899）、《日常生活的心理分析》（1904）和《圖騰與禁忌》（1912-1913），以及後來的《文化及其缺憾》（1930），不僅在精神病學和心理學等專門領域，而且在最廣泛的社會背景中開創了一個思想的新紀元。正如奧登所說，他成了「整個新思潮」的代稱。

紀德 Gide, André，1869-1951，法國詩人、小說家、評論家，曾獲諾貝爾文學獎，出版著名散文詩集《地糧》，編選《法國詩選》。十九世紀末批判新教背景中清教徒的嚴格價值觀念和許多其他的文學與社會傳統慣例，儘管他自己也沒有完全擺脫它們的影響。為了取代上述傳統觀念，他建議用一種異教、尼采和享受主義的混合行為模式——這一繁複的勸誡直接或間接地出現在他隨後的小說之中：《背德者》（1902）、《窄門》（1909），而最明顯的是在《偽幣製造者》（1926）那部敘述技巧極為複雜的作品中。自傳《如果麥子不死》（1926）和《日記1885-1949》（1950）對於了解他本人及其時代都具有極高的價值。

海德格 Heidegger, Martin，1889-1976，德國哲學家，主要從克爾凱郭爾的作品中發展出他自己的存在主義審美哲學。在《存在與時間》（1927）中，他為確定「存在的存在」進行了探討，並試圖分析所謂的「生存」，即人類本身及其存在的特殊條件。

他是1920年代以後最有影響的德國哲學家。他對詩人荷爾德林詩歌的闡釋，使「海德格與荷爾德林」成為當代詩學的一大論題。

赫塞 Hesse, Hermann，1877-1962，德國小說家、詩人，著有詩集《浪漫之詩》。曾反覆試圖調解和逃避他的虔誠主義背景。早期小說，如《鄉愁》（1904），都是描述藝術家的青年時代這一主題；直到《徬徨少年時》（1919）和《悉達多》（或譯流浪者之歌）（1922），赫塞才找到了他自己的主題和風格。這兩部小說的東方「神祕主義」至今仍被視為是對青春理想和反抗所做出的直接反應。《荒野之狼》（1927）把席捲全球的神祕主義看作是對精神痛苦的解脫，該小說風格鮮明，形式巧妙，這在他後期作品《知識與愛情》（1930）或氣勢宏大的紀念碑式巨作《玻璃珠遊戲》中已不復存在。1946年獲諾貝爾文學獎。

希梅內斯 Jiménez, Juan Ramón，1881-1958，西班牙詩人，1917年發表的《一個新婚詩人的日記》（1917）標誌著他文學生涯（從廣義上說也是西班牙現代詩歌發展）的轉折點：即從他裝飾性的印象主義詩歌《紫羅蘭的心靈》（1900）和結構精巧的《春天歌謠集》（1910）轉向了1917年以後詩集中那種持重和凝煉，所謂「赤裸裸的詩歌」（poesia desnuda），尤其是《永恆》（1918）和《石頭與天空》（1919）。1956年獲諾貝爾文學獎。

約恩森 Jorgensen, Johannes，1866-1937，丹麥詩人，隨著時代潮流從早期受勃蘭兌斯影響的激進主義轉向1890年代的新浪漫主義，《情調》（1892）和《詩歌，1894-1898》等風格細膩的作品，儘管從本質上說是丹麥詩歌，但深受國際上象徵主義流派的影響。他於1893-1894年間編輯的期刊《鐘樓》凝聚了北歐新思想的焦點。

喬伊斯 Joyce, James，1882-1941，出身於都柏林的小說家和詩人，該城為他的創作提供了自然主義根源：如《都柏林人》（1914）

的故事環境；《青年藝術家的肖像》（1916）中的斯蒂芬‧代達羅斯的浪跡之處；《尤利西斯》（巴黎，1922）中布盧姆斯代一家的都市背景；以及《為芬尼根守靈》（1939）這一語言之網中核心人物客棧老闆的故鄉。喬伊斯現代主義美學中的全部理論都出自於這一自然主義根基，而且通過對形式和釋義的頓悟，《尤利西斯》中的神話對應，以及《為芬尼根守靈》中的語言多義密碼，他的每一部新作都將這一審美觀推向一個新高度。作為語言、學識和形式的一個龐大項目，喬伊斯的漸進嘗試同時也是一次漫遊，到了巴黎和蘇黎世，再回到巴黎，當世界大戰第二次攪亂了他的生活時，又來到蘇黎世，直到在那兒逝世。二十世紀的歐洲混亂沒有直接表現在喬伊斯的作品之中，但喬伊斯的作品是一門多語種的流亡藝術，一種既釋放文學，又對現代內涵進行嚴格定義的現代符號學；因而喬伊斯一直博得後現代主義作家的青睞。中譯本《喬伊斯詩全集》由河北教育出版社出版。

容格 Jung, Carl Gustav，1875-1961，瑞士精神病學家和心理學家，曾是佛洛依德最親密的合作者，1913年他與佛洛依德徹底分手，開始研究深具創意的分析心理學。他對於佛洛依德極端倚重「利比多」的說法持懷疑態度，並認為人的基本動力（即個性化的精髓）是力圖獲得意識和無意識之間的平衡。他在《利比多的演變和象徵》（1912）、《心理學形態》（1921）和《我的潛意識之間的關係》（1928）等論著中鼓吹採用一套全新的概念，以便闡釋宗教、藝術史、神話學和普通象徵等領域中許多懸而未決的問題。他的集體無意識概念是為了證明自己的觀點：即人類心靈只有部分由個體所決定，而另一部分則是一種被人分享的「原型」現象經驗。他的學說影響二十世紀現代文學研究與文化論述至深！

卡爾費爾特 Karlfeldt, Erik Axel，1864-1931，瑞典詩人，1931年諾

貝爾文學獎得主，在鄉土描寫中找到了質樸詩歌表現力的豐富源泉。《弗里道林之歌》（1898）、《弗里道林的樂園》（1901）這兩部作品從詩人家鄉達拉那省的農民語言、鄉村習俗傳統，以及自然界的變幻基礎中汲取靈感，並經常以原始人的眼光看待世界。他的最後一部詩集，《秋天的號角》（1927），可與葉慈的作品媲美。

克勞斯 Kraus, Karl，1874-1936，奧地利詩人、劇作家和諷刺作家。獨力編輯、撰稿，支撐威尼斯的《火炬》雜誌三十七年。該雜誌在當時是一個嚴厲而頗具影響的社會文化批評工具（尤其在語言和慣用法，以及交流標準低下對人類精神的危害等方面），如今它作爲歷史文件和原始素材來源仍具有獨特的重要性。他的大型「戲劇」《人類的末日》（1919）記敘了第一次世界大戰時期的緊張局勢。

勞倫斯 Lawrence, D（avid）H（erbert），1885-1930，英國小說家、詩人和劇作家，少年時代激情與理智，自然與文明間的衝突構成了他早期小說的基礎：《白孔雀》（1911）、《兒子和情人》（1913）和《虹》（1915）。從《迷途的姑娘》（1920）、《戀愛中的女人》（1920）起，他的小說變得更爲嚴厲，主題更爲複雜和曖昧。在《亞倫的藜杖》（1922）和《袋鼠》（1923）中，對於性欲隱祕的著迷與某種不可對抗的男性魅力結合在一起，後者主宰和滿足了「男人的權力欲」。《羽蛇》（1926）發展了這一思想，使之幾乎超越了自我嘲弄。他最後一部小說《查泰萊夫人的情人》（1929）又回到了早期小說的世界。至於他的詩歌有時顯得未加潤色，有時則對一種特定情景和氣氛極其敏銳而能喚起共鳴。

洛爾卡 Lorca, Frederico Garcia，1898-1936，西班牙詩人和劇作家，其詩歌題材徘徊於陽光與黑暗、感官麻木與殘暴、性欲與壓抑之間，吸收安達盧西亞吟唱及傳統歌謠形式。他成熟的戲劇，

尤其是《血的婚禮》（1933）和《葉爾瑪》（1934），喚起了被習俗環境所抑制的強烈（通常來自女性的）性慾，並且把無情的悲劇情節與抒情的和幾乎是超現實主義的語言表現力揉合爲一體。

梅特林克 Maeterlinck, Maurice，1862-1949，比利時劇作家、詩人和小品文作家，對當時的歐洲作家，尤其是契訶夫、斯特林堡和葉慈產生過影響，這種影響大大超過了他自己死後獲得的有限聲譽。他的「世紀末」象徵主義戲劇——從《瑪蘭納公主》（1889）開始，包括《不速之客》（1890）《盲人》（1890）、《普萊雅斯和梅麗桑德》（1892）、《室內》（1894）——具有陰鬱的情調、宿命觀，以及對於間接交流手法的探索（有時靈巧動人，有時充滿了凶兆）。它們對於在歐洲建立新的戲劇樣貌發揮了重大影響。

馬拉美 Mallarmé, Stéphane，1842-1898，法國象徵派詩人，尋求一個超脫日常現實的理想世界，一種只有通過極度專注才能獲得的純淨和精華，一種嶄新和未受玷污的詞語氛圍，和一種只有最精巧的語言（和排印）創新才能表達的深奧內蘊。他早期創作的《牧神的午後》（1876）當時曾沒沒無聞，《詩歌全集》（1887）《書頁》（1891）和《詩歌與散文》（1893）等作品，儘管晦澀難懂，但是對於歐洲詩歌的發展具有無可比擬的重大影響。

馬里內蒂 Marinetti, Filippo Tommaso，1876-1944，義大利詩人、小說家（儘管他經常喜歡用法語而不是義大利語寫作），是一位因1910年前後在義大利創立未來主義而聞名於世的「文學活動家」。未來主義運動摒棄傳統，崇尚機器，從語法和句法中「解放詞語」，追求一切能動的事物，歡呼法西斯主義的來臨，並將戰爭吹噓爲救世。他的小說《未來主義者馬法爾卡》（1909）標誌著「未來主義」這一專有名詞的誕生。

馬雅可夫斯基 Mayakovsky, Vladimir，1893-1930，俄國詩人、劇作家，也是俄國未來主義的領袖人物，曾主宰俄國革命後的文學。作為早年的政治活動家及1917年以後的文學活動家（如在1923年創辦了《LEF》雜誌，並自任編輯），他毫不猶豫地將文學用於為革命服務。他最關心的事是建立一種新的文學規程，他的工具是「非詩化」的語言，他的意圖是震驚讀者，而他的最終目的就是通過對普通人心靈的薰陶來取代象徵主義詩歌的優雅精巧。從早期的〈弗拉季米爾・馬雅可夫斯基〉（一首創作於1913年，在概念、技巧和朗誦表演上都具有高度主觀性的作品）到目前舉世聞名的諷刺之作〈臭蟲〉（1928）、〈澡堂〉（1929），他的作品都維護了他自己的基本信念。1930年自殺身亡。

莫雷亞斯（Moréas, Jean），1856-1910，法國「象徵主義宣言」（Manifeste du symbolisme）撰稿人，原名 Yanni Papadiamantopoulos，是希臘裔詩人，生於雅典，1879年移民並長期定居巴黎。莫雷亞斯原先參與「頹廢詩派」（Le Decadence），之後轉為「象徵主義」運動成員，並受費加羅報邀約，於1886年9月18日發表〈象徵主義宣言〉，試圖化解各方對象徵主義的敵視，說明這一新文學運動的基本創作原則。

納博科夫 Nabokov, Vladimir，1899-1977，他的名字通常與後現代主義聯繫在一起，實際上他的根基、聯想和文學演變均源於俄國與歐洲的象徵主義傳統。他出身於彼得堡一個被革命剝奪和放逐的俄國貴族家庭，後來成為英國、德國和法國的流亡者。1923年，發表了兩部詩集，1926年出版了小說《瑪申卡》。接著，他用多種語言寫下屬於現代主義流亡文學傳統的小說、詩歌、戲劇、散文。1941年移居美國，開始用英語寫作，以1955年發表的《洛莉塔》最受讚譽。一個喪失語言和社會秩序的象徵主義概念始終貫穿著他的所有作品。記憶、形式和性欲隱約

體現了這個概念，而遊戲、字迷、幽靈、鏡子和譯文本身就暗示著混亂背後的啓示和諧。

尼采 Nietzsche, Friedrich，1844-1900，德國哲學家和詩人，喜歡用「貴族激進主義」這一術語（首先由喬治‧布蘭代斯提出）來概括他在1880年代提出的成熟思想：即「上帝死了」這一命題、永恆輪迴的神話、超人的崛起，以及「價值觀念轉變」的不可避免性。他從早期《悲劇的誕生》（1872）中對詩歌及悲劇的溯源，以及十九世紀七、八〇年代交替時一系列作品──《大有人性的人》（1878-1880）、《晨曦》（1881），到《歡悅的智慧》（1882）──中的文化悲劇主義，轉而在下列著作中系統闡述他對西方思想和文學曾發生並仍然具有深遠影響的觀點：《查拉圖斯特拉如是說》（1883-1892），《善與惡的超越》（1886），《道德譜系》（1887），《偶像的毀滅》（1889），以及他準備在「達到權力的意志」這個題目下論述他最新思想的未完成手稿。

帕斯特納克 Pasternak, Boris Leonidovich，1890-1960，俄國詩人、小說家，最初受象徵和未來主義影響，後來形成自己獨特的抒情風格，最突出地表現於《生活，我的姐妹》（1922）和《題目與變化》（1923）。隨後他又創作了兩首革命史詩：《一九〇五年》（1927）和《施密特中尉》（1927）。1932年他還發表了一部抒情詩集《重生》。後來因很難在國內發表風格獨特的作品，轉而從事翻譯，尤其是莎士比亞，有極好的譯文傳世。小說《齊瓦哥醫生》是他最偉大的作品。

龐德 Pound, Ezra，1885-1974，美國詩人、評論家，出生於愛達華州的海利，1908年來到倫敦之前學過比較文學，後來成爲英美現代主義文學運動中的關鍵人物。他在創建意象主義和渦旋畫派的過程中，使自己的作品從都市的中世紀情調轉向一種意象重疊的艱難技巧。他竭力推崇短小詩歌，當時他已開始了《詩

章》的寫作，但他在1920年代巴黎先鋒派的氣氛中重寫了這首詩。1924年移居拉巴洛。財政和文化等原因促使他去謁見墨索里尼，並將後者視為經濟的救星。二次大戰後，他作為叛徒而被逮捕，被關進一所精神病醫院。這段經歷和他對於經濟的關注，以及他潛心研究社會如何產生藝術的龐大批評文化史都反映在篇幅宏大的折衷主義《詩章》之中。此作篇幅雖長，但首尾連貫，是他在藝術革命中鍥而不捨的創作結晶，是他通過詩歌、文論、爭辯和行動加以實現的心血。

里爾克 Rilke, Rainer Maria，1875-1926，奧地利詩人和現代意識的敏感闡釋者。「這位寂寞的聖誕老人」（W‧H‧奧登語）孤獨，緘默，對藝術和生活極為挑剔。他與世界、人群及事物保持一定距離，以便能更好地將它們（及其背後的「內心世界」）置於他想像力的周密審視之下。他早期和中期的抒情詩歌——《早期詩集》（1899-1904，1913年出版）、《祈禱書》（1905）和兩卷《新詩集》（1907-1908）——反映出作者從描寫思辯和神祕事物轉向注重事物具體化的藝術思想發展過程。然而這種事物的具體化仍被體驗為個性的延伸。他的散文作品《上帝的生平》（1900）、《旗手克里斯朵夫‧里爾克的愛與死之歌》（1906），以及最重要和難以忘懷的《布里格隨筆》（1910）等在另一個文學體裁領域中，以詩一般的語言重申了上述移置。他的最高詩歌成就來自於臨終前發表的偉大詩篇：《獻給奧爾菲斯的十四行詩》（1923）和《杜伊諾哀歌》。這些作品既熾熱又冷靜地描述了他對於存在及其意義本質的幻覺。

韓波 Rimbaud, Arthur，1854-1891，法國早熟詩人，十六歲寫下名詩〈醉舟〉，不滿二十歲完成名著《地獄季節》，作品充滿內心幽祕的玄想。他強調詩人必須是「洞觀者」、「盜火者」。

瑟德爾格蘭 Södergran, Edith，1892-1923，芬蘭—瑞典詩人，北歐第一位偉大的現代主義詩人（相比之下，拉格爾維斯特的早期

詩歌就顯得幼稚和缺乏獨創性），能夠把俄、德同時代人的新文體轉變爲一種獨特個人語言，並將自由詩的熾熱情感與邏輯嚴謹的表達方式融爲一體的作家。在用瑞典語寫成的《詩集》（1916）、《九月的抒情詩》（1918）、《玫瑰祭魂》（1919）、《未來的陰影》（1920）等作品中，她的精神「發現了它的硬殼」。謹嚴和激情是她後期詩歌的兩大特徵，這種特色表現在詩集《並不存在的國土》（1923）之中。

史蒂文斯 Stevens, Wallace，1879-1955，美國詩人，是一家保險公司的副董事長，在業餘時間裡創作了他的主要作品。1912年左右，現代主義在美國詩歌中形成風潮時，開始寫作，但直到1923年才出版第一部詩集《手風琴》。他的作品具有明顯的象徵主義根源，但經歷了純淨和合乎邏輯的發展，本身就體現了現代主義的詩論。它試圖在後宗教和後多神教的世界中創造意味深長的幻想世界。現代主義的許多關鍵詞彙（the rage for order, the supreme fiction）也都是史蒂文斯的語言。他的每一首詩都是一種特殊的知覺感受，一種感知者與被感知物之間的聯繫。他對於現代想像的散文評論則收在《必要的天使》（1951）一書中。

斯特林堡 Strindberg, Johan August，1849-1912，瑞典劇作家、小說家、詩人，是位著了魔而永不自限的天才，對寫作技巧大膽探索，創作力驚人。最重要的作品是表現主義的《去大馬士革》（1894-1904）、《夢的戲劇》（1902）、《鬼魂奏鳴曲》（1900）。一生都致力於描寫罪行、罪孽、神祕事物、精神失常和兩性關係等問題。

徐貝維爾 Supervielle, Jule，1884-1960，法國詩人、小說家和劇作家。他的抒情詩歌（常可聽出富有特色的拉美情調）表現出一種靈巧、敏感的才能，帶有模仿後象徵主義的痕跡，他對於人類困境的關注在《向心力》（1925）及隨後的詩集中有真實而

細膩的表現。他是一個孤獨的寓居於內心世界的詩人。

查拉 Tzara, Tristan，1896-1963，法國詩人，1916年在蘇黎世開創了
達達主義運動，四年後定居巴黎。他的思想經過布荷東和阿拉
貢的傳播，促成了超現實主義的興起。他的中期作品、尤其是
《近似的人》（1931）的特點是大膽的語言實驗，對純理性思想
和語序的遺棄，以及對獸性和混亂的偏愛。但他後期作品卻是
出乎意料的謹嚴。

梵樂希 Valéry, Paul，1871-1945，法國詩人、評論家，年輕時就是
一位善於分析和遐想的散文家，代表作為《達‧芬奇方法入門》
（1895）與《與泰斯特先生夜談》（1896），只偶爾在當時的文
學雜誌上發表詩歌。直到四十幾歲，他才全身心地投入詩歌創
作：1917年完成並發表了《年輕的命運女神》，獲得很高的評
價；1921年出版詩集《幻美集》，其中包括膾炙人口的《海濱
墓園》。他的驚人思想才華是他所有詩歌的精髓，人們直到他
死後出版的二十九卷《札記集：1894-1945》問世以後，才眞
正認識到了這一點。

凡爾哈崙 Verhaeren, Emile，1855-1916，比利時詩人，他的自由詩
情感充溢，陳辭激昂，不拘泥於語法，推崇生機活力，信奉世
界大同，與惠特曼的作品頗爲相似。在《妄想的農村》
（1893）、《幻想的村莊》（1895）和《觸角的城市》（1895）中
從1880年代正統的自然主義轉向了更爲象徵主義化的風格。
《最高的節奏》（1910）反映出他後期致力於描寫工業化的壯觀
及其帶來的奴役。

魏爾崙 Verlaine, Paul，1844-1896，法國的「魔鬼詩人」，逐步從早
期《感傷集》（1866）和《戲裝遊樂圖》《1869》中的巴拿斯派
格調轉向一種嶄新的獨特風格，即《無題浪漫曲》（1874）中
的那種旁敲側擊的風格，作品具有強烈的音樂感，並在格律上
做了大膽的嘗試。曾因槍擊韓波（後者極其危險地闖進了他的

生活）而判處兩年監禁。中國早期新詩人李金髮、戴望舒等曾深受魏爾崙影響。

王爾德 Wilde, Oscar，1854-1900，在愛爾蘭出生的詩人、評論家、小說家、劇作家和頹廢的鼓吹者。他的《詩集》出版於1881年，但他最好的作品創作於1890年代，後者支配了當時的文壇。他與國際文學思潮的聯繫並沒有十分明確地表現在《認眞的重要》（1895）等人們熟悉的喜劇之中，而是體現於描寫享樂主義和藝術的頹廢小說《道林‧格雷的畫像》（1891），以及1903年在柏林推出的戲劇《莎樂美》。

威廉斯 Williams, William Carlos，1883-1963，美國詩人、小說家和劇作家。他很早就成了龐德的朋友，並深受意象主義的影響，然而他堅持用地道的美國方式嘗試新的詩歌格調，沒有接受歐洲國際思潮和悲觀主義的影響。他結構精鍊的作品是對人和事物有節制的讚頌，完全用說話的節奏來控制精確的知覺行爲：「思想只能體現在事物之中。」他一生詩歌、散文創作的代表《地獄中的科拉》（1920）、《春意集》（1923）、《佩特森》（四卷，1946-1958）、《晚期詩集》（1950）和《來自布呂格爾的圖畫及其他詩作》（1962）等影響了後來的許多美國詩人，並引導建立了一個獨特的美國實驗詩歌傳統。

葉慈 Yeats, William Butler，1865-1939，愛爾蘭詩人、劇作家，長於神祕學理，1923年獲諾貝爾文學獎。早期詩歌《莪辛漫遊記》（1889）《蘆叢中的風》（1899）充溢著沉重的世紀末氣息。日後創作的詩集《責任》（1914）、《闊園野天鵝》（1919）、《邁克爾‧羅巴茨與舞蹈者》（1921）、《塔》（1928）、《旋梯》（1933）、《最後詩集》（1939年出版），對青春的苦澀留戀與新柏拉圖哲學及一種（非常古怪的）唯靈論相互交織，使詩充滿獨特而豐富的暗示。它們所包含的思想經常是怪異的，但詩所表現的激情及其精確細節描寫賦予它們一種素材中所沒有的莊

嚴感。葉慈的戲劇創作儘管跟他的詩相比只是次要的，但它們也有一種特殊的魅力：從《伯爵夫人凱瑟琳》（1892）中朦朧的浪漫主義到《鷹泉》（1917）和《煉獄》（1939）中悲涼的表現主義，還有《演員王后》（1917）和《蒼鷺之蛋》（1939）中怪誕的滑稽。

葉賽寧 Yesenin, Sergey，1895-1925，俄國詩人，1919年幫助建立意象主義詩社。他出生於質樸的農民家庭，曾於革命前寫過關於這種樸素生活的詩歌習作。1920年代中由於他對新政權的幻想破滅，他的異化感促使他急於外出旅行，在動盪不定的生活方式、酗酒和他顯然為之感到驕傲的「流氓行為」中尋求滿足。該時期他寫下的自白體詩作讀來非常感人。他曾與舞蹈家伊薩多‧鄧肯結婚，過了幾年家庭生活。1925年，自殺身亡。

參考及引用書目

【中文書目】

水蔭萍（楊熾昌），《水蔭萍作品集》，呂興昌編，台南市立文化中心，
　　　1995。

方莘，〈西洋文學對中國現代詩的影響〉，《藍星詩學》第11期，2001
　　　年9月30日，頁1-7。

王岳川，《後現代主義文化研究》，台北：淑馨出版社，1993。

王德威，〈編後記〉，《現代性的追求》，李歐梵著，台北：麥田出版公
　　　司，1996，頁499-501。

王潤華，《內外集》，台北：國家書店，1978。

文訊雜誌社，《光復後台灣地區文壇大事紀要》，台北：行政院文化建設
　　　委員會，1995。

——，《台灣現代詩史論》，台北：文訊雜誌社，1996。

中國時報，《台灣：戰後50年》，台北：時報文化出版公司，1995。

孔新苗、張萍，《此刻此地你我共有》，北京：中國社會出版社，1994。

白萩，〈對「現代」的看法〉，《現代詩散論》，台北：三民書局，1972
　　　初版，2005二版，頁34-37。

——，〈廣場〉，《陽光小集》第9期，1982年6月。

——等，〈中國現代詩談話會〉，《文訊》12期，1984年6月。

白靈，《一首詩的誕生》，台北：九歌出版社，1991。

——，〈詩的夢幻隊伍〉，《八十四年詩選》，辛鬱、白靈主編，台北：
　　　現代詩季刊社，1996。

——，《一首詩的玩法》，台北：九歌出版社，2004。

古添洪，〈台灣現代詩的「外來影響」面向〉，《海鷗》詩刊第29期，
　　　2003年6月，頁61-91。

羊子喬，〈光復前台灣新詩論〉，《光復前台灣文學全集9：亂都之戀》，
　　　　羊子喬、陳千武主編，遠景出版公司，1982。

老高放，《超現實主義導論》，北京：社會科學文獻出版社，1997。

伍蠡甫、林驤華編著，《現代西方文論選》，台北：書林出版公司，
　　　　1992。

向明，《新詩50問》，台北：爾雅出版社，1997。

向陽，《十行集》，台北：九歌出版社，1984。

——，〈微弱但是有力的堅持〉，《台灣現代詩史論》，封德屏編，台
　　　　北：文訊雜誌社，1996，頁363-375。

——，〈都市與後現代·講評意見〉，《林燿德與新世代作家文學論》，
　　　　中國青年寫作協會編，台北：行政院文建會，1997，頁215-
　　　　218。

——，〈杯底金魚盡量飼〉，《向陽台語詩選》，台南：真平企業公司，
　　　　2002a，頁119-120。

——，《長廊與地圖：台灣新詩風潮簡史》，台北：向陽工坊，2002b。

——，〈歷史論述與史料文獻的落差〉，《聯合報·聯合副刊》，E7，
　　　　2004年6月30日。

朱剛，《詹明信》，台北：生智出版社，1995。

江文瑜，《男人的乳頭》，台北：元尊文化公司，1998。

余光中，《逍遙遊》，台北：文星書店，1965。

——，〈現代詩第一〉，《創世紀詩刊》第26期，1967年3月10日，頁8-
　　　　9。

——，《蓮的聯想》，台北：大林書店，1969（初版於1964年）。

——，《敲打樂》，台北：藍星詩社，1969。

——，《在冷戰的年代》，台北：藍星詩社，1969。

——，〈史班德〉，《英美現代詩選》，台北：大林書店，1970，頁79-
　　　　86。

——，《掌上雨》，1963年初版，台北：大林出版社，1973。

——，〈現代詩怎麼變？〉，《龍族評論專號》第9期，1973年7月，頁10-13。

——，《左手的繆思》，台北：大林出版社，1976。

——，《青青邊愁》，台北：純文學出版社，1977。

——，〈第十七個誕辰〉，《現代詩導讀・理論、史料篇》，張漢良、蕭蕭編，台北：故鄉出版社，1979，頁393-414。

——，〈控訴一枝煙囪〉，《七十五年詩選》，台北：爾雅出版社，1987，頁26。

李元貞，《女性詩學》，台北：女書文化公司，2000。

李癸雲，《朦朧、清明與流動——論台灣現代女詩人作品中的女性主體》，台灣師大國文所博士論文，2001。

李英豪，〈剖論中國現代詩的幾個問題〉，《創世紀》詩刊第19期，1964年1月，頁24-29。

——，〈論現代詩之張力〉，《創世紀》詩刊第21期，1964年12月，頁12-20。

李敏勇，〈台灣在詩中覺醒〉，《混聲合唱》，趙天儀等編選，高雄：春暉出版社，1992，頁5-14。

——，《台灣戰後文學反思》，台北：自立晚報社，1994。

李瑞騰，《新詩學》，板橋：駱駝出版社，1997。

李魁賢，《詩的見證》，台北板橋：台北縣立文化中心，1994。

——，《李魁賢詩集・第一冊》，台北：行政院文建會，2001a。

——，《李魁賢詩集・第二冊》，台北：行政院文建會，2001b。

——，《李魁賢詩集・第三冊》，台北：行政院文建會，2001c。

——，《李魁賢詩集・第四冊》，台北：行政院文建會，2001d。

——，《李魁賢詩集・第五冊》，台北：行政院文建會，2001e。

——，《李魁賢詩集・第六冊》，台北：行政院文建會，2001f。

李歐梵，〈中國現代文學中的現代主義〉，《中西文學的徊想》，香港：三聯書店，1986，頁23-45。

——，〈追求現代性（1895-1927）〉，《現代性的追求》，台北：麥田出版公司，1996，頁229-299。

呂正惠，《戰後台灣文學經驗》，台北：新地文學出版社，1995。

呂興昌，〈林亨泰研究資料彙編（上）〉，彰化縣立文化中心，1994a。

——，〈林亨泰研究資料彙編（下）〉，彰化縣立文化中心，1994b。

阮美慧，《台灣精神的回歸：六、七〇年代台灣現代詩風的轉折》，成功大學中文所博士論文，2002。

吳晟，《吳晟詩選》，台北：洪範書店，2000。

宋澤萊，〈林宗源、向陽、宋澤萊、林央敏、黃樹根、黃勁連影響下的兩條台語詩路線〉，《台灣新文學》第9期，1997年12月。

杜十三，《地球筆記》，台北：時報文化出版公司，1986。

——，《石頭悲傷而成為玉》，台北：杜十三工作室，2000。

杜國清，〈新即物主義與台灣現代詩〉，1999年美國加州大學台灣文學國際討論會論文。

林于弘，《解嚴後台灣新詩現象析論》，台灣師大國文所博士論文，2001。

林亨泰，《林亨泰全集一·文學創作卷1》，呂興昌編訂，彰化縣立文化中心，1998a。

——，《林亨泰全集二·文學創作卷2》，呂興昌編訂，彰化縣立文化中心，1998b。

——，《林亨泰全集三·文學創作卷3》，呂興昌編訂，彰化縣立文化中心，1998c。

——，《林亨泰全集四·文學論述卷1》，呂興昌編訂，彰化縣立文化中心，1998d。

——，《林亨泰全集五·文學論述卷2》，呂興昌編訂，彰化縣立文化中心，1998e。

——，《林亨泰全集六·文學論述卷3》，呂興昌編訂，彰化縣立文化中心，1998f。

——，《林亨泰全集七‧文學論述卷4》，呂興昌編訂，彰化縣立文化中心，1998g。

——，《林亨泰全集八‧文學論述5》，呂興昌編訂，彰化縣立文化中心，1998h。

——，《林亨泰全集九‧文學論述6》，呂興昌編訂，彰化縣立文化中心，1998i。

——，《林亨泰全集十‧外國文學研究與翻譯卷》，呂興昌編訂，彰化縣立文化中心，1998j。

林明德等編，《中國新詩選》，台北：長安出版社，1982。

林彧，〈B大樓〉，《七十一年詩選》，台北：爾雅出版社，1983，頁208-209。

——，〈單身日記〉，《七十三年詩選》，台北：爾雅出版社，1985，頁69-70。

林淇瀁，《書寫與拼圖——台灣文學傳播現象研究》，台北：麥田出版社，2001。

林淑貞，〈覃子豪在台之詩論及其實踐活動探究〉，《台灣文學觀察雜誌》第4期，1991年11月，頁34-57。

林瑞明，《台灣文學與時代精神——賴和研究論文集》，台北：允晨文化公司，1993。

——，《台灣文學的歷史考察》，台北：允晨文化公司，1996。

林群盛，《聖紀豎琴座奧義傳說》，自印本，1988。

林燿德，《銀碗盛雪》，台北：洪範書店，1987。

——，《都市終端機》，台北：書林出版公司，1988a。

——，《不安海域》，台北：師大書苑，1988b。

——，《都市之夢》，台北：漢光文化公司，1989。

邱振瑞，〈那一班車，可以回到我們的大海〉，《七十四年詩選》，台北：爾雅出版社，1986，頁177。

孟樊，《當代台灣新詩理論》，台北：揚智文化公司，1995。

胡品清，《法蘭西詩選》，台北：桂冠圖書公司，2000。

柯慶明，《中國文學的美感》，台北：麥田出版公司，2000。

施懿琳、楊翠，《彰化縣文學發展史》，彰化縣立文化中心，1997。

紀弦，〈發刊辭〉，《新詩週刊》第1期，《自立晚報》第3版，1951年11月5日。

──，〈現代詩・創刊宣言〉，《現代詩》第1期，1953年2月1日。

──，《紀弦詩論》，台北：現代詩社，1954。

──，《新詩論集》，高雄：大業書店，1956a。

──，《現代派消息公報》，《現代詩》第13期，1956年2月1日。

──，〈從現代主義到新現代主義〉，《現代詩》第19期，1957年8月31日，頁1-9。

──，〈跟你們一樣〉，《現代詩》第19期，1957年8月31日，頁27-30。

──，〈對於所謂六原則之批判〉，《現代詩》第20期，1957年12月1日，頁1-9。

──，〈中國新詩之正名〉，《現代詩人書簡集》，張默主編，台中：普天出版社，1969，頁163-175。

──，《紀弦論現代詩》，雲林：藍燈出版社，1970。

──，《紀弦回憶錄・第一部》，台北：聯合文學出版社，2001a。

──，《紀弦回憶錄・第二部》，台北：聯合文學出版社，2001b。

──，《紀弦回憶錄・第三部》，台北：聯合文學出版社，2001c。

──，《紀弦詩拔萃》，台北：九歌出版社，2002。

洛夫，〈六十年代詩選・緒言〉，《六十年代詩選》，張默、瘂弦主編，高雄：大業書店，1961，頁1-6。

──，《石室之死亡》，高雄左營：創世紀詩社，1965。

──、張默、瘂弦編，《中國現代詩論選》，高雄：大業書店，1969。

──，《魔歌》，台北：中外文學月刊社，1974。

──，《時間之傷》，台北：時報出版公司，1981。

——，〈詩壇春秋三十年〉，《中外文學》第10卷第12期，1982年5月，頁6-31。

——，〈剔牙等四首〉，《七十四年詩選》，李瑞騰主編，台北：爾雅出版社，1986，頁61-64。

——，〈詩人之鏡〉，《洛夫與中國現代詩》，費勇著，台北：東大圖書公司，1994a，頁218-246。

——，〈超現實主義與中國現代詩〉，《洛夫與中國現代詩》，費勇著，台北：東大圖書公司，1994b，頁259-261。

凌雲夢，〈詭異的銀碗〉，《都市終端機》，林燿德著，台北書林出版公司，1988，頁253-273。

草根社，〈草根宣言〉，《草根》月刊第一卷第一期，1975年5月4日。

高大鵬，《獨樂園》，台北：時報出版公司，1980。

高天恩，〈從荒謬到靜默〉，《聯合報·聯合副刊》，第8版，1987年5月24、25日。

翁文嫻，《創作的契機》，台北：唐山出版社，1998。

夏宇，《備忘錄》，台北：自印本，1986。

——，《腹語術》，台北：現代詩季刊社，1991。

——，《摩擦·無以名狀》，台北：現代詩季刊社，1995。

——，《Salsa》，台北：自印本，唐山出版社發行，1999。

——，《夏宇愈混樂隊》，台北：愛做音樂公司，2002。

——，〈詩，如何過火〉，《中外文學》第32卷第1期，江長威紀錄，2003，頁144-176。

奚密，《現當代詩文錄》，台北：聯合文學出版社，1998。

——，〈台灣新疆域〉，《二十世紀台灣詩選》，馬悅然、奚密、向陽主編，台北：麥田出版社，2001。

張我軍，〈張我軍作品〉，《光復前台灣文學全集9：亂都之戀》，羊子喬、陳千武主編，台北：遠景出版公司，1982。

張健，〈藍星·創世紀·笠·三角討論會〉，《笠》詩刊第115期，

1983，頁4-17。

張漢良、蕭蕭編著，《現代詩導讀‧導讀三》，台北：故鄉出版社，1979。

張漢良，〈中國現代詩的「超現實主義風潮」〉，《比較文學理論與實踐》，台北：東大圖書公司，1986，頁73-90。

張錯，《錯誤十四行》，台北：時報出版公司，1981。

張默，〈新民族詩型之特質〉，《創世紀詩刊》第十期，1958年4月，頁34-36。

──、瘂弦主編，《六十年代詩選》，高雄：大業書店，1961。

──主編，《現代詩人書簡集》，台中：普天出版社，1969。

──，〈「創世紀」的發展路線及其檢討〉，《現代詩導讀‧理論、史料篇》，蕭蕭、張漢良編，台北：故鄉出版社，1979，頁415-428。

──，〈見林見樹探《河悲》〉，《河悲》，蘇紹連，台中：台中縣立文化中心，1980。

──，《台灣現代詩筆記》，台北：三民書局，2004。

許達然，〈李魁賢詩的通感〉，「李魁賢文學國際學術研討會」論文，文學台灣基金會主辦，2002年10月19-20日。

商禽，〈無言的衣裳〉，《七十一年詩選》，台北：爾雅出版社，1983，頁299-300。

──，《夢或者黎明及其他》，增訂再版，台北：書林出版公司，1998。

陳大為，《亞洲中文現代詩的都市書寫》，台灣師大國文所博士論文，2000。

陳千武，〈銀婚日〉，《中華現代文學大系‧詩卷壹》，張默主編，台北：九歌出版社，1989，頁75。

──，《台灣新詩論集》，高雄：春暉出版社，1997。

陳明台，《台灣文學研究論集》，台北：文史哲出版社，1997。

陳芳明，〈台灣文學史分期的一個檢討〉，《台灣文學發展現象》，文訊

　　　雜誌社編，台北：行政院文建會，1996。

——，〈改寫輓歌的高手〉，《聯合文學》第16卷第8期，2000年6月。

——，〈橫的移植與現代主義之濫觴〉，《聯合文學》，第202期，2001
　　　年8月，頁136-148。

——，《後殖民台灣》，台北：麥田出版公司，2002。

——，〈台灣現代主義的再評價〉，《文訊》，第230期，2004年12月，
　　　頁7-9。

陳坤宏，《消費文化理論》，台北：揚智文化公司，1995。

陳虛谷，《陳虛谷作品集》，陳逸雄編，彰化：彰化縣立文化中心，
　　　1997。

陳義芝，《落日長煙》，高雄：德馨室出版社，1977。

——，〈拒絕傲慢，回歸素樸〉，《創世紀》詩刊，1999年春季號，頁
　　　18-19。

——，〈夢想導遊論夏宇〉，台北教育大學台文所主辦「台灣當代十大詩
　　　人學術研討會」論文，2005年11月5日。

——編，《2004台灣詩選》，台北：二魚出版社，2005。

陳嘉農，〈未竟的探訪〉，《一九八二年台灣詩選》，台北：前衛出版
　　　社，1983，頁156-158。

陳黎，《島嶼邊緣》，台北：皇冠出版公司，1995。

程抱一，《和亞丁談里爾克》，台北：純文學出版社，1972。

覃子豪，〈關於「新現代主義」〉，《筆匯》第21期，1958年4月16日。

——，《覃子豪全集I》，台北：覃子豪全集出版委員會，1965。

——，《覃子豪全集II》，台北：覃子豪全集出版委員會，1968。

——，《覃子豪全集III》，台北：覃子豪全集出版委員會，1974。

渡也，《憤怒的葡萄》，台北：時報出版公司，1983。

——，《我是一件行李》，台中：晨星出版社，1995。

焦桐，《完全壯陽食譜》，台北：時報文化出版公司，1999。

游喚，〈八〇年代台灣文學論述之變質〉，《當代台灣文學評論大系（2）

文學現象卷》，林燿德主編，台北：正中書局，1993。

楊守愚，〈楊守愚作品〉，《光復前台灣文學全集9：亂都之戀》，羊子喬、陳千武主編，台北：遠景出版公司，1982，頁219-258。

楊宗翰，〈中化「現代」〉，《台灣現代詩史：批判的閱讀》，台北：巨流圖書公司，2002，頁285-315。

楊牧，《楊牧詩集Ⅰ》，台北：洪範書店，1978。

——，〈現代詩二十年〉，《文學知識》，台北：洪範書店，1979a。

——，〈現代的中國詩〉，《文學知識》，台北：洪範書店，1979b。

——，《一首詩的完成》，台北：洪範書店，1989。

——，鄭樹森編，〈導言〉，《現代中國詩選》，台北：洪範書店，1989，頁3-17。

——，《楊牧詩集Ⅱ》，台北：洪範書店，1995。

楊雲萍，〈楊雲萍作品〉，《光復前台灣文學全集9：亂都之戀》，羊子喬、陳千武主編，台北：遠景出版公司，1982，頁33-54。

楊喚，〈詩的歷程〉，《楊喚全集Ⅱ》，歸人編，台北：洪範書店，1985，頁453-456。

楊華，《黑潮集》，台北：桂冠圖書公司，2001。

楊澤，《薔薇學派的誕生》，台北：洪範書店，1977。

——，《彷彿在君父的城邦》，台北：時報出版公司，1980。

——主編，《狂飆八○》，台北：時報文化出版公司，1999。

溫瑞安，〈長安〉，《台灣新世代詩人大系（上）》，簡政珍、林燿德主編，台北：書林出版公司，1990，頁269-272。

瘂弦，《中國新詩研究》，台北：洪範書店，1981。

——，《瘂弦詩集》，台北：洪範書店，1985。

——，〈創世紀的批評性格〉，《創世紀四十年評論選》，瘂弦、簡政珍主編，台北：創世紀詩雜誌社，1994，頁355-360。

葉石濤，《沒有土地，哪有文學》，台北：遠景出版公司，1985。

葉笛，〈日據時代台灣詩壇的超現實主義〉，《水蔭萍作品集》，台南市

立文化中心，1995。

葉維廉，〈詩的再認〉，《中國現代詩論選》，洛夫等主編，高雄：大業
　　　書店，1969，頁84-92。

——，〈葉維廉答客問：關於現代主義〉，杜南發專訪，《中外文學》10
　　　卷12期，1982年5月，頁48-56。

——，《解讀現代‧後現代》，台北：東大圖書公司，1992。

——，〈紀元末切片〉，《聯合報‧聯合副刊》，第37版，1999年12月12
　　　日。

趙小琪，〈藍星詩社與西方現代主義〉（下），《藍星詩學》第14期，
　　　2002年6月30日，頁170-188。

趙衛民，《新詩啟蒙》，台北：業強出版社，2003。

廖永來，《廖永來詩選》，台北：草根出版公司，2000。

廖炳惠，〈後現代的馬克思主義者——詹明信〉，《文學的後設思考》，
　　　呂正惠主編，台北：正中書局，1991。

——，《回顧現代——後現代與後殖民論文集》，台北：麥田出版公司，
　　　1994。

——，〈台灣：後現代或後殖民？〉，《兩岸後現代文學研討會論文
　　　集》，林水福主編，新莊：輔仁大學外語學院，1998。

廖咸浩，〈離散與聚焦之間〉，《台灣現代詩史論》，封德屏編，台北：
　　　文訊雜誌社，1996，頁437-450。

——，〈悲喜未若世紀末〉，《兩岸後現代文學研討會論文集》，林水福
　　　主編，新莊：輔仁大學外語學院，1998。

碧果，《碧果人生》，台北：采風出版社，1988。

鄭炯明，〈旅程〉，《一九八二年台灣詩選》，台北：前衛出版社，
　　　1983，頁203-204。

——，〈鄭炯明作品〉，《混聲合唱》，趙天儀等編選，高雄：春暉出版
　　　社，1992，頁643-663。

鄭樹森，《奧菲爾斯的變奏》，香港：素葉出版社，1979。

——，〈推荐獎決審意見——評陳義芝〉，《中國時報·人間副刊》，1993年10月2日。

劉大白，〈劉大白詩歌賞析〉，《胡適、劉半農、劉大白、沈尹默》，台北：海風出版社，1990，頁165-213。

劉正忠，《軍旅詩人的異端性格——以五、六十年代的洛夫、商禽、瘂弦為主》，台灣大學中文所博士論文，2001。

——，〈主知·超現實·現代派運動：台灣，1956-1969〉，《台灣詩學》學刊第2號，2003年11月，頁127-152。

劉克襄，〈七○年代〉，《一九八四台灣詩選》，台北：前衛出版社，1985，頁113-114。

——，《在測天島》，台北：前衛出版社，1986。

劉菲，〈現代與傳統——瘂弦訪問記〉，《花之聲》，詩宗社主編，台北：仙人掌出版社，1970，頁157-171。

蔡明諺，〈「現代」的用法及其相對意義〉，《台灣詩學》學刊4號，2004年11月，頁23-44。

蔡源煌，《從浪漫主義到後現代主義》，台北：雅典出版社，1987。

潘重規，《樂府詩粹箋》，台北：學海出版社，1977。

潘麗珠，〈論近二十年來的台灣現代詩研究〉，《台灣當代文學》，頁39-54。

賴和，《賴和全集·新詩散文卷》，林瑞明編，台北：前衛出版社，2000。

蕭蕭，〈十行天地兩行淚〉，《十行集》，向陽著，台北：九歌出版社，1984，頁3-20。

——，〈覃子豪的詩風與詩觀〉，《文訊》，第97期，1993年11月，頁74-78。

——，〈五十年代新詩論戰述評〉，《台灣現代詩史論》，文訊雜誌社主編，台北：文訊雜誌社，1996，頁107-121。

——，〈創世紀的超現實主義化合性美學〉，《創世紀》第138期，2004

　　年3月，頁127-141。

——，《台灣新詩美學》，台北：爾雅出版社，2005。

鍾明德，《在後現代主義的雜音中》，台北：書林出版公司，1989。

鴻鴻，《黑暗中的音樂》，台北：現代詩季刊社，1993。

——，〈與夏宇同代——讀《摩擦‧無以名狀》〉，《聯合文學》第130
　　　　期，1995，頁153。

簡政珍，《台灣現代詩美學》，台北：揚智文化公司，2004。

——，〈台灣現代詩美學的發展〉，《海鷗》詩刊31期，2004年9月，頁
　　　　69-101。

羅青，《詩人之燈》，台北：光復書局1988a。

——，《錄影詩學》，台北：書林出版公司，1988b。

——，《詩的風向球》，台北：爾雅出版社，1994。

蘇紹連，《河悲》，台中：台中縣立文化中心，1980。

【西文及中譯書目】

Arnason, H.H. *History of Modern Art,* 3rd rev. , Harry N. Abrams., N.Y.

A9 Search (A9.com).

Breton, André. *Manifestoes of Surrealism,* The University of Michigan Press,
　　　　1972.

——. "Two Dada Manifestoes", *The Dada Painters and Poets,* Edited by
　　　　Robert Motherwell, Boston: G.K. Hall, 1981.

—— & Éluard, Paul. "Notes On Poetry", *The History of Surrealism, The
　　　　Belknap Press of Harvard University Press, 2000.*

Calvino, Italo. *Why Read the Classics?* tr. Martin McLaughlin, New York:
　　　　Pantheon Book, 1999.

Encyclopaedia Britannica (.com).

France, Peter, ed. *The New Oxford Companion to Literature in French,*
　　　　Clarendon Press, Oxford, 1995.

Hart, James & Leininger, Phillip, ed. *The Oxford Companion to American Literature*, Oxford Univ. Press, 1995.

Kennedy, Richard S., ed. *E. E. Cummings Selected Poems*, Liveright Publishing Corp., New York, N. Y., 1994.

Moréas, Jean. "Manifeste du symbolisme", @ google.com.

Perkins, David. *A History of Modern Poetry, Modernism & After,* Belknap Press, Harvard Univ., 2001.

Shattuck, Roger. " Introduction", *The History of Surrealism,* The Belknap Press of Harvard University Press, 2000.

Southam, B.C. *A Guide to the Selected Poems of T.S. Eliot,* 6 th ed., New York: Harcourt, 1996.

Tomkins, Calvin. *The world of Marcel Duchamp*, Time Inc., 1966.

Tzara, Tristan. "Manifesto on feeble love and bitter love" , *The Dada Painters and Poets,* Edited by Robert Motherwell, Boston: G.K. Hall, 1981.

布雷德伯里（Bradbury, Malcolm）等編，《現代主義》，上海：上海外語教育出版社，1992。

布魯姆（Bloom, Harold），《比較文學影響論——誤讀圖示》，朱立元、陳克明譯，板橋：駱駝出版社，1992。

李歐塔（Lyotard, Jean-Francois），《後現代性與公正遊戲》，談瀛洲譯，上海：上海人民出版社，1997。

波特萊爾，〈黃昏的和歌〉，陳敬容譯，《外國名家詩選Ⅰ》，鄒絳編，重慶：重慶出版社，1992，頁215-216。

——，〈應和〉，郭宏安譯，《外國名家詩選Ⅰ》，鄒絳編，重慶：重慶出版社，1992，頁207-208。

亞里斯多德（Aristotle, 384-322 B.C.），《詩學》，陳中梅譯注，北京：商務印書館，1996。

查德威克（Chadwick, Charles），《象徵主義》，郭洋生譯，河北石家

莊：花山文藝出版社，1989。

哈山（Hassan, Ihab），《後現代的轉向》，劉象愚譯，台北：時報文化公司，1993。

莫雷亞斯（Moréas, Jean），〈象徵主義宣言〉，《象徵主義‧意象派》，黃晉凱等編，北京：中國人民大學出版社，1989。

黃晉凱、張秉真、楊恆達主編，《象徵主義‧意象派》，北京：中國人民大學出版社，1998。

蕭特（Short, Robert），〈達達主義和超現實主義〉，《現代主義》，布雷德伯里、麥克法蘭主編，胡家巒等譯，上海外語教育出版社，1992。

羅鋼、劉象愚主編，《後殖民主義文化理論》，薩依德等著，陳永國等譯，北京：中國社會科學出版社，1999。

各章初稿寫作時間

- 後現代詩學的探索

  2000年1月。台灣師大國文系主辦「解嚴以來台灣文學國際學術研討會」論文

- 1980年代詩學的新生狀態

  2001年9月。中山大學中文系主辦「1980年以來台灣當代文學學術研討會」論文

- 《笠》詩社詩人的現代性

  2002年10月。文建會主辦「李魁賢文學國際學術研討會」論文

- 覃子豪與象徵主義

  2003年12月。佛光大學文學系主辦「兩岸現代詩學國際學術研討會」論文

- 夏宇的達達實驗

  2004年9月。台灣文學協會主辦「中日現代詩研討會」論文

- 1970年代詩學的轉向

  2004年10月。佛光大學文學系主辦「兩岸現代文學發展與思潮學術研討會」論文

- 紀弦與新現代主義

  2005年3月。未發表

- 水蔭萍與超現實主義

  2005年4月。台灣文學協會主辦「2005中日現代詩國際饗宴」論文

- 「現代派」運動後的現代詩學

  2005年5月。未發表

九歌文庫 753

聲　納
台灣現代主義詩學流變

著者	陳義芝
責任編輯	黃麗玟
發行人	蔡文甫
出版發行	九歌出版社有限公司
	臺北市105八德路3段12巷57弄40號
	電話／02-25776564・傳真／02-25789205
	郵政劃撥／0112295-1
九歌文學網	www.chiuko.com.tw
印刷	晨捷印製股份有限公司
法律顧問	龍躍天律師・蕭雄淋律師・董安丹律師
初版	2006（民國95）年3月10日
初版2印	2013（民國102）年8月
定價	**260元**

書號	F0753
ISBN	957-444-300-0

（缺頁、破損或裝訂錯誤，請寄回本公司更換）

國家圖書館出版品預行編目資料

聲納：台灣現代主義詩學流變／陳義芝著.
　— 初版. —　臺北市：九歌，　民95
　　面；　公分. —（九歌文庫；753）
　ISBN　957-444-300-0（平裝）

　1. 台灣詩－評論

850.32512　　　　　　　　　　95002077

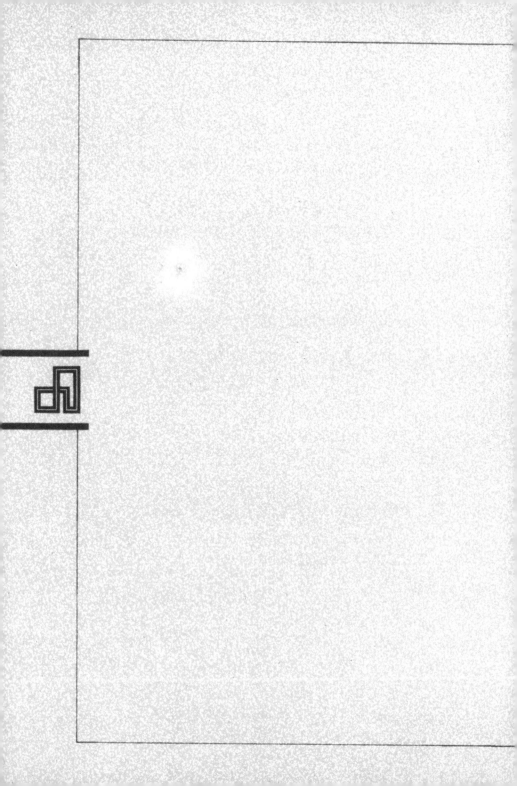